Carola Clasen
Leichenstille

Bisher von der Autorin bei KBV erschienen:

Novembernebel
Das Fenster zum Zoo
Tot und begraben
Auszeit
Schwarze Schafe
Wildflug
Mord im Eifel-Express
Spiel mir das Lied vom Wind
Tote gehen nicht den Eifelsteig
Die Eifel sehen und sterben
Nirgendwo in der Eifel
Sechs in der Eifel
Atemnot
Eifelmädchen
Eifelmadonna
Wenn die Eifel brennt

Seit 1998 schreibt **Carola Clasen** Kriminalromane, die in der Eifel spielen. *Leichenstille* ist ihr zwölfter Roman mit der eigenwilligen Kommissarin Sonja Senger. Auch mit ihren Kurzgeschichten und Lesungen hat Carola Clasen sich einen Namen in der Region gemacht. Die »Queen of Eifel-Crime« lebt und arbeitet in Köln.

Carola Clasen

Leichenstille

Originalausgabe
© 2020 KBV Verlags- und Mediengesellschaft mbH, Hillesheim
www.kbv-verlag.de
E-Mail: info@kbv-verlag.de
Telefon: 0 65 93 - 998 96-0
Fax: 0 65 93 - 998 96-20
Umschlaggestaltung: Ralf Kramp
unter Verwendung von © Martin Debus - stock.adobe.com
Lektorat: Volker Maria Neumann, Köln
Druck: CPI books, Ebner & Spiegel GmbH, Ulm
Printed in Germany
ISBN 978-3-95441-520-5

Für meine Enkel
Fritz und Lutz

Prolog

Er steht wieder da.

Breitbeinig. Schemenhaft. Unbeweglich wie eine Skulptur. Zur Hälfte hinter einem Baum verborgen. Das Sonnenlicht in seinem Rücken wirft einen langen Schatten auf den Weg. Sein Gesicht ist nicht zu erkennen. Das ist es nie.

Sie bleibt im Eingang stehen und überlegt. Soll sie warten, bis ein Kollege das Gebäude verlässt oder ein Besucher, damit sie in seinem Schutz das Gelände durchqueren und zur Bushaltestelle gelangen kann? Vielleicht nimmt sie jemand im Auto mit. Sie kann auch zurück ins Foyer gehen und den Hintereingang nehmen oder im Laufschritt und mit Tunnelblick an ihm vorbeimarschieren, als hätte sie ihn nicht gesehen.

Denn er wartet ja nur.

Stets nimmt sie nach Feierabend einen anderen Weg nach Hause. Mal nimmt sie die Kurgartenstraße, mal den Nachtigallenweg, manchmal läuft sie auch über den neuen, breiten Fußweg der Dürener Straße hinunter nach Gemünd. Sie geht auch nicht jeden Tag zur gleichen Zeit, ein Vorteil der Schichtarbeit.

Immer suchen ihre Blicke zuerst ihn, sobald sie durch die Glastür im Empfang getreten ist. Oft sieht sie ihn schon vom Treppenhaus im zweiten Stock.

Er ist nicht immer da. Es gibt Unterbrechungen. Wenn sie glaubt, er habe aufgegeben, steht er wieder da. Er tut nichts. Er spricht sie nicht an. Er kommt nicht auf sie zu. Er folgt ihr nicht. Steht nur da. Zur Hälfte hinter einem Baum verborgen. Schemenhaft. Unbeweglich wie eine Skulptur.

Sie weiß genau, dass er es ist. Er ist nicht groß, er ist nicht schlank. Seine welligen Haare reichen bis zu seinen Schultern. Das alles passt zu ihm. Wer sonst soll auch auf sie warten? Sie führt ein einsames Leben. Er muss es sein.

Sein Erscheinen ist ein einziger Vorwurf. Und das schlechte Gewissen, das sie seit dem 10. August 1999 keinen einzigen Tag mehr in Ruhe gelassen hat, wird jedes Mal neu angefacht und brennt lichterloh in ihrem Inneren – ein Dauerfeuer, das nicht ausgehen kann.

Wie oft sie kurz davor ist, auf ihn zuzugehen, sie kann es nicht mehr zählen. Nah genug an ihn heran, um in seine Augen zu sehen, seine Stimme zu hören, seinen Duft einzuatmen, ihn zu berühren und … ihm alles zu erklären, noch einmal und dieses Mal die Wahrheit zu sagen. Sie kann nicht verlangen, dass er ihr verzeiht. Was damals geschehen ist, das lässt sich nicht mehr rückgängig machen. Es lässt sich nicht reparieren. Aber er soll ihr eine Chance geben.

1. Kapitel

Es war nicht Nadines Art, so früh am Morgen wach zu werden und gleich voller Tatendrang zu sein. Erst sieben Uhr. Aber die ersten drei Tage in ihrem Malkurs hatten sie beflügelt, Dinge zu tun, die sie vorher nicht gewagt hätte. Und als jetzt das erste Morgenlicht durch die Spitzengardinen in ihr Pensionszimmer fiel, musste sie einfach aufstehen.

Schnell schlüpfte sie in die Kleidung des Vortags, stieg in die Stiefeletten, warf den Wollmantel über, schob eine Schachtel Ölkreidestifte in die Seitentasche und klemmte sich das Skizzenbuch unter ihren Arm. Sonst brauchte sie nichts. Dort, wo sie hingehen wollte, brauchte sie kein Geld, kein Handy, nur ihre Sinne. Frau Schmidt, ihrer Gastgeberin, die im Speiseraum die quadratischen Tische deckte, winkte sie im Vorübergehen zu. »Zum Frühstück bin ich zurück.«

Der Morgen war kühl und frisch, nur wenige Wolken waren unterwegs, und im Ort war noch nicht viel los. Es war nicht weit bis ins Waldgebiet, und Nadine lief fast. Sie konnte es kaum erwarten, ihre Inspiration in die Tat umzusetzen. Sie hatte eine Vision, eine Idee, auf die sie Anna Jordi, die Leiterin des Malkurses, gebracht hatte. Nadine war auf der Suche nach einem Loch im Wolkenspiel, einem Stück blanken, blauen Himmels, auf ihn zudrängende Baumwipfel, aufragende Stämme. An diesem Ort solle sie sich flach auf den Boden legen und hinaufschauen, hatte die Leiterin gesagt, diese Perspektive sei unverstellt und unvergleichbar. Vor Nadines innerem Auge war das Bild längst fertig.

Ihr Weg führte an dem Hinweisschild zu ihrer Malschule *Malwestt 300 m* vorbei. Wenn sie daran dachte, wie unsicher sie gewesen war, als sie zum ersten Mal vor dem Metalltor in der Klosterstraße gestanden hatte, hinter dem sich die Malwerkstatt befand, musste sie lächeln. Das Tor war zweiflüglig, grau gestrichenen, verbeult und mannshoch. Sie hatte nicht ahnen können, dass sich dahinter eine neue Welt für sie auftat.

Erst drei Tage vorher hatte Nadine die Klinke zu diesem Tor vorsichtig heruntergedrückt. Aber es war verschlossen. Sie sprang hoch und erhaschte einen Blick auf einen gepflasterten Hof und ein niedriges Gebäude dahinter. Keine Staffeleien, keine Farbtöpfe, keine Leinwände. Der Hof war leer und aufgeräumt. Eine Klingel gab es nicht. Ob das angrenzende Fachwerkhaus dazugehörte, wusste sie nicht. Sie hätte dazu die Eingangsstufen hochgehen und auf das Namenschild sehen müssen, das kam ihr aufdringlich vor.

Sie kehrte zurück zur Ahrstraße und überquerte sie, um zum Lühberg zu gelangen, wo sie in der *Pension Schmidt* ein Zimmer gebucht hatte. Ein gelbes Haus, Geranien, Sprossenfenster, Spitzengardinen, ein Hinterhof als Parkplatz für Gäste, es war nach 15 Uhr und sie wurde erwartet. Frau Schmidt, die Mutter der Malerin, stand in der offenen Eingangstür. Eine freundliche, gepflegte Dame vielleicht Ende sechzig, ohne Brille, mit grauem Kurzhaar. Sie trug keine der berüchtigten, bunten Kittelschürzen, sondern ein schönes Strickkleid, das weich fiel und ihr bis zu den Waden reichte, von einem bemerkenswerten Blau.

Frau Schmidt zeigte ihr, wo sie im Hinterhof parken konnte, und übergab ihr die Schlüssel zu ihrem Zimmer, das über eine steile Treppe zu erreichen war.

Es war wie erwartet in bäuerlicher, geblümter, wollener Gemütlichkeit eingerichtet, vielleicht 15 qm groß, verfügte aber auch über den obligatorischen Flachbildschirm. Das Duschbad war renoviert und vom kleinen Balkon aus konnte man einen Ausschnitt der Burg Blankenheim erspähen. Es war perfekt, wie ein Bild in einem Kunstdruckkalender. Van Goghs *Zimmer in Arles*, in fahle Märzsonne getaucht. In diesem Raum, in diesem Bett mit seinem dunklen, geschwungenen Holzgestell aus den Dreißigern würde Nadine keine Angstzustände bekommen.

Nadine holte ihren Mini vom Parkplatz am Ortsrand, parkte im Hinterhof und richtete sich in ihrem Zimmer ein. Als alles an Ort und Stelle lag, überlegte sie, wen sie anrufen könnte, um zu sagen, dass sie gut angekommen war. Aber niemand fiel ihr ein, außer Mann und Sohn. Das musste sich ändern, so konnte es nicht weitergehen. Ihr war klar, dass es zum großen Teil an ihr selbst lag, sie musste sich ein wenig Mühe geben und auf Leute zugehen. Dieser Malkurs war wie gemacht dafür.

Es war nach 18 Uhr, als Nadine die *Brasserie an der Ahr* betrat, wo ein erstes gemeinsames Abendessen zum Kennenlernen stattfinden sollte. Sie durchquerte den Windfang und betrat den Gastraum. Im Hintergrund gab es eine lange Tafel, an der fünf Frauen und ein Mann saßen. Eine der Frauen saß an der Stirnseite, das musste die Kursleiterin sein, Anna Jordi. Sie ähnelte ihrem Foto im Internet. Ein Stuhl am Ende der Tafel war noch frei. Nadine würde mit dem Gesicht zur Wand sitzen müssen und wünschte, sie wäre früher gekommen, aber sie hatte sich zweimal umgezogen. Jetzt würden gleich alle Augen auf ihr ruhen.

Sie bahnte sich einen Weg und wünschte einen Guten Abend, ging von Hand zu Hand. Man stellte sich mit dem Vornamen vor, sie konnte sich – außer Anna, der Kursleiterin – nur den des Mannes merken: Burkhard, ein Rentner oder Pensionär. Die Frauen schienen zwischen vierzig und fünfzig zu sein, wirkten sympathisch und aufgeräumt. Die Speisekarten gingen herum.

Als sie spät am Abend in die *Pension Schmidt* zurückkehrte, war Nadine mit sich im Reinen. Es war besser gelaufen, als sie dachte. Sie wurde beneidet um die Zeit, die sie hatte, und um die Freiheit, keinen Beruf ausüben zu müssen, ebenso um ihr Atelier im Dachgeschoss mit Nordlicht. Sie alle konnten nicht ahnen, wie sie darum gekämpft hatte. Und wie leer sich ihr Leben trotz allem anfühlte, wie bedrohlich ihr die Jahre vorkamen, die noch vor ihr lagen.

Bis vor einem Jahr hielt diesen begnadeten Raum Elisabeth besetzt, ihre Schwiegermutter, und Nadine hatte im Souterrain ihr kleines Reich gehabt, wo sie begonnen hatte, kleine, zaghafte Bilder zu malen, die sie niemandem zeigte und oft genug in kleine Schnipsel riss und vernichtete, weil sie sie für stümperhaften Schund hielt.

Die chronisch kränkelnde Elisabeth zu versorgen, außerdem Felix, einen vielbeschäftigten Ehemann, der Leiter eines Architekturbüros war, und dazu noch Florian, einen halbwüchsigen Sohn, das war eine tagesfüllende Beschäftigung. Erfüllend war es nicht. Aber Nadine sah sich in der Pflicht.

Florian, genannt Flo, war 16 Jahre alt, groß und schlaksig, hatte ein hageres Gesicht, eine schmale Nase, einen vollen Mund, der immer leicht missmutig verzogen war. Er hatte rötlichblondes, dichtes Haar wie seine Mutter, das er lang bis auf die Schultern trug. Blaue Schatten lagen unter seinen hellen Augen, die nicht strahlten, sondern immer trübe aussahen. Er war anstrengend für seine Umgebung, pendelte ständig zwischen Euphorie und Melancholie. Flo besuchte die zehnte Klasse der Gesamtschule in der Martin-Luther-Straße und schrieb entweder eine Eins oder eine Sechs. Seine einzige Leidenschaft galt seiner Band. Er spielte Saxofon seit seinem zehnten Lebensjahr. Ansonsten schien er nicht viel mit seinem Leben anfangen zu können, hatte keine Ahnung, was er werden wollte, vielleicht nichts, auf jeden Fall nicht so ein Spießer, wie seine Eltern es in seinen Augen waren. Die Mitglieder seiner Band waren seine Freunde, Nadine kannte sie nur, weil sie durchs Haus gingen, um in Florians Zimmer zu verschwinden, um dort zu proben. In letzter Zeit hatte Florian eine Freundin, ein verblüffend unattraktives, schüchternes, pummeliges Mädchen, das ihn anhimmelte. Seiner Mutter gegenüber war er abweisend und verschlossen, als wäre sie nicht von dieser Welt. Seine Freundin fand das cool und tat es ihm gleich. Nadine wusste nicht einmal ihren Namen.

Bekannte meinten, sie solle froh sein, dass ihr Sohn keine Drogen nehme und keine kriminellen Neigungen zeige. Aber konnte Nadine denn sicher sein? Sie wusste doch kaum, wie er seine freie Zeit verbrachte.

Nach Elisabeths Tod vor einem Jahr empfand Nadine nichts als Erleichterung. Während sie ihren Mann tröstete, richtete sie in Gedanken schon das Dachgeschoss ein. Im Namen ihres vor Trauer wie gelähmten Ehemannes Felix organisierte sie die Beerdigung und kümmerte sich um den anstehenden Papierkram. Er erbte einen unerwartet hohen Betrag, der angelegt werden musste. Auch das erledigte Nadine und ließ sich vom Anwalt seiner Firma beraten. Felix musste nur noch unterschreiben. Im Hinterkopf das Atelier, machte es ihr nichts aus, das alles zu tun, als wäre sie seine Sekretärin.

Felix hatte gerade ein Großprojekt übernommen, ein mehrstöckiges Gebäude mit Ladenzeile im Erdgeschoss in Zülpich. Er war der Hauptverantwortliche, und es gab natürlich Probleme. Mit der Statik, dem Wegerecht, der Unteren Wasserbehörde und mit dem Kreis Euskirchen.

Elisabeth war einen Monat unter der Erde, als Nadine begann, mit ihrer Familie darüber zu sprechen, wie man das Haus umräumen könnte. Sie war entsetzt, als Florian erklärte, er wolle unbedingt aus seinem Zimmer im ersten Stock raus und ins Dachgeschoss ziehen. Damit hatte sie nicht gerechnet. Sie hatte doch schon jeden

Quadratzentimeter nach ihren Vorstellungen eingerichtet. Sie hatte doch lange genug gewartet. Sie hatte sich das Atelier wirklich verdient.

»Gute Idee«, hörte sie ihren Mann sagen, während ihr fast die Sinne schwanden.

»Nein!«, entfuhr es ihr mit verzweifelter Stimme.

Sie standen im Wohnzimmer. Nadine rannte ans Fenster und blickte hinaus in den Garten, den sie allein bewirtschaftete, bis auf das Rasenmähen, dass sich Felix und Florian teilten. Der Sommer ging dem Ende zu. Wie oft hatten sie zusammen auf der Terrasse gesessen? Nadine konnte die Gelegenheiten an einer Hand abzählen.

Sie wandte sich um. Felix und Florian starrten sie entsetzt an.

»Flo, das Zimmer im Souterrain ist doch ideal für dich. Ich versteh dich nicht. Es ist ideal zum Musikmachen. Es hat einen eigenen Eingang. Auch die Fenster liegen hinter dem Steingarten. Niemand kann dich beobachten. Du kannst da unten machen, was du willst. Wenn du oben wohnst, dann … du bist doch sowieso nie da!«

Florians Blicke irrten zwischen Nadine und Felix hin und her. »Okay«, sagte er schließlich und gab nach. »Wenn dir so viel daran liegt. Das wusste ich nicht. Kein Problem, ich bleibe unten.«

Nach und nach breitete Nadine sich mit ihren Farben, Leinwänden, Bildern, Rahmen, Töpfen, Papierrollen, Keilen, mit Leim und Firnis im Dachgeschoss aus und stellte die Staffelei ins geliebte Nordlicht. Sie war am Ziel ihrer Träume. Sie war angekommen. In ihrem Element. Endlich.

Das Atelier war ein nahezu quadratischer Raum ohne Zwischenwände in den Maßen der Grundfläche des Reihen-Mittelhauses, in dem Nadine seit fünfzehn Jahren mit ihrer Familie wohnte. Die Fensterfront Richtung Süden war mit naturweißen Leinenrollos verhängt, wie Nadine es in den Museen der Welt gesehen hatte. Wenn die Dämmerung einsetzte und allmählich zur Nacht wurde, schaltete sie die abgeblendete Beleuchtung ein und flutete den Raum mit künstlichem Tageslicht, das keinen Schatten warf. Aber am Tag, da hatte das Atelier Nordlicht. Es war das Licht der großen Maler.

Das alles war jetzt sechs Wochen her. Nadine hatte den Ortskern von Blankenheim längst hinter sich gelassen, wich nach wenigen Metern von der breiten Fahrspur ab, die in den Wald führte, stapfte kreuz und quer ins Unterholz hinein, auf der Suche nach einer geeigneten Stelle. Es wurde stiller mit jedem Schritt, da war nur noch hin und wieder ein Knacken und Knistern und ein einzelner warnender Vogelschrei. Es ging bergauf, Nadine begann zu schnaufen und blickte sich um. Den Ort ihrer Vision schien es nicht zu geben.

Aber dann tat sich doch vor ihr ein kleiner, sonniger Platz auf, nicht viel größer als ein Zimmer, oval, umringt von hohen, eng aneinander stehenden, nackten Baumstämmen, die in bewachsene Wipfeln mündeten, dunkle Fichten, die im Wind leise schaukelten. Über ihnen öffnete sich das Wolkenspiel, und ein Stück blanker Himmel zog auf. Lächelnd strich sie über einen Baumstamm. Hier war es.

Sie bückte sich und legte eine Hand auf den feuchten Waldboden. Sie hätte sich besser eine Decke mitgenommen. Ihr Mantel würde später voller Flecken sein, Fichtennadeln und brauner Blätter. Die feuchte Kälte eines Märzmorgens in der Eifel würde ihr in die Knochen und Muskeln kriechen. Sie würde Kopfschmerzen bekommen und sich die Haare waschen müssen, bevor sie zum Frühstück ging. Wenn sie überhaupt wieder hochkam nach der Zeit, die sie brauchte. Wenn sie da nicht schon ein Stück eingefroren war. Es konnte nicht viel wärmer sein als drei oder vier Grad.

Der bemooste Baumstumpf konnte ihr als Kopfstütze dienen. Nadine legte das Skizzenbuch ab und machte eine Liegeprobe. Der Blick nach oben entschädigte sie für alles, alles. Sie öffnete die Schachtel mit den Ölkreidestiften und zog den blauen Stift hervor. Dieser Himmel. Ob sie jemals an dieses unvergleichliche Blau herankam?

Aber während der Stift über das Papier glitt, liefen Nadines Gedanken davon. Welch ein Glück, dass sie hier lag, dass ihr Anna Jordi und deren Malwerkstatt begegnet waren. Es hätte auch anders kommen können.

Als sie begann, sich für eine Malreise zu interessieren, stellte sie fest, wie unübersichtlich riesig der Markt für Kunstreisen war, wie populär, wie hip. Es wurden Reisen in die halbe Welt angeboten: nach Mallorca, Italien, Griechenland oder Österreich, auf deutsche Nordseeinseln. Dort wurde in traumhafter Umgebung auf einfachen Bauernhöfen oder Fincas, aber auch in luxuriösen Hotels alles gelehrt, was das Herz der Kreativen begehrte, eine unglaubliche Auswahl: Bildhauerei, Stein oder Holz, Zeichnen – Freiluft oder Atelier, Malen in Öl, Aquarell oder Acryl, Modellieren, Töpfern, Schmieden, Spinnen, Weben, Filzen … aber nicht nur die bildende Kunst war Ziel der Begierde, auch die Kunst der Meditation, der Kräuterkunde, das Vegane Kochen, Heilfastenwandern …

Aber Nadine, die seit ihrer Hochzeit nicht mehr allein verreist war, wollte lieber in Deutschland und in der Nähe bleiben und landete so bei Pandora-Reisen mit Sitz in Koblenz, dem offensichtlich führenden regionalen Anbieter von Kreativreisen in der Eifel. Das Unternehmen hatte hervorragende Bewertungen im Netz und bot günstige Konditionen. Die Alternativen erschienen blass und bieder dagegen.

Es kostete Nadine Überwindung, ihre beiden Männer für einige Tage sich selbst zu überlassen, in der Gewissheit, sie kämen ohne sie nicht klar, würden nichts zu essen finden, nicht nach der Post sehen und alles sähe aus wie nach einem Einbruch, wenn sie zurückkam.

Sie wählte »Acryl für Anfänger«, der von der Künstlerin Anna Jordi geleitet wurde, der Inhaberin der Malschule *Malwestt*, weil ihr das Foto und die Vita gefielen. Anna Jordi hatte in Köln Kunst studiert, den Beruf der Lehrerin nur kurz ausgeübt, ehe sie sich selbstständig gemacht hatte. Ganz ähnlich wie Nadine, die nur bis zu Florians Geburt in Köln unterrichtet hatte, nicht Kunst, sondern Deutsch und Geografie in der Oberstufe des Hildegard-von-Bingen-Gymnasiums, sich aber nicht selbstständig gemacht hatte, sondern als Ehefrau und Mutter von der Bildfläche verschwunden war.

Anna Jordi konnte eine Reihe Ausstellungen vorweisen, sogar den Preis einer Stiftung. Ihre Werke waren Großformate, es gab im Internet Ansichten von drei Gemälden. Sie sprachen Nadine an, ja, so wollte sie auch malen können: wild, abstrakt, hell, sonnig, klar und inspirierend, vage genug, um die Gedanken auf unterschiedliche Wege zu bringen.

Der Kurs sollte vom 3. bis zum 9. März stattfinden und war auf mindestens fünf und maximal acht Personen ausgelegt. Mittag- und Abendessen konnte Nadine zusammen mit den anderen Seminarteilnehmern in einem der Restaurants in Blankenheim einnehmen. Der Kurs endete am Nachmittag um 15 Uhr. Dann wurde das Atelier nicht geschlossen, sondern stand den Teilnehmern zum »Freien Malen« bis 22 Uhr zur Verfügung. Malen bis zum Umfallen, dachte Nadine selig, und konnte es kaum erwarten.

Felix sagte sie es am späten Abend, nachdem er das Licht ausgemacht, sich auf den Rücken gelegt und ihr seufzend Gute Nacht gewünscht hatte. Sie hatten kurzen, routinierten Sex gehabt. Sie verschwieg den Malkurs und sprach von einer kleinen Auszeit, die sie dringend brauche. Sie musste einfach einmal ein paar Tage allein sein. Nach allem. Das sagte sie nur für den Fall, dass er auf die absurde Idee kam, sie zu begleiten. Es hörte sich auch nicht an, als wäre die Reise schon gebucht. Felix sollte das letzte Wort haben. Wie erwartet, war er einverstanden. Es schien ihm egal zu sein.

Florian hatte anders reagiert. Er hatte sie ausgefragt und fand es toll, dass sie allein etwas unternahm. Er schien stolz auf seine Mutter zu sein. Es gab keinen

Grund, ein schlechtes Gewissen zu haben. Warum hatte sie es trotzdem?

Am Abreisetag gab es nur die Nachbarin, die alte Frau Gerber, die gegenüber wohnte und die Gardine beiseitegeschoben hatte, um zu sehen, was in dem Haus der Dürkheims vor sich ging, als Nadine hin und her lief, das Auto packte und davonfuhr, und sicher fiel ihr auch auf, dass das Auto am Abend nicht zurückkam, aber …

Nadine wurde das Skizzenbuch mit roher Gewalt aus der Hand gerissen. Sie starrte in den Lauf einer Pistole. Angst übermannte sie wie eine heiße Welle, ihr Herz stolperte und setzte aus, ihr Atem stockte, ihr Nacken erstarrte. Das Gesicht, das wütend auf sie herabblickte, hatte sie mal irgendwo und irgendwann gesehen. Aber wie der Mann hieß, daran konnte sie sich nicht erinnern. Ein Knall und ein nie gekannter Schmerz setzte all ihren Überlegungen ein Ende.

Was folgte, war Stille.

Leichenstille.

2. Kapitel

Telefonklingeln durchbrach die Stille im Forsthaus am Ende der Stromleitung. Sonja Senger schrak aus dem Ohrensessel hoch, das offene Buch rutschte von ihrem Schoß, landete auf dem Fußboden und schlug zu. Kater West starrte von der Fensterbank aus mit einem seiner gelben Augen verwundert auf das Buch.

Wieder klingelte es.

Sonjas Füße glitten vom Hocker, ächzend stemmte sie sich hoch. Es war noch hell draußen, noch lag kein Abendlicht über den Feldern, die Scheiben ihres Autos, das vor dem Haus parkte, waren beschlagen. Sie musste eingeschlafen sein. Sie hatte nach dem Mittagessen ein Viertelstündchen lesen wollen, in *Die Giftköchin* von diesem finnischen Autor, dessen Name sie sich nicht merken konnte, weil er für hiesige Gewohnheiten unaussprechlich war. Sie stieg über das einsame, rote Holzhaus am Ufer des dunkelblauen Fjords. Ihr rechter Fuß war eingeschlafen.

Wieder Klingeln.

West ließ den Kopf auf die Pfoten sinken und seufzte. Sonja humpelte zum Telefon, das neuerdings öfter stumm in seiner Ladeschale steckte, als ihr lieb war. Alle hatten immer so viel zu tun. Sonja hatte aufgehört, den wenigen Bekannten hinterherzutelefonieren und beschlossen abzuwarten, bis es im Forsthaus klingelte.

Die einzige, die sich regelmäßig meldete, war Frieda. Frieda Stein, ihre Nachfolgerin in der Mordkommission Euskirchen. Auch wenn es nur war, um kurz Hallo zu sagen und auf die Frage: *Lebst du noch?* die unwirsche Antwort zu bekommen: *Nein.*

»Frieda?«, rief Sonja ins Telefon.

»Hallo Omilein! Ich bin's!«

Omilein? Sonja nahm das Telefon vom Ohr und blickte es ungläubig an. Wie bitte? Träumte sie? Im nächsten Moment war sie schlagartig wach, nichts tat mehr weh, nichts war mehr zu mühsam, nichts zu dunkel, nichts mehr öde.

»Omilein!«, plärrte es weinerlich aus dem Lautsprecher.

Unfassbar! Sie hatte schon befürchtet, es träfe sie nie. Aber nun! Selig lächelte sie auf das Display, das eine unbekannte Mobilfunknummer anzeigte. Endlich bekam auch sie einen dieser berüchtigten Anrufe. Schnell presste sie das Telefon wieder an ihr Ohr und kritzelte nebenher mit einem stumpfen Bleistift die Telefonnummer auf den *Kölner Stadt-Anzeiger,* Ausgabe Eifel, Seite 5, wo ein Trinkgelage in Euskirchen für alle Beteiligten im Krankenhaus endete.

»Wer ist denn da?«

»Rate doch mal!«

»Mein Lieblingsenkel?«, fragte sie prompt, ein Leben lang ledig und kinderlos, aber auf der Höhe und nicht verschlafen.

»Genau, Omi, ich bin's.«

Wie hießen Kinder heutzutage, überlegte sie fieber-
haft. »Warte, ich komm nicht auf deinen Namen. Hab
ja lange nichts von dir gehört.« Sie checkte die Telefonnummern gegen, ergänzte die beiden fehlenden Zahlen. »Du bist der ... der ... der Max, stimmt's?«

»Ja, genau, dein kleiner Max.«

Sie hätte auch Simon oder David sagen können. Ihr
Lieblingsenkel wäre einverstanden gewesen. »Das ist
aber schön, Max, dass du dich mal meldest. Wo bist du
denn gerade?«

»In ... in ...«, Max musste nachdenken und zog schluch-
zend die Nase hoch.

»Bist du erkältet?«

»Nein.« Schluchz. Schnief. »Das ist es nicht.«

»Aber du hörst dich schlimm an.«

»Mir geht es auch echt nicht gut.«

Ob er Geld brauche, wollte Sonja schon fragen, biss
sich aber im letzten Moment auf die Lippen. Nichts
überstürzen. »Was hast du denn, mein Kleiner? Ärger
mit Mama und Papa?«

Schluchz. Schnief. »Woher weißt du das?«

»Na, ich kenn doch meine Tochter«, antwortete Sonja.
Sie hätte auch *meinen Sohn* sagen können, es spielte keine Rolle. Max widersprach nicht. Und sie hatte weder
die eine noch den anderen.

»Ich habe ein Problem«, seufzte er. »Ein großes sogar.«

»In der Schule?«

Stille im Telefon. Sonja sah ein klägliches, rotznäsiges
Jungengesicht vor sich. »Soll ich mal mit deinen Eltern
reden?«

»Nein! Nein«, wehrte er entsetzt ab. »Ich … ich … weiß nicht, ich trau mich gar nicht, dich zu fragen.«

Wie rührend. Sonja wurde langsam ungeduldig. Nun, komm schon, sag es.

»Aber es wäre mega, wenn du mir helfen würdest.«

»Mach ich, mein Junge, aber wie denn nur?«

»Wenn du mir … ein wenig … ein wenig Geld leihen könntest.«

Ha! Sonja triumphierte. Jetzt wurde es interessant.

»Nur ganz kurz und du bekommst es auch garantiert wieder. Ich schwöre es dir.«

»G e l d?«, fragte sie und ließ ihre Stimme geriatrisch zittern. »Wozu denn?«

»Ach, es ist alles so furchtbar. Oskar wurde doch angefahren.«

War Oskar jetzt ihr Sohn oder Schwiegersohn? Keine falschen Fragen. Sonja wartete ab.

»Mein süßer, kleiner Oskar, er ist doch noch ganz jung, hat sich nur losgerissen, weil er spielen wollte und ist auf die Straße gelaufen. Ich hab ihn natürlich sofort zum Tierarzt gebracht. Der hat ihn stundenlang operiert.«

»Ach je«, stöhnte Sonja auf. Das hörte sich nach einem Hund an. »Geht's ihm denn jetzt wieder gut?«

»Er muss noch mal operiert werden.«

»Aber der Mann, der ihn angefahren hat, muss das doch zahlen. Der war schuld.«

»Das war er auch, aber der ist einfach weitergefahren.«

»Oh nein! Auch das noch. Hast du sein Nummernschild notiert?«

»Nein, ich hab mich nur um meinen Oskar gekümmert. Er war voller Blut und heulte und jammerte und strampelte und schrie wie am Spieß.«

»Das hast du gut gemacht«, lobte Sonja ihn. »Das war Fahrerflucht oder wie man das nennt.«

»Genau, Omilein.«

»Warst du bei der Polizei?« Sonja unterdrückte ein Kichern.

»Nein, ich bin sofort zum Tierarzt. Ich konnte an nichts anderes denken.«

Gut gekontert. »Dann müssen deine Eltern alles zahlen.«

Max heulte los. »Das ist es ja. Aber die wollten ihn einschläfern lassen, stell dir vor.«

»Oh nein! Der arme Oskar! Das ist ihnen wohl zu teuer, was? Ja, meine Tochter war immer ein Geizhals.«

Sonjas Polizistenherz schlug ihr bis zum Hals. Insgeheim begann sie zu ermitteln: Zeugen, Name des Tierarztes … aber dann rief sie sich zur Ordnung, wollte es nicht verderben, die Angelegenheit war delikat.

»Deswegen hab ich Oskar ja auch heimlich operieren lassen. Ich hab mir das Geld geliehen. Aber es reicht nicht. Und jetzt will er das Geld auch noch zurück.«

»Wer?«

Schweigen.

»Wer?«, Sonjas Frage klang schärfer.

»Ich dachte, er wäre mein Freund.«

»Bei Geld hört die Freundschaft auf«, betete ihm Sonja vor. »Warum hast du dich nicht eher bei mir gemeldet?«

»Ehrlich gesagt, ich hab mich nicht getraut.«

»Aber ich bin doch deine Oma«, erinnerte Sonja ihn. »Dazu sind Omas doch da. Wie viel brauchst du denn? Ich habe leider nicht viel im Haus.«

»Wie viel hast du denn da?«

»Da muss ich erst nachsehen.«

»Ich brauche mindestens …« Max verschluckte die Zahl.

»Wie viel?«

»Tausend.«

»Tausend?«, wiederholte Sonja entsetzt.

»Die zweite Operation wird kompliziert.«

»Hör zu, Max, das kriegen wir irgendwie hin«, sagte sie. »Mach dir keine Sorgen.«

»Ich muss es aber morgen früh abliefern«, quengelte Max weiter. »Punkt acht Uhr.«

»Wie stellst du dir das vor? Heute ist Sonntag, alle Banken haben zu, was machen wir denn da?«

»Am Automaten kann man doch abheben, oder?«

»Ja, aber hier bei mir im Ort gibt es keinen Automaten. Ich müsste nach Gemünd fahren.«

»Hast du kein Auto?«

»Doch.«

Jetzt musste Sonja schlucken. Max war dreist, geschult, zielsicher, verhandlungsstark. Und sie war nicht sein erstes Opfer. Er war ein Profi-Trickbetrüger. Beeindruckend. Entsetzlich traurig, fand Sonja. Wie hatte es so weit kommen können?

»Wenn ich nicht zahle, macht der mich fertig.« Max schniefte herzzerreißend. »Und was soll dann aus Oskar werden?«

»Um Himmels willen, Max, wer ist das denn, der dich so fertig macht?«, rief Sonja aufgelöst.

»Das darf ich nicht sagen.«

»Okay. Komm sofort zu mir, mein Junge, hörst du? «

»Ja.« Schluchz. »Omi.« Schluchz.

»Ich fahr in der Zwischenzeit schnell zur Bank und bin in einer halben Stunde zurück.«

»Danke.« Schluchz.

Sonja wollte das Gespräch beenden, als er sagte: »Warte mal, bitte rede mit niemandem darüber. Versprichst du mir das? Vor allem nicht mit Mama und Papa. Sie würden mich …«

»Mach ich nicht.«

»Ehrlich nicht?«

»Versprochen. Ich schweige wie ein Grab.«

»Und noch was.«

»Was denn jetzt noch?«, fragte sie ungeduldig.

»Wundere dich nicht, aber ich kann nicht selbst kommen.«

Sonja brauchte drei Sekunden, ehe ihr einfiel, dass Max wirklich jeden Trick aus der Kiste holte.

»Omilein? Bist du noch dran?«

»Ja klar, bin ich noch dran. Ich finde es nur schade, ich hätte dich so gern noch einmal wiedergesehen. Du musst ganz schön gewachsen sein, seit ich dich das letzte Mal gesehen habe. Wie alt bist du jetzt?«

»Rate doch mal.«

Schon wieder. »Acht?«

»Genau.«

Der Junge am Telefon war noch nicht im Stimmbruch, aber acht Jahre war er auch nicht mehr. Er konnte nicht wissen, dass Sonja im Laufe ihrer Dienstjahre ein sicheres Gespür für Stimmen entwickelt hatte. Sie schätzte Max auf zehn bis zwölf Jahre. Normalerweise waren Enkeltrickbetrüger deutlich älter. Diese Bande hier musste es irgendwie geschafft haben, einen erstaunlich jungen Gehilfen zu rekrutieren. »Warum kannst du denn nicht selbst kommen?«

»Aber ich bin doch in Wiesbaden.«

»In Wiesbaden?«, tat Sonja entsetzt. »Was machst du denn in Wiesbaden?«

»Ich bin hier in der Tierklinik. Ich kann Oskar keine Sekunde allein lassen. Er braucht mich jetzt, verstehst du?«

»Ich verstehe.«

»Kai kommt zu dir, er wohnt in deiner Nähe.«

»Kai?«, fragte Sonja langsam. »Wer ist denn Kai?«

»Mein bester Freund.«

»Woher weiß ich denn, dass er es ist. Und nicht irgendein … Betrüger?«

Max antwortete ungerührt. »Ich beschreib ihn dir: Ganz einfach, er trägt ein schwarzes Käppi, Jeansjacke und Jeans und Turnschuhe. Er hat hellbraune Haare, ganz kurz. Und als Erkennungszeichen einen roten Fleck über der rechten Augenbraue. Er ist genauso alt wie ich. Und er ruft mich auf seinem Handy an, sobald er bei dir ist und du kannst dann mit mir sprechen, okay? Er heißt Kai.«

»Ich weiß. Und wie kommt das Geld bis morgen früh zu dir nach Wiesbaden?«

»Kai fährt die ganze Nacht durch.«

»Mit dem Zug?«

»Mit dem Auto.«

»Ich denke, er ist so alt wie du.«

Max räusperte sich. Sonja stellte viele Fragen. Zu viele?

»Nein, natürlich nicht, ein Freund fährt ihn.«

Der Freund vom Freund dessen Freund, dachte Sonja.

»Hoffentlich klappt das auch alles.«

»Natürlich!«, rief Max im Brustton der Überzeugung. »Danke, Omilein. Du bist die Allerbeste. Das vergesse ich dir nie. Bis gleich. Wir telefonieren. Hab dich lieb.«

Klick.

»Ich sag dir gleich Omilein«, brummte Sonja und schob das Telefon in eine der ausgebeulten Taschen ihrer Strickjacke.

Für den Fall, dass Max und Kai und sein Fahrer sie beobachteten, zögerte die Hauptkommissarin a. D. nicht lange und machte sich auf den Weg zu ihrer Hausbank. Sie verstaute einen Brustbeutel im Dekolleté und steckte ihre Pistole in ihre Handtasche. Eine Walther P6, die sie nach ihrer Pensionierung ordnungsgemäß erworben und die ihren Stammplatz im Nachttisch hatte, während die Munition sich an einem anderen Ort befand, wie es sich gehörte, in einer Box unter dem Bett. Sonja lud die Pistole und kontrollierte die Sicherung. Auch ihr Handy, ein Smartphone, wanderte in die Handtasche.

Zwei Jahre zuvor, als sie einen Tatverdächtigen in einem Mordfall für Frieda Stein ablenkte und in Schach hielt, »überließ« dieser ihr das Smartphone, in Unkenntnis der misslichen Lage, in der er sich befand, und in der Hoffnung, ein gutes Geschäft zu machen. Es hatte ihm nicht genützt. Sie lieferte ihn trotzdem aus.

So vorbereitet stieg Sonja in ihr neues Auto, das im Vorgarten am Ladekabel gehangen hatte.

Nach langen Überlegungen und Nachforschungen und beeindruckt von der Bewegung *Fridays for future* war sie von ihrem uralten, dieselfressenden Passat auf ein kleines e-Auto umgestiegen. Offizieller Name seiner Farbe: Olympiablau. Zeitgleich war sie zu einem Anbieter von Ökostrom gewechselt, der ihr auch eine Ladestation verkaufte. Hinzu kam der selbst erwirtschaftete Strom ihres Windrades, das ein wenig an die Mühlen des Don Quichotte erinnerte. So ausgestattet hatte Sonja jedes Mal ein sauberes Gefühl und reines Gewissen, wenn sie irgendwo das Licht einschaltete, durch die Weltgeschichte googelte oder auf den Straßen der Eifel unterwegs war.

Während der Fahrt fiel ihr im Rückspiegel kein Auto auf, das auf bedenkliche Art und Weise hinter ihr herzockelte. Sonja Senger war Kundin der Volks- und Raiffeisenbank Nordeifel, die eine Filiale in Gemünd betrieb. Auf dem Parkplatz auf dem Marienplatz waren nur wenige Plätze belegt, in keinem der Autos saß jemand. Sie fröstelte. Als sie die Dreiborner Straße überquerte, vermied sie es, sich umzublicken. Schließlich war sie ein Profi. Auszahlungsautomaten und der Drucker für die Kontoauszüge lagen diskret hinter den Eingangstüren. Tausend Euro war die Höchstsumme, die an einem Tag ausbezahlt wurde. Hatte Max deswegen tausend Euro gefordert? Sonja ließ es bei den Kontoauszügen bewenden und verstaute sie im Brustbeutel.

Sie verwahrte ein wenig Bargeld in der Schublade des Esstisches auf, wo auch Post und Rechnungen darauf warteten, eines Tages geordnet und abgeheftet zu werden. Darunter befand sich ein flaches Fach, ein Geheimfach, wo ein paar hundert Euro in krumpeligen Scheinen als eiserne Reserve lagerten. Morgen kam neues Holz für den grünen Kachelofen, das musste sie bar bezahlen.

Auch die Rückfahrt war unauffällig. Als das Handy in ihrer Handtasche klingelte, bog Sonja gerade am Tönnishäuschen von der B 265 links Richtung Wolfgarten ab. Sie schaffte es bis zum Wanderparkplatz linker Hand. Es war Frieda.

»Ja?«, fragte sie ein wenig atemlos. Eine Sekunde lang überlegte sie, Frieda von ihrem Experiment zu berichten, es brannte ihr auf den Nägeln, aber dann hätte sie sofort die Polizei am Hals.

»Wo bist du?«, fragte Frieda.

»Im Auto. Unterwegs. Ich war in Gemünd, am Bankautomaten.«

»Um diese Uhrzeit?«

»Warum nicht?«, fragte Sonja zurück. »Ich hatte kein Geld mehr im Haus.«

»Alles okay bei dir?«

»Natürlich.«

»Ich wollte heute Abend vorbeikommen.«

»Oh, das geht nicht«, wiegelte Sonja schnell ab. »Heute nicht. Leider. Morgen vielleicht.«

»Was hast du denn vor?«

Frieda übertrieb es mit ihrer Fürsorge, wenn man sie nicht ausbremste. Sonja schwieg, ein sicheres Mittel, um sie darauf aufmerksam machen.

An der *Kermeterschänke* bog Sonja ab und folgte der einzigen Straße, die durch Wolfgarten verlief, bis zum Ziegenbendgesweg, der in den Feldweg mündete, vorbei am blauen Hühnerwagen, in dem es leise gackerte. Kein Auto stand vor dem Forsthaus.

Die Kontoauszüge verschwanden in der Schublade des Esstisches. Pistole und Handy wanderten zurück in die ausgebeulten Taschen ihrer Strickjacke. Sie war bereit für den Fall ihres Lebens.

Sie stellte sich ans Fenster, legte eine Hand auf den runden Rücken ihres alten, zahnlosen Katers, der auf der Fensterbank döste, und blickte hinaus. Nebel zog heran. In dünnen, weißen Schwaden schwebte er wie vom Winde verweht über die Anhöhe. Der Feldweg, den man gewöhnlich bis ins Dorf verfolgen konnte, verschwand nach wenigen Metern im Dunst. Alles schien die Farbe zu verlieren. Ihr olympiablaues Auto erschien eher gletschergrau. Außer dem Forsthaus schien es auf der Welt rundherum nicht mehr viel zu geben. Und im Forsthaus gab es nur einen uralten, zahnlosen, einäugigen Kater und eine pensionierte Kommissarin, die sich eine Betrügergang als Opfer ausgesucht hatte.

West genoss schnurrend das Streicheln. Nach einem Schlaganfall war er halbseitig eingeschränkt und konnte nur noch das linke seiner beiden gelben Augen öffnen. Er humpelte und verschlief die meiste Zeit des Tages, aber zu einer Schale Senior-Premium-Gold-Select sagte er nicht nein. Er habe keine Schmerzen, hatte der Tierarzt versichert. Sie solle ihn verwöhnen. Als ob Sonja das nicht sein ganzes Leben lang getan hätte.

»Wir bekommen Besuch«, murmelte sie. »Kai kommt.«

Wests linkes Ohr zuckte.

Mit jedem neuen Enkeltrick, der während ihrer Dienstzeit und danach durch die Presse gegangen war, hatte Sonja sich geschworen, sollte sie jemals einen dieser Anrufe erhalten, was Gott nicht verhüten möge, würde sie auf jeden Fall nicht das tun, was im Programm Polizeiliche Kriminalprävention – kurz ProPK – des Landes NRW stand:

[...] Seien Sie vorsichtig, wenn Sie jemand telefonisch um Geld bittet.
Legen Sie einfach den Telefonhörer auf, sobald Ihr Gesprächspartner, häufig ein angeblicher Enkel, Geld von Ihnen fordert.
Vergewissern Sie sich, ob der Anrufer ein Verwandter ist. Rufen Sie ihn zurück.
Übergeben Sie niemals Geld an Ihnen unbekannte Personen.
Informieren Sie sofort die Polizei, wenn Ihnen ein Anruf verdächtig vorkommt: Notrufnummer 110!
Wenden Sie sich auf jeden Fall an die Polizei, wenn Sie Opfer geworden sind, und erstatten Sie eine Anzeige.
Bei Fragen helfen Ihnen die im Opferschutz besonders geschulten Beamtinnen und Beamten Ihrer örtlichen Polizei gerne. [...]

Diese Ratschläge waren natürlich sinnvoll, und die Bevölkerung sollte sie unbedingt befolgen, wenn ihr Hab und Gut und Leib und Leben lieb waren. Im Falle Sonja Senger lagen die Dinge anders.

Sie *war* die Polizei. Auch wenn sie inzwischen im Ruhestand war, konnte sie nicht die Finger davon lassen. Ihr Herz gehörte der Mordkommission der Kreispolizeibehörde Euskirchen. Und würde es immer tun. Außerdem wollte sie Max oder Kai nicht loswerden, sondern das Gegenteil: Sie wollte sie anlocken, anfüttern, herausfinden, was sie dazu trieb, alte, arme, einsame Frauen aufzuspüren und um ihre Ersparnisse zu bringen. Sie wollte nicht in die alte Leier einstimmen, dass so etwas früher nicht hätte geschehen können, als die Welt noch in Ordnung war, das Zusammenleben der Generationen noch funktionierte. Sie wollte etwas dagegen unternehmen. Jeder Mensch braucht eine Mission. Sonja hatte diese zu ihrer erkoren. Ihr Bauch knurrte, als wäre sie hungrig. Ihre Hände kribbelten, als wüssten sie nicht, was zuerst tun.

Ihre Gedanken überschlugen sich. Sie ahnte einen Fall, der anders sein würde als jeder andere. Das war ihre Chance.

Nur in einem verschwindend kleinen Teil ihres Bewusstseins gestand sie sich ein, dass sie auch den Kollegen und der ganzen Welt beweisen wollte, dass sie nicht zum alten Eisen gehörte. Aber das war absolut nachrangig. Letztendlich wollte sie diese vermeintlichen Enkel wieder auf die Spur bringen, damit sie sich nicht den Rest ihres Lebens verdarben. Er war kurz genug.

Aber kein Kai tauchte aus dem Nebel auf. Sonja wandte sich seufzend ab und wanderte in der Wohnküche umher. Sie stellte sich einen Haufen Fragen. Woher hatte Max ihre Telefonnummer? Woher wusste er, wo sie wohnte? Er hatte nicht nach ihrer Adresse gefragt. Wie kam er auf die Idee, dass sie einen leibhaftigen Enkel hatte?

Sonja Senger stand nicht im Telefonbuch. Er musste sie ausspioniert haben. Alte Frau, alleinstehend, Haus, Garten, neues Auto – Beuteschema erfüllt? War er über das Kfz-Kennzeichen an ihren Namen gekommen? War er im

Haus gewesen und hatte herumgeschnüffelt? Hatte er Fotos von Frieda Stein gesehen und geglaubt, sie sei Sonjas Tochter? Hatte er die Nachbarkinder gesehen, die Sonja im Sommer manchmal in ihren Garten ließ, und denen sie im Winter Geschichten von bösen Männern erzählte, die sie gefangen hatte? Hatte er sie für ihre Enkel gehalten? Es waren zwei Jungen darunter, die etwa acht Jahre alt waren, die voller Ehrfurcht nach ihrer Pistole fragten.

Hatte er in Wolfgarten herumgefragt? Das konnte nicht sein, man wusste im Ort, dass die Frau im Forsthaus am Ende der Stromleitung Polizistin war.

Nein, es musste für die mit dem Internet aufgewachsene Jugend andere Wege geben, Telefonnummern und die dazugehörigen Adressen herauszubekommen.

Sonja rief die Telefonnummer an, die sie in Eile während des Gesprächs mit Max auf den *Kölner Stadt-Anzeiger* gekritzelt hatte. Es tutete verheißungsvoll. Aber dann behauptete die blecherne Automatenstimme, dass diese Nummer nicht existiere. Sonja hatte sich nicht verschrieben. Sie hätte darauf wetten können, dass diese Nummer zu einem Prepaid-Handy gehörte, das auch kein Fachmann in der KTU jemals würde orten können. SIM-Karten wurden in gewissen Kreisen häufiger gewechselt als die Socken. Es gab einen Markt dafür, es gab für alles einen Markt.

»Machen wir uns nichts vor, West«, sagte Sonja. »Unser Landrat Rosenke hätte seine helle Freude. Es ist alles wie aus dem *ProPK*.«

Nur, dass Kai nicht kam.

3. Kapitel

Sie lag auf dem Rücken. Ihr Kopf war zur Seite gefallen. Ihre vollen, ungeschminkten Lippen waren leicht geöffnet, und ein Rinnsal aus Blut hatte eine Spur übers Kinn am Hals bis zum Waldboden hinab hinterlassen. Ihre Hände lagen zu Fäusten geballt schützend übereinander auf ihrer Brust. Am Ringfinger der rechten Hand blitzte ein schmaler Ehering auf. Sie trug ihre rotblonden, langen Haare offen. Schlank war sie, über 1,70 Meter groß, teuer und edel angezogen. Aber sie war tot.

Mit fürsorglichen Gesten schloss Dr. Meiser, die Rechtsmedizinerin, die weit offenstehenden Augen mit den eisblauen, starren Pupillen, legte die Arme neben den Rumpf, und ein schwarz-roter Fleck eine Handbreit unter ihrem Schlüsselbein kam zum Vorschein. Die Handteller waren blutverkrustet. Fast andächtig schob Dr. Meiser auch die Beine und Füße, die verdreht zu beiden Seiten gelegen hatten, ordentlich nebeneinander. Vom rechten Fuß hatte sich die Stiefelette gelöst und lag einige Meter entfernt. Hatte die Frau sie beim Versuch zu fliehen verloren? Stattdessen leuchtete eine Socke in einem grell-bunten Rautenmuster unpassend fröhlich umher. Nicht weit vom Schuh entfernt lag eine geöffnete Schachtel mit Ölkreidestiften. Zehn Stück laut Aufdruck, aber es waren nur noch neun Stifte in unterschiedlichen Größen drin. Ergänzt wurde das Stillleben durch einen aufgeschlagenen Skizzenblock im länglichen Format. Die Seite zeigte die ersten Striche eines Kunstwerkes. Es war mit ungeübtem Auge nicht zu erkennen, was es einmal geworden wäre, wenn die Künstlerin mehr Zeit gehabt hätte. Sie hatte sich für Blau entschieden. Es war der blaue Ölkreidestift, der in der Schachtel fehlte.

Dr. Meiser schnitt den hellgrauen Pullover der Toten auf, die weiße Bluse darunter und auch das Unterhemd. Schwarzrot war das Blut durch alle Schichten gesickert und auf den Fasern verlaufen und zerronnen wie ein Tintenfleck. Im sonnengebräunten Brustkorb klaffte ein Loch, vielleicht ein bis zwei Zentimeter groß.

Vorsichtig, der einsetzenden Leichenstarre entgegen, drehte Dr. Meiser die Tote auf die Seite und schob den Pullover hoch, kein Austrittsloch des Projektils war zu entdecken, aber Totenflecken auf den Schulterblättern, der Wirbelsäule, dem Gesäß. Eine weitere Verletzung war eine längliche Schürfwunde am Hinterkopf. Sicher kamen weitere, auch Prellungen, hinzu, wenn sie die Tote später in den Räumen der Rechtsmedizin untersuchte.

Abschließend ordnete Dr. Meiser die Kleidung der Toten wieder. Als sie endlich von ihr abließ und sich ächzend erhob, gab sie den Blick frei für die fünf Umstehenden: zwei Kriminaltechniker aus Bonn und drei Kommissare aus Euskirchen, Oberkommissarin Frieda Stein und die Hauptkommissare Klaus Brummer und Achim

Neugebauer von der Mordkommission, die sich auf den Weg nach Blankenheim gemacht hatten, nachdem die Meldung vom Fund der Toten eingegangen war.

»Eine regelrechte Hinrichtung«, sagte Dr. Meiser, zog die blauen Einmalhandschuhe aus und wandte sich an Frieda Stein. »Ein Schuss aus nächster, aus allernächster Nähe. Ehe Sie fragen, die Tote ist seit mindestens zwei Stunden tot und mit Sicherheit an den Folgen des Schusses gestorben. Das Projektil sitzt noch im Brustraum. Haben Sie irgendetwas gefunden, Papiere?«

»Nein, nichts«, antwortete Frieda. »Nur da drüben die Schachtel mit den Ölkreidestiften und den Skizzenblock.«

»Die habe ich auch gesehen.« Dr. Meiser sammelte ihr Besteck ein und verstaute es in ihrem Koffer.

»Sie ist verheiratet. Am Ringfinger der rechten Hand steckt ein schmaler Ehering.«

Dr. Meiser nickte. »Wer hat die Tote denn entdeckt?«

»Ein Förster.«

Der Zeuge, Thomas Schenk, Revierförster des Forstbetriebes Blankenheim, hatte die Tote bei seiner täglichen Runde gefunden. Um genau 9:10 Uhr. Eigentlich war es sein Hund Artur gewesen, der die Leiche, die abseits eines Trampelpfades lag, erschnüffelt und verbellt hatte. Sonst läge sie vermutlich noch immer unbeachtet im Wald und wäre irgendwann ein gefundenes Fressen für Insekten oder Wildschweine geworden. Artur war dazu ausgebildet, Kaninchen, Füchse oder Rebhühner, verletzt oder tot, aufzuspüren und sein Herrchen an den Fundort zu locken, den er selbst erst verlassen durfte, wenn das kranke oder tote Tier aufgelesen war. Aber er schien keinen Unterschied zwischen Mensch und Tier zu machen. Er trug ein Halsband mit einem Peilsender, und so war Schenk nicht darauf angewiesen, mit seinem Gehör, das ausgezeichnet war, das ungestüme Gebell zu orten, sondern konnte per GPS den genauen Standort seines Hundes bestimmen.

Nachdem Schenk Artur gelobt hatte, als hätte er den heiligen Gral gefunden, versuchte er, noch an Ort und Stelle die Polizei zu benachrichtigen. Als er keine Verbindung zum Internet aufbauen konnte, befahl er Artur, die Tote zu bewachen, lief hinunter an den Waldrand und stellte sich nach hundert Metern aufs freie Feld.

Von dort nahm die Meldung ihren Weg und landete schließlich beim Chef der Mordkommission der Polizeibehörde Euskirchen, Hans Roggenmeier, der gerade erst im Büro eingetroffen und noch in Mantel und Hut war und auf der Stelle in das Büro seiner drei Mitarbeiter stürmte, wo er nur Frieda antraf. Brummer und Neugebauer waren in Kall, wo sie einer Zeugenaussage beiwohnten.

Roggenmeier bestand darauf, dass sie sofort alles stehen und liegen ließen und in den Einsatz fuhren. Vermutlich wollte er nur von sich selbst ablenken und der Tatsache, dass er für diesen Fall nicht zur Verfügung stand. Aber das wäre Spekulation. Es war sein gut gehütetes Geheimnis, wie er einen Fall anpackte. Nur eines war sonnenklar, er selbst blieb hinter seinem Schreibtisch sitzen und machte von dort aus Druck, indem er sein Unverständnis darüber ausdrückte, warum alles so lange dauerte.

Und so kam es, dass nicht zwei, sondern drei Kommissare im Blankenheimer Wald eintrafen und den Zeugen Förster Thomas Schenk ablösten, nachdem dieser seine Personalien hinterlassen hatten. Artur ging stolz bei Fuß und blickte sich mehrmals um, konnte sich kaum trennen, er hatte bis dato wohl noch keine menschliche Leiche aufgestöbert.

Dr. Meiser musterte Frieda Stein mit skeptischem Blick. »Frieren Sie?«

Frieda fror nicht, weil es kalt war, obwohl es das war, die Kälte kam in ihrem Fall aber eher von innen. Ein Zittern durchlief sie von den Sohlen ihrer Sneaker, an denen nasse, braune Blätter und Zweige klebten, bis zu den schwarzen Haarspitzen, die kurz und wild in alle Richtungen abstanden.

Kein Wunder. Da lag zu ihren Füßen eine tote Frau. Wann würde sie selbst da liegen? Ihr eigener Tod rückte in greifbare Nähe. Eine Frage der Zeit. War es bisher nur dem Glück, dem Zufall oder dem Schicksal zu verdanken, dass es sie noch nicht erwischt hatte?

Sie stand als Polizistin im Brennpunkt. Morddrohungen waren keine Seltenheit. Sie sollten ernst genommen werden, hieß es in der Polizeibehörde, aber nicht verängstigen. Leicht gesagt. Wenn ein Drohbrief in Friedas privatem Briefkasten in der Reinaldstraße lag, war das eine andere Sache, als wenn er im Büro eintrudelte. Danach konnte sie die nächsten Nächte nicht schlafen.

Dr. Meiser, die von kleiner, kompakter Statur war und mit ihrer klassischen Vogelnestfrisur auch nur wenige Zentimeter hinzugewann, musste sich recken, um eine Hand auf Friedas Stirn zu legen. »Haben Sie Fieber?«

»Quatsch!« Frieda schob die Hand ungeduldig weg. »Ich bin okay.« Ihr stand der Schweiß auf der Stirn. Sie hatte sich einen Moment gehen lassen, war ihren Gedanken gefolgt, aber nun war sie wieder da. »Tatort gleich Fundort?«, fragte sie schnell.

Dr. Meiser drapierte ihren langen, bunten Schal neu.

Brummer stieß Frieda in die Seite. »Nach der Obduktion.«

»Gut aufgepasst.«

»Irgendetwas Auffälliges, was Sie uns jetzt schon sagen können?«, wollte Frieda wissen.

»Sie hat Farbe unter den Fingernägeln, an einer Hand und am Unterarm. Blau«, lächelte Dr. Meiser. »Sie hatte wohl gerade ihre blaue Phase.«

»Und der blaue Stift fehlt in der Schachtel«, sagte Neugebauer. »Das habe ich notiert. Vielleicht finden wir ihn noch.«

Dr. Meiser hörte nicht mehr zu. Sie zog ihr Handy hervor und beugte sich über das Display. Sie war immer in Eile, immer auf der Durchreise, von einem Leichenfund zum nächsten. Dass sie ein Privatleben hatte, konnte Frieda sich nicht vorstellen. Mit gesenktem Kopf strebte Dr. Meiser ihrem verstaubten Sportwagen entgegen, den sie am Waldrand hatte stehen lassen, stolperte über den Markierungskeil für eine Reifenspur und konnte sich im letzten Moment am Kotflügel festhalten. Sie stieg ein, warf den Motor unsanft an, klappte die Scheinwerfer auf, ließ sie aufleuchten und fuhr ein gutes Stück schlingernd rückwärts, ehe sie auf der Nebenstraße wenden konnte. Richtung B 51 brauste sie davon.

»Opel GT Baujahr 63«, brummte Brummer anerkennend.

»Wer's braucht«, kommentierte Neugebauer.

»Da würde ich gar nicht reinpassen.« Brummer bog seinen Brustkorb vor, die Schultern zurück und strich sich über seinen grau gewordenen Schnäuzer. Er war nicht muskulös, er wurde einfach nur dicker mit jedem Lebensjahr, das vorüberstrich.

Neugebauer winkte ab. »Wäre auch zu peinlich, so ein alter Sack im Sportwagen.«

Die Kollegen der KTU hatten inzwischen genügend Fotos von der Toten, dem Fundort und dem Zuweg geschossen. Sie sicherten die Schachtel Ölkreidestifte und den Skizzenblock. Sie sammelten die Stiefelette ein, auf der Sohle standen die Marke und die Größe. *Gabor, Größe 39.* Der Ehering, den sie der Toten vom Ringfinger gezogen hatten und in den ein Datum und ein Männername eingraviert waren, wanderte in einen kleinen Plastikbeutel. *Felix # 1. Juni 2001.*

Abschließend zeigte einer der Kollegen Frieda eine Visitenkarte, die in einer der Gesäßtaschen der Edel-Jeans gesteckt hatte. *Jeder Mensch ist ein Künstler,* stand auf der Vorderseite.

»Joseph Beuys«, sagten Brummer und Neugebauer wie im Chor.

»Was ihr alles wisst!«, rief Frieda erstaunt.

»Das weiß doch jeder«, erklärte der Techniker großspurig. »Beuys meint jedoch die prinzipielle Möglichkeit, Künstler zu sein.

»Aha.« Frieda trat neben ihn, als er die Visitenkarte umdrehte. Zartbunte Seifenblasen oder Luftballons schwebten um die Buchstaben und Zahlen herum.

»*Malwestt, Inhaberin Anna Jordi*«, las er vor. Telefonnummer, E-Mail-Adresse und Homepage waren ebenfalls vermerkt. Die Anschrift war eine Straße in Blankenheim, vermutlich keine tausend Meter von der Stelle, an der sie standen.

Frieda betrachtete die Karte eingehend. Die Schrift war verschnörkelt. Waren das Name und Anschrift der Toten? »Also, ich trage nicht meine eigene Visitenkarte mit mir herum, wenn ich im Wald spazieren gehe«, sagte Frieda.

»Sie könnte es aber anstelle ihrer Papiere getan haben«, argumentierte Neugebauer. »Sie hatte keine Lust, das ganze dicke Portemonnaie und so weiter mitzunehmen.«

»Ohne Handy geht doch heute niemand mehr vor die Tür?!«, hielt Frieda dagegen. »Wir sollten eher davon ausgehen, dass der Täter alle Identitätsnachweise an sich genommen hat und ihm die Visitenkarte nur entgangen ist.«

»Sehe ich auch so«, gab Brummer zu. »Aber was soll Malwestt sein? Eine Galerie vielleicht?«

»Oder ein Geschäft für Malerbedarf?«, spekulierte Neugebauer. »Farben und Pinsel und so.«

Brummer zückte sein Handy, tippte die Telefonnummer ein, die auf der Visitenkarte stand, und versuchte eine Verbindung zum Internet herzustellen. Fluchend gab er auf. Hatte er etwas anderes in einem Waldgebiet der Eifel erwartet?

Aber wenigstens die Handykamera funktionierte. Brummer kniete nieder und machte Nahaufnahmen vom Gesicht der Toten. Wenn sie Anna Jordi war, mussten sie ihrem Ehemann, Felix, jetzt gleich, in ein paar Minuten, die schreckliche Nachricht überbringen. Wenn die Tote nicht Anna Jordi war, würden sie ihre Identität erst herausfinden müssen. Da konnten ein paar Tage ins Land gehen. Aber am Ende stand auch da die Todesnachricht. Ein Horror-Job.

Hoffentlich, flehte Frieda im Stillen, hatte sie keine Kinder. In Momenten wie diesen wünschte sie, sie wäre nicht in der Mordkommission, sondern in einem anderen Dezernat, vielleicht im Betrugsderzernat.

Als der Leichenwagen heranrollte und sorgsam um die Markierungskeile herumgelenkt wurde, war Frieda dankbar für den kleinen Aufschub. Die Bestatter erledigten ihre Arbeit pietätvoll, routiniert, jeder Handgriff saß. Keine Viertelstunde war vergangen, als der Kofferraumdeckel hinter dem Sarg zuschlug. Die Künstlerin trat ihre letzte Reise an. Still, stumm, leise. Für immer. Die Bestatter grüßten, stiegen ein und chauffierten die Tote wie vereinbart in die Kölner Rechtsmedizin, wo sie irgendwann untersucht werden würde.

Es war mit einer Wartezeit zu rechnen. Die Kühlfächer in Köln waren gut gefüllt. Die Rechtsmedizin Aachen und Bonn war geschlossen worden, für die Region war allein Köln zuständig. Die Planstellen der Rechtsmediziner gekürzt. Tote konnten warten. Es musste eine besondere Schwere der Tat vorliegen, dass eine Leiche der anderen vorgezogen wurde.

Die beiden Kriminaltechniker hatten die nähere Umgebung nach weiteren Fußspuren, umgeknickten Zweigen, Spuren einer Verfolgung oder eines Kampfes und dem blauen Ölkreidestift durchstreift, ohne etwas zu finden. Es blieb bei der Stiefelette, dem Ehering, dem Skizzenbuch und der Schachtel Ölkreidestifte. Als sie den Ort des Geschehens verlassen hatten, blieb nur die Mordkommission Euskirchen zurück.

»Und jetzt?«, fragte Frieda eher rhetorisch und scharrte mit der Spitze ihres Schuhs im Waldboden. Jetzt mussten sie die Todesnachricht überbringen. Sie sah nicht die Blicke, die ihre Kollegen wechselten.

»Du fährst ins Büro, Chef«, sagte Brummer zu ihr.

Sie war nicht ihre Chefin. Nicht im dienstlichen Sinne. Das war und blieb Roggenmeier bis ans Ende aller Tage. Sie war noch nicht Hauptkommissarin. Gerade eben war sie Oberkommissarin geworden. Aber zwei Jahre zuvor hatte sie aus rein organisatorischen Gründen einmal die Leitung einer Soko, der »Soko Campingplatz«, übernommen, seitdem haftete der Titel an ihr.

»Achim und ich fahren zum Ehemann«, erklärte Brummer. »Du kannst in der Zwischenzeit mal den Background dieser Familie Jordi recherchieren.«

»Gute Idee«, versicherte Neugebauer. »Beruf, Werdegang, Umfeld, du weißt ja, wie das geht, oder Chef?«

Frieda blickte zweifelnd von einem zum anderen. Das Angebot klang verlockend. Sie würde auch notfalls das Büro putzen, alles lieber, als in die Gesichter der Angehörigen zu blicken, wenn die Worte heraus waren. Frieda hatte ihr eigenes Auto dabei, Brummer und

Neugebauer waren aus Kall gekommen. Nichts sprach dagegen und niemand.

Außer einer inneren Stimme. Rechtsmediziner a. D. und Vater Dr. Helmut Stein, sein verbittertes Gesicht und seine wütende Parole: Man drückt sich nicht vor schwierigen Aufgaben, wenn man aus seinem Leben etwas machen will!

»Nun geh schon«, drängte Neugebauer. »Wir kommen nach. In einer Stunde ist der Spuk vorbei. Wenn wir zu dritt kommen, kriegen die Jordis gleich die totale Panik. Je nachdem, wie es läuft, rufen wir unseren Psycho-Fritzen oder den Seelenfänger dazu. Wir sind schon groß.«

Frieda rückte schließlich die Visitenkarte heraus und reichte sie den Kollegen. »Und wenn es Kinder gibt?«

Neugebauer legte die Hände auf ihre Schultern, drehte sie herum, schob sie zu ihrem Auto und sagte. »Du kannst sie nicht retten, wann lernst du das?

»Tschö, Chef!«, rief Brummer.

Neugebauer und Brummer warteten, bis Friedas Auto außer Sichtweite war. Es war nicht so, dass es ihnen nichts ausmachte, eine Todesnachricht zu überbringen. Aber sie hatten gelernt, ihr Gefühlsleben hinter einem routiniert wirkenden Auftreten zu verbergen. Jedenfalls im Einsatz. Sie hatten zehnmal so viele Dienstjahre auf dem Buckel wie Frieda. Brummer stellte den Kragen seiner speckigen Lederjacke hoch und vergrub die Hände in den Taschen. Neugebauer blinzelte nervös, ließ seinen Trench offenstehen, sodass man das karierte Winterfutter sehen konnte, und ging voraus.

»Packen wir's an«, sagten sie unisono.

Malwestt war keine Galerie und kein Geschäft, sondern eine Mal-Werkstatt, fanden sie heraus. Sie warb gleich am Ortseingang von Blankenheim auf einem wildbunten Plakat für ihre renommierten Dozenten, ihre Meisterschüler, ihre außergewöhnlichen Seminare und ihre gemütlichen Unterkünfte in der Nähe und führte den Besucher über eine Nebenstraße der Bahnhofstraße unweit des Tiergartentunnels zu einem Haus mit angrenzendem Hof. Das zweiflügelige, leicht verbeulte Tor aus grau lackiertem Blech war verschlossen und über einen Mauervorsprung mit dem danebenliegenden Haus verbunden, einem typischen Fachwerkhaus mit zwei Stockwerken. Eine Treppe führte zu einer schön verzierten Haustür, einem rot blühenden Geranientopf und zwei Klingeln.

Brummer drückte auf die untere Klingel: *Anna Jordi.* An der oberen Klingel stand nichts. Er legte die Hand über die Augen und spähte an der Hausfassade empor. Bewegten sich Gardinen? Öffnete sich ein Fenster? Nichts. Öffnete sich die Haustür? Nein. Auch im Obergeschoss nicht. Kein Wunder, dachte Brummer, wenn sie doch auf dem Weg zu einem Kühlfach der Rechtsmedizin Köln war.

Brummer wählte die Telefonnummer, die auf der Visitenkarte angegeben war. »Anrufbeantworter«, rief er Neugebauer zu. Er hinterließ keine Nachricht. Für wen auch?

Er beobachtete, wie Neugebauer hochsprang, um einen kurzen Blick über das Tor hinwegzuwerfen, ungeduldig dagegentrat und ihm eine neue Beule versetzte. Der Abdruck seiner Profilsohle war deutlich erkennbar.

Brummer stieg die Treppe hinunter. Der Handlauf war wacklig, die Stufen ausgetreten. Mit einem sägenden Geräusch wurde ein Flügel des Hoftores aufgezogen. Er schabte über den unebenen Boden.

»Ja, bitte?«, fragte eine Frau. Sie trug eine blaue Latzhose, die mit Farben bekleckert war. Ihre Haare hatte sie mit einem bunten Tuch zurückgebunden.

»Frau Anna Jordi?«, fragte Brummer von der vorletzten Stufe.

»Nein, das bin ich nicht. Anna Jordi ist die Leiterin unseres Kurses.«

Brummer zog seinen Ausweis hervor und näherte sich.

»Polizei?« Die Frau runzelte die Stirn. Sie zog das Tor auf und gab den Blick frei auf einen gepflasterten Innenhof, in dem kreuz und quer Staffeleien standen, Stühle, Bänke, ein Tisch, Eimer, Töpfe, eine Wasserstelle, Tücher und Lappen. Ein Teil des Hofes war überdacht und für die kalte Jahreszeit mit Terrassenheizung ausgestattet. Zwei weitere Frauen legten ihre Malwerkzeuge ab und traten neugierig heran.

»Polizei«, rief sie ihnen zu.

»Und wer sind Sie?«, fragte Brummer und blickte von einer zur anderen.

Alle drei Frauen waren, wie sich herausstellte, Teilnehmerinnen des Malkurses »Acryl für Anfänger« und sprachen durcheinander.

Neugebauer wühlte in seiner Jackentasche nach seinem Notizblock und sah aus, als versuchte er, sich derweil ihre Namen zu merken. »Gibt es noch mehr Teilnehmerinnen?«

»Wir sind insgesamt sechs Frauen und ein Mann.«

»Wo sind denn die anderen?«, fragte Brummer.

»In ihren Hotels? Wir fangen um zehn Uhr an. Aber nicht alle sind immer pünktlich.«

»Können Sie uns ihre Namen nennen?«

»Oh ja!« Jede der drei Frauen konnte einen Namen beisteuern.

Neugebauer hatte seinen Notizblock gefunden und schrieb mit einem seiner vielen Mini-Bleistifte von IKEA.

»Unser Quotenmann heißt Burkhard.« An dessen Familiennamen konnte sich keine der Frauen erinnern.

»Warum wollen Sie das alles denn wissen?«, fragte die Frau in der Latzhose.

»Das können wir Ihnen jetzt noch nicht sagen«, winkte Neugebauer ab.

»Laufende Ermittlungen?«

Neugebauer zwinkerte ihr zu. »Sie gucken Tatort?«

»Wir auch«, riefen die beiden anderen Frauen im Chor und fanden einen Augenblick zurück zu ihrer guten Laune.

»Wo finden wir Anna Jordi jetzt?«, antwortete Brummer.

»Bei ihrer Mutter. Sie wohnt auch hier in Blankenheim, Am Lühberg, *Pension Schmidt.*«

Neugebauer mischte sich ein. »Gibt es ein Foto von Frau Jordi?«

»Ja!«, rief die Dunkelhaarige. »Von ihrer letzten Ausstellung. Warten Sie, hier muss irgendwo ein Flyer herumliegen.« Sie lief davon, verschwand am Ende des Hofes und kehrte nach kurzer Zeit mit einem Faltblatt zurück. »Hier! Das ist sie.«

Sie war nicht die Tote im Wald. Anna Jordi war nicht mehr jung, sah nicht besonders extravagant aus, sondern wirkte bodenständig, eher wie eine Handwerkerin. Das braune Haar in einem praktischen Kurzhaarschnitt, ein sympathisches, ungeschminktes Gesicht, Holzfällerhemd, hochgekrempelte Ärmel, Jeans.

Brummer zückte sein Handy und öffnete seine Fotogalerie. Sie gab die neuesten Fotos preis: die Fotos der Toten. Er hielt sein Handy so, dass die drei Frauen das Display sehen konnten.

»Das ist ja Nadine!«, schrie die Latzhosenfrau auf und schlug die Hand vor den Mund.

Die anderen nickten blass und erschüttert.

»Nadine …?«

»Nadine Dürkheim«, hauchte sie.

»In welchem Hotel wohnt sie?«

Die Frauen berieten sich kurz. »In der *Pension Schmidt,* die Annas Mutter gehört, ist sie … ist sie …?«

Neugebauer nickte. So viel durfte er verraten, im Übrigen sprachen die Fotos Bände. Nadine Dürkheim sah nicht sehr lebendig aus. »Was wissen Sie von ihr? Ich meine: privat? Sie ist verheiratet, nicht wahr?«

»Ja, und sie hat einen Sohn im Teenageralter.«

»Sie hat keinen Job, hat sie gesagt. Aber sie sucht auch keinen.«

»Das ist wohl ihre erste Kunstreise.«

Die Frauen blickten sich fragend an. Mehr schien ihnen nicht einzufallen.

»Sie ist …. ich meine, sie *war* nicht sehr gesprächig.«

Die Kommissare bedankten sich für die Mitarbeit, ließen ihre Karten da und kündigten an, am nächsten

Morgen wiederzukommen. Keine von ihnen, baten sie, solle den Kurs verlassen und abreisen, sie würden gebraucht für Zeugenaussagen.

Auch nachdem das graue Hoftor hinter ihnen geschlossen war, hörten Brummer und Neugebauer noch die erregten Frauenstimmen.

»Jetzt ist mir aber die Lust am Malen echt vergangen.«

»Arme Nadine.«

»Ich hab mich schon gefragt, wo sie bleibt, sie ist doch sonst so pünktlich.

Nach einer Weile des ergriffenen Schweigens, Klapperns und Rückens: »Der eine war echt nett, oder?«

Kichern.

»Welcher?«

»Der Linke, starker Typ.«

Kichern.

»Nö, der Rechte, der war cool.«

Kichern.

Auf dem Weg zum Auto stritten Brummer und Neugebauer um die Ehre, entweder ein starker Typ oder cool zu sein, und kamen zu dem Schluss, dass der »Malkurs für Anfänger in Acryl« von ziemlich attraktiven Teilnehmerinnen besucht wurde.

Nach einem Blick auf die Handyfotos bestätigte Anna Jordi, dass es sich bei der Toten um Nadine Dürkheim handele, eine ihrer Kursteilnehmerinnen. Ihre Mutter kramte die Buchungsunterlagen hervor, aus denen die Anschrift der Toten zu entnehmen war. Sie kam aus Weilerswist und hatte einen Kurs vom 3. bis zum 9.

März gebucht. Auch eine Mobilfunknummer, unter der sie zu erreichen war, war vermerkt. Neugebauer hielt alle Daten in seinem kleinen, verknickten Notizbuch fest. Brummer blickte sich neugierig um.

»Wollen Sie nicht bei ihr zu Hause anrufen?«, fragte die alte Dame verwundert.

Brummer schüttelte den Kopf und hob den Zeigefinger. »Die Polizei ruft nie an. Wir kommen immer persönlich.«

»Aha«, sagte sie irritiert. »Gut zu wissen.«

»Jaaa«, sagte er gedehnt und dachte an die Anrufer, die sich als Polizisten ausgaben, ein Schreckensszenario entwarfen, um angeblich Schmuck und Geld sicherzustellen. Auf die hatte er einen besonderen Zorn. Mehr noch als auf die Enkeltrickbetrüger. Es war unendlich schwer, ihnen das Handwerk zu legen.

Die Kommissare durften auf Nachfrage das Zimmer sehen, in dem Nadine wohnte, gewohnt hatte, und in dem sie wenig Persönliches vorfanden. Toilettenartikel im Bad, Wäsche in der Kommode, Hosen, Pullover, Blusen. Auf dem Nachttisch lagen Schlüssel, Handy und ein Buch, John Burnside: Über Liebe und Magie. Ein schmales Lesezeichen verriet, dass Nadine nicht viel zum Lesen gekommen war und das Buch gerade erst begonnen hatte. Von Malutensilien war keine Spur.

»Die sind alle in der Malschule«, erklärte Anna Jordi auf Nachfrage. »Auch die Arbeitskleidung lassen wir da, damit wir die Hotels nicht damit schmutzig machen. Wir ziehen uns dort um. Es gibt eine Dusche dort und Schließfächer.«

»Und Sie selbst wohnen direkt neben der Schule?«, fragte Neugebauer, um seine Notizen zu vervollständigen.

»Ja, oben im ersten Stock. Das Erdgeschoss gehört zur Werkstatt. Da können wir uns Kaffee kochen, uns ausruhen und gemütlich unterhalten.«

Neugebauer blickte durch die Gardinen in den Innenhof, in dem ein rotes Auto parkte. »Wem gehört der Mini Cooper da unten?«

»Ihr«, sagte Frau Schmidt beinah ehrfürchtig. »Was passiert nun damit?«

»Keine Sorge«, beruhigte Brummer sie. »Es wird in den nächsten Tagen abgeholt.«

Frau Schmidt wusste zu berichten, dass Nadine Dürkheim am Morgen vor dem Frühstück zu einem Spaziergang aufgebrochen sei, wahrscheinlich um zu malen, denn sie habe einen Skizzenblock bei sich gehabt. Aber sie sei zum Frühstück nicht zurückgewesen. Da habe sie ihre Tochter angerufen, um sich zu vergewissern, ob Frau Dürkheim schon in der Malschule sei und sie das Frühstück abräumen könne.«

»Aber sie war nicht in der Werkstatt«, ergänzte Anna Jordi und strich ihrer Mutter beruhigend über den Arm. »Wir haben uns Sorgen gemacht, deswegen bin ich hier.«

»Verstehe«, sagte Neugebauer und blätterte in seinem Notizbuch zurück. Sein Telefon vibrierte. Es war Frieda Stein, die versuchte, ihn zu erreichen, er nahm das Gespräch nicht an, der Zeitpunkt war denkbar schlecht.

»Frau Dürkheim«, begann Frau Schmidt, »ich meine, ihrem Mann werde ich die Kosten für die Unterkunft natürlich erstatten«, beteuerte Frau Schmidt leise. »Die Arme. So eine freundliche Person.«

Brummer nickte, er mochte es, wenn Frauen bei aller Geschäftstüchtigkeit Anstand und Würde nicht aus den Augen verloren.

»Das würde ich auch gern«, sagte ihre Tochter zögernd. »Aber da müssen wir mit Pandora verhandeln.«

»Pandora?«, fragte Brummer nach, während er zusah, wie Neugebauer den Stenografen machte. »Ich kenne nur die Büchse der guten Frau.«

Anna Jordi lächelte wissend. »Das tun wir wohl alle. Aber Pandora heißt die Allbegabte. Jedenfalls, wir sind bei Pandora unter Vertrag. Das ist ein bekanntes, regionales Unternehmen, das Kunstreisen in der Eifel vermittelt. Wir zahlen eine Vermittlungsgebühr von 20 Prozent, aber nur, wenn ein Vertrag mit einem Kunden zustande kommt. Die Aufnahme in den Katalog ist gratis. Ohne eine Agentur wie Pandora ist es für uns fast unmöglich an Kunden zu kommen. Die Konkurrenz ist groß, wissen Sie.«

»Das kann ich mir denken«, sagte Brummer. »Können wir den Katalog einmal sehen?«

Anna Jordi lächelte. »Pandora-Reisen gibt's nur online.«

Brummer sah jetzt aus, als fielen ihm keine Fragen mehr ein, Neugebauer schlug seinen Block zu und steckte ihn ein.

Kaum saßen sie im Auto, rief Frieda erneut an. Dieses Mal auf Brummers Handy. Er klickte auf Freisprechen.

»Hey, Leute!«, rief sie. »Ich weiß jetzt alles über Anna Jordi. Sie leitet eine Malschule, *Malwestt* ist nämlich keine Galerie oder ein Geschäft. Das habt ihr sicher auch rausgefunden. Aber sie ist geschiedene Single. Vielleicht hat sie mit diesem Felix eine Verlobung oder Freundschaft. Ihre Mutter scheint noch zu leben, wenn ich mich nicht irre, wohnt sie auch in Blankenheim, es gibt eine *Pension Schmidt*, aber Schmidt ist kein super-außergewöhnlicher Name. Jedenfalls gibt es keine Kinder, da bin ich echt froh!« Frieda holte erleichtert Luft.

Neugebauer und Brummer wechselten einen verzweifelten Blick. Brummer öffnete den Mund, um Frieda aufzuklären, aber er kam nicht zu Wort.

»Anna Jordi wohnt in Blankenheim, auf der Klosterstraße, direkt neben der Malschule. Sie hat zwar das eine oder andere Verkehrsdelikt begangen, Falschparken und Geschwindigkeitsüberschreitung, aber ansonsten ist sie nicht auffällig geworden. Wer bringt so eine Frau um? Das wird ein harter Job. Ihr müsst mit der Mutter reden, so wie es aussieht, oder habt ihr schon?«

Schweigen.

»Seid ihr noch da?«, rief Frieda ins Telefon.

»Klar«, brummte Brummer.

»Und?«

»Die Tote ist nicht Anna Jordi.«

Schweigen.

Dann sagte Frieda leise: »Hab ich mir sofort gedacht.«

»Die Tote heißt Nadine Dürkheim und war Teilnehmerin eines Malkurses. Sie wohnt in Weilerswist und hat einen Ehemann namens Felix.«

»Haben sie Kinder?«, rief sie.

»Wir sind auf dem Weg dorthin.«

»Haben sie …?«

4. Kapitel

Enkel Max spannte Oma Sonja Senger auf die Folter. Kai, sein Bote, war am Sonntagabend nicht mehr in Wolfgarten aufgekreuzt, um die tausend Euro zu kassieren und mithilfe eines befreundeten Fahrers in Windeseile nach Wiesbaden zu bringen, um den Tierarzt zu bezahlen, damit der verunglückte Hund Oskar nicht sterben musste. Rührende Geschichte, aber sicher schon hundertmal alten, einsamen, ahnungslosen Frauen erzählt.

Einen Tag nach dem ersten Enkelanruf, am Montag, hatte Enkel Max noch einmal angerufen und erklärt, dass es Schwierigkeiten gebe. Das Auto des Fahrers sei defekt. Aber morgen werde die Übergabe bestimmt stattfinden. Garantiert.

Sonja stellte keine Fragen mehr. Sie wollte die Operation nicht gefährden.

Am Dienstag erhielt Sonja einen weiteren Anruf ihres Enkels. Er vertröstete sie mit der fadenscheinigen Begründung, Kai sei krank geworden. Auch das ließ Sonja unkommentiert, obwohl sie ihre Felle schwimmen sah. Sie bekundete Mitleid.

Am Mittwoch kündigte Max endlich den Besuch von Kai für Donnerstag im Laufe des Tages an. Sonjas Nerven lagen blank. Sie hatte Max am Telefon viele Fragen gestellt. Zu viele? Hatte er Verdacht geschöpft? Hielt er sie hin? Endete das, was so vielversprechend begonnen hatte, als Flop? Daran wollte sie nicht denken. Dann müsste sie sich wieder ihrem langweiligen Alltag zuwenden und zusehen, wie die Tage verstrichen, ohne dass viel geschah, außer dem, was immer geschah. Nämlich nichts.

Aber tatsächlich am Donnerstagmittag, Punkt zwölf Uhr, fiel der Türklopfer – ein Löwenkopf aus Bronze – krachend auf die Haustür. West erschrak, Sonja hielt die Luft an, erleichtert und angespannt im selben Moment. Sie hatte kein Auto kommen hören. Sie hatte in der Küchenecke gewerkelt, geräumt und gewischt, und Kaffeewasser aufgesetzt. Der Wasserkocher schaltete sich gerade aus, auf der geblümten Porzellankanne stand ein Melitta-Filter. Das Kaffeepulver war frisch gemahlen. Von Hand. Sonja trocknete sich die Hände ab und trat ans Fenster. Kein Auto außer ihrem olympiablauen parkte vor dem Forsthaus. Das Gartentor stand offen.

Klopfen.

West fiel mehr von der Fensterbank, als dass er sprang. Kein gutes Zeichen. Er humpelte zur Haustür. Die Katzentür klapperte, und er war draußen. Seine Neugier schwand nicht, auch nicht auf seine alten Tage. Oder war es sein Gespür für Katastrophen?

Sonja ließ sich Zeit. Der Junge wollte etwas von ihr, nicht umgekehrt. Schlurfend näherte sie sich der Tür und vergaß durch den Türspion zu linsen, den Frieda Stein eingebaut hatte, für Situationen wie diese. Sie schob den Riegel zurück und zog die Tür auf.

Auf der Schwelle stand ein harmlos aussehender Knirps von 1,20 Metern, schmächtig war er, vermutlich um die acht, neun Jahre alt, blass war sein Gesicht, und auf seinen kurzen, hellbraunen Haaren saß eine schwarze Kappe, deren Schirm zur Seite verrutscht war. Er trug Jeansjacke, Jeans und Turnschuhe. Ein schwarzer, verschlissener Rucksack baumelte an einem Träger über seiner Schulter. Der Reißverschluss schien defekt, er stand offen. Blässe war auch das Erkennungszeichen, von dem Max am Telefon gesprochen hatte und ein rötlicher Fleck über der rechten Augenbraue. Er hatte die Form einer Insel und reichte bis zur Schläfe, ein Blutschwamm. Das war also Kai. Vielleicht hieß er auch Armin oder Henry …

»Hi!« Kai hob die Hand zum Gruß und ließ sie wieder in der Tasche seiner überweiten Jeans verschwinden.

»Hi!«, gab Sonja zurück, ohne die Hand zu heben.

»Ich bin Kai.«

Sie nickte. Kai war nicht Max, so viel stand nach vier Worten fest. Seine Stimme klang anders, war höher, kindlicher, piepsiger. Sonja blickte sich um. Kein Auto weit und breit. Auch von West war keine Spur mehr zu sehen. Er musste sich beeilt haben davonzuhumpeln.

»Bist du zu Fuß?«

Kai nickte.

»Von wo kommst du?«

Kai zeigte hinter sich Richtung Dorf.

»Wo genau?«, hakte Sonja nach.

»Mein Freund wartet hinten im Auto.«

»Warum hat er dich nicht bis vor die Tür gefahren?«

Kai hob ratlos die Schultern. »Ich soll jetzt Max anrufen.«

Sonja nickte.

Er fingerte ein Handy aus der Hosentasche und tippte auf dem Display herum.

»Hi, ich bin's«, nuschelte er irgendwann und streckte Sonja das Gerät entgegen, auf dessen Display nicht die Telefonnummer aufleuchtete, die sie sich notiert hatte, während sie mit Max telefoniert hatte.

»Hallo Omilein!«, plärrte Max.

Kaum zu fassen, dass er aus Wiesbaden anrief. Kein Rauschen störte die Verbindung, es grenzte an ein Wunder, dass sie überhaupt zustande gekommen war, die Eifel war gewöhnlich verlorenes Funkgebiet. Sonja konnte nicht umhin, sich nach allen Seiten umzudrehen, hatte sie doch das vage Gefühl, Max stehe hinter dem nächsten Baum und lache sich einen Ast.

»Glaubst du mir jetzt?«, krähte Max.

»Klar, glaube ich dir. Ich habe dir immer geglaubt. Ich wollte nur auf Nummer sicher gehen, damit das viele schöne Geld nicht in die falschen Hände gerät. Aber sag mal, hast du jetzt eine neue Telefonnummer?« Sonja konnte es einfach nicht lassen.

»Hab ich doch gar nicht, Omilein, da musst du dich verguckt haben.«

Sonja sagte: »Ach ja, stimmt. Du hast recht. Hab da was verwechselt.«

»Siehst du.« Max klang erleichtert.

»Und welche Farbe hat Kais Rucksack?« Kaum ausgesprochen, bereute Sonja die Frage. Sie biss sich auf die

Lippen. Sie war Omilein, nicht Polizistin. Verdammt! Sie machte alles kaputt.

»Schwarz, wieso?«

»Ich hab das Geld«, lenkte sie schnell ab.

»Mega!«

»Ich gebe es also Kai. Ruf mich sofort an, wenn du es bekommen hast.«

»Geht in Ordnung.«

»Grüß Mama und Papa und schick mir ein Foto von Oskar.«

Ein kurzes Zögern, als müsste er überlegen, wer noch einmal Oskar war. Dann: »Geht in Ordnung. Mach dir keine Sorgen. Tschüss, Omilein.«

»Nun zu dir«, sagte Sonja, reichte Kai das Handy zurück und schob ihn ins Forsthaus. »Geht es dir wieder besser?«

»Wieso?«

»Warst du nicht krank?«

»Ach ja«, erinnerte er sich. »War nicht so schlimm.«

»Das ist prima. Und die Schule ist schon aus?«

»Hm.«

»Hast du Angst vor Katzen?«

Kai schüttelte den Kopf.

»Oder eine Katzenhaar-Allergie?«

»Nö. Wo ist denn die Katze hin?«

»Die Katze ist ein Kater, und es bleibt sein Geheimnis, wo er sich rumtreibt.«

»Wie heißt er denn?«, fragte Kai.

»West.«

»West?«

»Ja, West.«

»Wieso?«

Sonja drückte die Haustür zu und schob den Riegel vor. Welche Frage! Sie wusste selbst kaum noch, wie es zu dem Namen gekommen war. West hatte in seinem Leben auch andere Namen gehabt. »Erst hieß er Tiger, dann Balzac, jetzt heißt er schon eine Weile West.«

Sonja erwartete ein weiteres Warum oder Wieso. Aber Kai fragte nicht und blieb unsicher im Flur stehen.

»Schuhe aus!«, kommandierte sie. »Und Rucksack, Jacke und Mütze runter.« Mit der Hand wies sie in eine Ecke, in die er seine Schuhe stellen konnte. Kai gehorchte, und ehe er sich versah, stand er in Socken vor ihr. Noch einmal drei Zentimeter kleiner. Die Socken waren bis auf die Knöchel heruntergerutscht. Die eine Socke passte nicht zur anderen. Kai bückte sich, packte seine Schuhe und warf sie in die Ecke, wo sie sich mit den Schnürsenkeln verknäuelten. Knöchelhohe Schuhe mit weißen Sohlen. Sie sahen neu aus.

Kai ließ den Rucksack von der Schulter fallen, seine Jeansjacke rutschte hinterher. Zum Schluss warf er seine Kappe auf den Berg und schubste alles an die Fußleiste.

»Aufheben und mir geben.«

Sie hängte Rucksack, Jacke und Kappe über einen der beiden Garderobenhaken. Es war alles von Nike und trug den typischen weißen Swoosh. Hatte er einen Werbevertrag? Waren es Plagiate? Waren sie die Ausbeute einer anderen Betrugsmasche?

Er stand im roten T-Shirt vor ihr. Das war nicht von Nike. Ein brauner Plüschbär prangte auf seiner Brust. Sonja musste lächeln, den hatte sie geliebt, als sie ein Kind war. Wenn das nicht der unsterbliche Winnie Puuh war! Sie ging vor und hörte kaum, wie Kai ihr auf Socken folgte.

»Hast du Hunger?«

Sie hatte nichts vorbereitet, aber einen Berg Nudeln würde sie im Handumdrehen zustande bringen. Sie sah dem Jungen an, dass er am liebsten genickt hätte. Da war so ein sehnsüchtiger Blick Richtung Kochecke.

Aber er schüttelte den Kopf. »Keine Zeit. Mein Freund wartet hinten.«

»Wir geben ihm was ab.«

»Das geht nicht«, lehnte Kai erschrocken ab. »Wir haben echt keine Zeit.«

»Ich habe Apfelschorle gemacht.« Es war eine Nachbarin gewesen, die aus Äpfeln aus eigenem Garten Saft gepresst hatte, den Sonja nur mit Wasser verdünnen musste. Sie goss ein Glas ein, halb Saft, halb Wasser.

»Danke.«

Das Glas war leer nach einem Zug.

»Noch eines?«

Er wischte sich mit dem Ärmel über den Mund und schüttelte den Kopf.

Sonja ließ sich in ihren Ohrensessel fallen und betrachtete den mageren Jungen, der mit seinen Händen und Füßen nicht wusste, wohin. Sie seufzte und rieb sich die Oberarme »Es ist kalt hier drin, findest du nicht?«

Er hob fragend die Schultern. »Weiß nicht.«

»Ach, kein Wunder!«, rief sie erstaunt und zeigte zu ihrem grünen Kachelofen. Hinter der Glastür war es schwarz und dunkel. Sie hatte neues Holz bekommen und draußen gestapelt und am Morgen den letzten Scheit aus dem Korb verbrannt. »Der Ofen ist ausgegangen. Siehst du? Kannst du mir ein bisschen Holz von draußen hereinholen?«

»Ich weiß nicht. Mein Freund wartet.«

»Nur ein paar Scheite. Bei dir dauert das keine fünf Minuten, ich brauche Stunden dafür. Ich hole in der Zwischenzeit das Geld, was sagst du?«

»Ich weiß nicht.«

Kai wusste eine Menge nicht.

»Wenn du aus der Tür kommst, geht's direkt rechts lang, ein paar Schritte, dann kommst du zum Schuppen, und an der Rückseite unter dem Dachvorsprung ist das Holz gestapelt. Nimm so viel du tragen kannst. Und nun geh schon.« Sie winkte ihn davon.

Er huschte in den Flur.

»Zieh deine Schuhe an«, rief sie ihm nach. »es ist nass und kalt draußen.«

Sie blieb im Ohrensessel sitzen und lauschte, Schuhe rumpelten, die Haustür ächzte, Schritte knirschten draußen auf den Kieselsteinen. Sie lehnte sich zurück.

Kurz darauf stand er wieder in der Tür, in Socken, trug Holzscheite kreuz und quer vor seinem Bauch gestapelt und hielt sie unter dem Kinn fest.

»Oh, da bist du ja schon! Und so viel Holz auf einmal! Klasse! «

Er legte die Scheite ab und öffnete die Ofentür. Vom Zeitungsstapel griff er nach der letzten Ausgabe des *Kölner Stadt-Anzeigers*, zerknüllte sie, warf sie auf den Rost, ein paar Anzündhölzer dazu, und setzte sie mit einem langen Streichholz in Brand. Das goldgelb flackernde Licht beschien sein kleines Gesicht und brachte seine Augen zum Leuchten. Mit zwei Scheiten rahmte er die Feuerstelle ein, mit dem Schürhaken stocherte er herum und pustete ein paar Mal ins Feuer, ehe er die Glastür zuschob.

»Das machst du heute nicht zum ersten Mal«, lobte Sonja ihn.

»Zu Hause haben wir auch einen Ofen«, erklärte er.

»Aber nur aus Spaß. Haben Sie gar keine Heizung?«

»Nein, nur den Kachelofen.«

»Ach so. Aber Sie haben ein richtiges Windrad.« Seine Augen glänzten.

Einen Augenblick glaubte Sonja, er hätte die Sache mit dem Geld vergessen, aber dann stand er auf, rieb die Handflächen an seinem T-Shirt sauber und sagte: »Und das Geld?«

Sonja schlug sich gegen die Stirn. »Ach ja, das Geld.« Sie trat an den Esstisch, hob die Tischdecke an und zog die Schublade auf.

»Hier«, sagte Sonja und hielt ihm einen Hunderter hin.

Kai stand auf und starrte entsetzt auf den grünen Geldschein. »Aber …«

»Mehr hab ich nicht im Haus.«

In diesem Augenblick meldete sich das Handy des Jungen. Es blökte los wie ein Schaf oder ein Esel. Sonja und Kai zuckten zusammen. Ein Blick aufs Display und Kai begann nervös zu werden.

»Das ist mein Freund.«

Freund! Freund! Hier war jeder jedermanns Freund. In diesen Kreisen schienen Freundschaften schnell geschlossen zu werden. Sie nickte Kai aufmunternd zu. »Nun geh schon dran.«

»Ja?«, fragte Kai bang ins Telefon und der inselförmige Blutschwamm über seiner rechten Augenbraue wurde noch röter.

Der sogenannte Freund schien ungehalten, er brüllte ins Telefon, Sonja konnte jedes Wort verstehen. »Wo bleibst du, Mann. Ich warte mich hier blöd. Guck mal auf die Uhr. Zehn Minuten hab ich dir gegeben.«

»Aber ich hab das Geld noch nicht.« Kais Stimme überschlug sich.

»Dann mach voran. Ich hab nicht ewig Zeit.«

»Ja«, sagte Kai und nickte.

»Wenn du in fünf Minuten nicht hier bist, fahre ich ohne dich.«

»Bin gleich da, ehrlich!« Kai klickte das Gespräch weg. »Was ist denn nun mit dem Geld?«

Sonja hielt ihm den Hunderter unter die Nase. »Hier.«

»Aber Max hat gesagt, Sie geben mir tausend. Ich krieg echt Probleme, wenn Sie mir nicht die tausend geben.

»Soso.«

»Naja, es wäre schon besser, wenn Sie mir die tausend geben würden ...«

»Nun nimm wenigstens den Hunderter. Ich hab nicht mehr im Haus.«

Kai griff zögernd danach und schob ihn in seine Hosentasche.

»Hör zu«, sagte Sonja. »Ich habe gedacht, ich hätte mehr, aber ist nicht so.

»Und jetzt?«, fragte Kai zögernd.

»Ruf Max an, mach es direkt mit ihm klar, dann kriegst du auch keinen Ärger mit dem da hinten im Dorf.«

»Mit Alex?«, vergewisserte sich Kai.

»Wenn er so heißt.«

Kai nickte.

»Wie viele seid ihr denn?«, fragte sie schnell und hoffte ihn zu überrumpeln.

»Wieso?«, fragte Kai zurück, wählte Max' Telefonnummer und reichte ihr das Handy.

»Nein, nein, nicht ich, du sagst ihm das.«

Er riss entsetzt die Augen auf. »Ich …«

Im Telefon plärrte Max.

»Gib schon her.«

Sonja erklärte Max die Lage der Dinge. Natürlich drohte er damit, dass sein Freund ihn umbringen und der Tierarzt den armen Oskar sterben lassen würde, wenn er ihm nicht bis morgen früh Punkt acht Uhr die tausend Euro zahlte.

Sonja ignorierte das Horrorszenario. »Ich kann auch die Polizei anrufen.«

»Max hat okay gesagt«, gab Sonja das Telefongespräch verkürzt dem kleinen Kai wieder. »Du hast es ja gehört. Und jetzt ab mit dir zu deinem Autofreund.«

Kai nickte erleichtert und beeilte sich, Sonja reichte ihm Jacke, Rucksack und Kappe an, als die Katzentür klapperte. Wests Kopf erschien. Sein linkes, gelbes Auge leuchtete herein und sondierte die Lage, suchend wie eine Taschenlampe. Sein Körper zwängte sich durch die schmale Öffnung. Mit einem quietschenden »Miau« landete er auf dem Steinboden und schnürte zielstrebig auf Kai zu. Er war nie wählerisch gewesen, was das Streicheln anging, da nahm er, was kam.

»West!« Nur ein Wispern. Eine kleine, ausgestreckte Hand. Reiben zweier Finger aneinander. »West!« Kai kniete sich und vergrub beide Hände im dichten, weichen Katzenfell. West genoss es und drückte seine Stirn an Kais Knie.

Einen Moment lang gab es keinen Max und keinen Alex da draußen, keine Gang, keinen Enkeltrick, es gab nur West und Kai. Einäugig, zahnlos, elternlos, heimatlos.

Sonja nutzte die Gelegenheit und schielte in den offenstehenden, schwarzen Rucksack. Nichts außer einem Sweatshirt. Sie fuhr sich mit den Händen durchs krause, graue Haar und blieb an ihrer Lesebrille hängen, zog sie vom Kopf, faltete die Bügel und schob sie in die Strickjacke, wo sie gegen die Pistole stieß.

Sie wusste nicht, wie es jetzt weitergehen sollte. Sie hatte keinen Plan. Am liebsten würde sie die Szene einfrieren. Die Dinge überschlugen sich, entwickelten sich und überholten sich gegenseitig. Sie konnte den kleinen Kai doch nicht einfach gehen lassen. Sie brauchte ein paar Minuten zum Nachdenken. Das ging nicht mehr so schnell wie früher.

Aber West machte ihr einen Strich durch die Rechnung, erinnerte er sich doch plötzlich daran, dass er Hunger hatte. Er zockelte in die Wohnküche. Genuss sofort.

»Ich komm ja schon«, sagte Sonja, und Kai rutschte auf Socken hinter ihnen her. Sie nahm eine angebrochene Dose Katzenfutter aus dem Kühlschrank, stellte sie ins Wasserbad und schaltete den Herd ein. Wests Magen war empfindlich geworden, zu empfindlich für kaltes Futter. Gemeinsam beobachteten sie, wie das Wasser zu kochen begann und die Dose hin und her rappelte, während West seinen leeren Futternapf anklagend über den Steinboden schabte.

Plötzlich schien Sonja alles klar, als hätte das Dosengerappel ihr Gehirn sortiert. Sie stellte den Herd ab. »Weißt du was, ich komme mit.«

»Nein!«, flehte Kai entsetzt.

»Ich komme mit«, wiederholte Sonja eindringlich und hob den Zeigefinger. »Widerstand zwecklos.«

»Aber …«

»Nichts aber.« Sie schob Kai vor sich her zur Tür hinaus. »Zieh deine Schuhe an.«

»Und West?«

»Er muss sich gedulden. Das kann er gut.«

West würde den Topf auf dem Herd bewachen, dachte Sonja, bis sie zurückkam. Und länger.

Auf dem Feldweg wechselten sie kein Wort miteinander. Kai hob die Füße kaum an. Kopf und Schultern gesenkt, schlurfte er neben Sonja her, als führte sie ihn zum Direktor. Einmal versuchte sie ihn aufzumuntern und machte ihn auf eine Feldmaus aufmerksam, die quer über den Weg um ihr Leben flitzte, ein anderes Mal auf einen Greifvogel, der über ihnen kreiste, ohne einen einzigen Flügelschlag, aber Kai sah kaum hin und gab keinen Ton von sich.

Da ließ sie ihn in Ruhe, betrachtete lieber den Horizont, die Wolkenformationen, die Grautöne, das Licht dahinter, darunter und dazwischen, atmete bewusst ein und tief aus und versuchte sich vorzubereiten auf die Begegnung mit Alex. Er musste über achtzehn sein, wenn er einen Führerschein besaß. Er konnte ein Hänfling oder ein Bär von einem Mann sein, ein gewalttätiger Schläger, er konnte die alt und grau gewordene Ex-Hauptkommissarin von der Platte putzen, mit links, ehe sie ihre Pistole aus der Strickjacke genestelt hatte.

Sie hatte nur diese Waffe und ihren Verstand. Sie lobte sich in diesem Moment dafür, dass sie beides nicht hatte ruhen lassen. Die Waffe regelmäßig geputzt und den Verstand auch nach ihrer Pensionierung beschäftigt gehalten hatte mit Berichten, Ermittlungen, Prozessen und Dokumentationen – mit Fällen, die ihre Nachfolgerin Frieda Stein ihr zugetragen hatte.

Sonja und Kai waren am Ende des Feldweges angekommen. Er blieb zögernd stehen, wandte den Kopf nach rechts, wo unter einem der Apfelbäume ein Auto parkte mit dem Heck in ihre Richtung.

Die Bäume hingen im Sommer voller kleiner, rot-grüner Äpfel, aus ihnen machte die Nachbarin den Apfelsaft.

Das Auto war ein altes, staubgraues Modell, ein Kombi mit dekorativen Rostflecken an den Kotflügeln. Sonja hielt sich nicht damit auf, darüber nachzudenken, welche Marke das sein konnte, sie hatte mit Autos nichts im Sinn. Sahen sie nicht alle irgendwie gleich aus? Aber sich das Kennzeichen zu merken, das lag Sonja im Blut und war ein Kinderspiel.

DAU für Daun. NG für Nix Gutes und auch die Zahlen, dreistellig, gruben sich tief in Sonjas Erinnerungsautobahnen ein, wie in Stein gemeißelt für die Ewigkeit.

Hinter dem Steuer saß eine breitschultrige Gestalt, der nicht aufgefallen zu sein schien, dass von hinten Gefahr drohte. Der Kopf war gesenkt und bewegte sich nicht, der Blick wanderte nicht zum Rückspiegel. War der Mann eingeschlafen? Oder hatte er nur die übliche Position eines handy-gesteuerten Wesens? Tot war er nicht, oder?

»Psst«, machte Sonja und hielt Kai am Ärmel zurück.

Sie gab ihm ein Zeichen, in die Hocke zu gehen und sich kriechend dem Auto zu nähern. Unterhalb des Heckfensters sollte er sich an die Stoßstange kauern. Sie nickte ihm zu und legte den Finger auf den Mund und hoffte, dass niemand vorbeikam, auf den kleinen Jungen aufmerksam wurde und ihn womöglich ansprach. Die Einsamkeit, die Ruhe und Stille des Ortes könnten sich jetzt von ihrer besten Seite zeigen und die Polizeiarbeit ihrer berühmtesten Einwohnerin unterstützen.

Sonja näherte sich auf Zehenspitzen der Beifahrertür, langsam waren ihre Bewegungen, Zeitlupe, fast als gäbe es sie nicht, als gäbe es nur einen Schatten, der sich mit der Tageszeit verschob.

Aber dann ging es ordentlich schnell: Sie riss die Tür auf und warf sich in der nächsten Sekunde auf den Beifahrersitz, als wäre sie vom Himmel gefallen.

5. Kapitel

Frieda, legte das Telefon vor sich auf dem Schreibtisch ab und betrachtete das Display so lange, bis es erlosch.

Brummer hatte sie gerade darüber aufgeklärt, dass es sich bei der Toten im Blankenheimer Wald nicht um die Leiterin des Malkurses »Acryl für Anfänger« handelte, sondern um eine der Teilnehmerinnen, Nadine Dürkheim aus Weilerswist. Brummer und Neugebauer waren auf dem Wege zu ihrem Ehemann. Auf die Frage, ob das Ehepaar Dürkheim ein Kind habe, hatte Frieda keine Antwort bekommen. Das sagte doch mehr als tausend Worte.

Vielleicht hatte das Ehepaar Dürkheim mehr als ein Kind. Frieda hatte die tote Nadine als eine Frau von Mitte vierzig eingeschätzt, laut Ehering war sie seit 2001 mit ihrem Felix verheiratet. Die Kinder konnten achtzehn Jahre, aber auch erst drei Jahre alt sein.

Im Internet fand sie unter dem Namen Dürkheim die Adresse der Familie in Weilerswist und die Website des Architekturbüros, in dem ihr Ehemann tätig war, seine Projekte, die verwirklichten und die, die in Planung waren, sein Porträt war sympathisch, aber nichtssagend und unpersönlich.

Frieda stützte die Ellbogen auf und warf die Hände vors Gesicht. Sie hasste es zu warten und sie verfluchte, dass sie sich davor gedrückt hatte, Brummer und Neugebauer nach Weilerswist zu begleiten und den Hinterbliebenen die Todesnachricht zu überbringen. Nun war sie darauf angewiesen, zu warten. Vielleicht gingen die Kollegen im Restaurant *Posthalterei* auf der Kölner Straße das übliche Wiener Schnitzel essen, um runterzukommen, sich auszutauschen und wieder zu stabilisieren. Das war wichtig und vom Polizeipsychologen empfohlen. Das konnte Stunden dauern. Vielleicht musste Frieda sogar bis morgen warten, ehe sie etwas erfuhr.

Sie hatte ein Seminar mit dem Titel »Wie übermittle ich verantwortungsvoll eine Todesnachricht« besucht, sie hatte das entsprechende Polizei-Manual rauf und runter studiert, sie kannte es auswendig, sie wusste, was zu tun war, theoretisch. Aber nie konnte man voraussagen, wie die Angehörigen reagieren würden. Es war diese Sekunde, in der alles passieren konnte, vom Zusammenbruch, über einen Wutausbruch bis zur coolen Zurkenntnisnahme, diesen Moment fürchtete Frieda so wie sie den ersten Schuss aus ihrer Pistole gefürchtet hatte. Sie traute es sich einfach nicht zu, in Sekundenschnelle richtig zu reagieren, nicht ebenfalls zusammenzubrechen und von ihren Kollegen versorgt werden zu müssen. Notarzt, Krankenwagen, Seelsorger, das ganze Programm.

Die Tür zu ihrem Büro flog auf. Ein kalter Luftzug wehte herein und mit ihm Roggenmeier, Hans, Leitender Hauptkommissar der Mordkommission Euskirchen. Zwei unbesetzte Schreibtische waren ihm ein Dorn im Auge.

»Wo sind die Kollegen?«, donnerte er.

»Draußen.«

»Geht's auch etwas genauer?« Er ließ die Tür hinter sich offenstehen, trat neben Frieda und erhob seine Stimme, sodass alle in der Abteilung mitbekamen, dass er unterwegs war, um Unheil zu verbreiten.

»Unterwegs im Fall der Toten im Blankenheimer Wald«, antwortete Frieda leise. »Sie haben uns selbst hinbeordert. Sie erinnern sich?«

»Und Sie? Hatte ich Sie nicht ebenfalls an den Tatort geschickt? Wieso sitzen Sie hier herum?« Seine Blicke irrten über ihren Arbeitsplatz.

Bis auf einen sorgfältig aufgeschichteten Aktenstapel hatte Frieda ihren Schreibtisch aufgeräumt, ehe sie am Morgen nach Blankenheim aufgebrochen war. Bei Brummer und Neugebauer hatte sie sich abgeguckt, nicht offen herumliegen zu lassen, woran sie gerade arbeitete. Roggenmeier war ein Kontrollfreak und nutzte ein leerstehendes Büro, um sich umzuschauen. Nach ihrer Rückkehr hatte Frieda versäumt, ihren Schreibtisch so zu dekorieren, dass es aussah, als arbeitete sie wie verrückt. Nur ein Notizbuch und das Telefon lagen vor ihr.

»Arbeitsteilung«, antwortete Frieda noch leiser.

»Wie bitte?«, herrschte er sie an.

Schritte huschten über den Flur hin und her, Räuspern und Gemurmel der Kollegen, eine Tür schlug irgendwo zu, ein Telefon klingelte.

Frieda brachte Roggenmeier mit kargen Worten auf den Stand der Dinge: die Tote in der Rechtsmedizin, die Spuren gesichert, die Zeugen erfasst, die Kollegen bei den Angehörigen, Protokoll folgt.

»So!«, rief er aus. »Und was machen Sie?«

»Feierabend.«

Er schob seinen Hemdärmel hoch und kontrollierte seinen überdimensionierten Chronographen. »Überpünktlich!

»Es war ein langer Tag«, sagte Frieda und stellte das Telefon zurück in die Ladeschale.

»Ich hoffe, Sie wissen, was Sie tun.«

Als Frieda darauf keine Antwort gab, ging er. Er hatte wohl vergessen zu fragen, ob sie in Trauer sei, weil sie wie gewöhnlich ganz in Schwarz gekleidet war. Sein persönlicher *running gag*, über den nur er allein lachen konnte.

Auf dem Heimweg kaufte Frieda bei Rewe einen Elsässer Flammkuchen aus der Tiefkühltruhe und eine Flasche Rotwein mit Schraubverschluss. Ihre Wohnung im zweiten Stock lag am nördlichen Ende von Euskirchen, kurz vor Kessenich, auf der Reinaldstraße. Kein Villenviertel, aber vom Schlafzimmer und vom Balkon aus gab es gratis ein weiten, freien Blick über die Felder. Der Anblick erinnerte sie an die Jahreszeiten, die sie ansonsten sicher kaum bemerkt hätte. Sie liebte es, wenn der Reif auf der Scholle glitzerte, die Traktoren säten und pflügten, die Mähdrescher im Staub versanken und den Duft nach reifem Getreide bis zu ihr heraufwirbelten.

Frieda lief die Treppenstufen hinauf. Hinter den Wohnungstüren war geschäftiger Lärm. Die Nachbarn im

Haus waren in Ordnung. Einige waren hilfsbereit und nahmen gelegentlich Päckchen für Frieda an, andere grüßten sie kaum.

Direkt gegenüber ihrer Wohnung war ein junger Mann eingezogen, Jannis Darmann, seitdem drang von dort ein feiner Duft nach frischem Holz ins Treppenhaus. Jannis absolvierte im Kreishaus eine Ausbildung zum Verwaltungsfachangestellten. Aber er sah nicht aus wie einer, der den Rest seines Lebens in einem Büro hinter einem Schreibtisch und vor einem Computer aushalten würde. In seiner Freizeit schraubte, sägte, bohrte, leimte, feilte er. Er war ein Genie, baute seine Möbel selbst und werkelte fürs ganze Haus. Frieda hatte ihm ihren alten, wackligen Küchenstuhl gezeigt. Als er ihn sauber geleimt zurückbrachte, machte sie eine Sitzprobe und trank dabei Bier mit Jannis. Er fragte sie aus, nach Mord- und Totschlag, sie wollte von ihm wissen, ob man das Küchenbuffet, das ihr Vormieter in der Wohnung gelassen hatte, abschleifen und lasieren konnte. Er sollte besser Tischler werden, dachte Frieda, als sie ihn zur Wohnungstür brachte.

Leider gab es – wie in jedem Mehrfamilienhaus – eine Hausordnung. Dazu gehörte, dass Lärm zwischen zwölf und 15 Uhr und nach 20 Uhr nicht erlaubt war, sonntags gar nicht. Das traf Jannis und Frieda besonders hart. Er musste seine Stichsäge beiseitelegen und sie ihr Cello. Er konnte während der Ruhezeiten immerhin schmirgeln, streichen oder beizen, ihr blieben nur Trockenübungen. So kam es, dass das Cello eine zweite Heimat in Wolfgarten im Forsthaus am Ende der Stromleitung fand.

Frieda hängte ihre Jacke auf und warf Handy und Schlüssel auf den Küchentisch. Sie holte den Flammkuchen aus der Verpackung und schob ihn in den Ofen. Sie drehte den Schraubverschluss auf und goss den Rotwein in eines ihrer Weingläser mit Goldrand ein.

»Prost!«, sagte sie zu sich selbst und tätigte parallel einen Kontrollanruf bei Sonja Senger.

Sonja klang auffällig gleichgültig und war kurz angebunden, sie beklagte sich weder über Langeweile noch darüber, dass niemand sie besuche, niemand anrufe oder Frieda sich rarmache. Eine gewisse Melancholie schien in ihrer Stimme zu liegen.

»Alles gut bei dir?«, fragte Frieda misstrauisch.

»Es könnte nicht besser sein!«

Aber so klang es nicht. »Ich versuche morgen vorbeizukommen, kann es aber nicht versprechen, wir haben einen neuen Fall. In Blankenheim ist eine …«

»Kein Problem«, unterbrach Sonja sie. »Mach dir keinen Stress.«

Sonja wollte nicht wissen, was sich in der Mordkommission tat? Das hörte sich nicht gut an. Stattdessen bat sie: »Aber ruf vorher an.«

Frieda blieb verdutzt zurück. Irgendetwas war im Forsthaus am Ende der Stromleitung im Gange. Aber sie hatte keine Kraft, darüber nachzudenken. Plötzliche Müdigkeit überfiel sie. Sie schaltete den Herd aus und ließ den Elsässer Flammkuchen, wo er war, leerte das Weinglas und warf sich auf ihr Bett. Genug ist genug.

Zeit zu schlafen.

Am nächsten Morgen schob Frieda gerade den Flammkuchen in die dienstlich genehmigte Mikrowelle, als Brummer das Büro betrat. Er brummte ein »Morgen«, warf seine Lederjacke über die Stuhllehne und pflanzte sich hinter seinen Schreibtisch.

Frieda kochte Kaffee und stellte Teller und Kaffeebecher bereit. »Ich geb einen aus.«

»Haben wir was zu feiern?«

»Weiß nicht.«

»Pizza zum Frühstück?«, sagte er und verzog das Gesicht.

»Das ist keine Pizza, das ist Flammkuchen. Den kann man immer essen.«

»Selbstgemacht?«

Frieda verdrehte die Augen.

Neugebauer war der Nächste, der auf der Bildfläche erschien. Im Trenchcoat mit kariertem Winterfutter, und seit Neuestem trug er eine Schiebermütze. Sie war nicht kariert, stand ihm gut und ließ sein fliehendes Kinn weniger auffallen. Überhaupt legte er in letzter Zeit mehr Wert auf seine Kleidung. Die Hemden waren gebügelt, die Schuhe geputzt, die Hosen hatten die richtige Länge. Die Wechseljahre, dachte Frieda. Wohingegen Brummer – ebenfalls in den Wechseljahren – äußerlich keine Wandlung erfahren hatte, vielleicht hatte er nachts Schweißausbrüche oder Albträume.

Brummer und Neugebauer – ein ehrenwertes Duo, mit dem Frieda es hatte aufnehmen müssen, als sie vier Jahre zuvor nach Euskirchen versetzt worden war. Sie war damals dreißig Jahre alt, gerade Kommissarin geworden, sollte die Nachfolge von Sonja Senger antreten

und saß zwei gestandenen Hauptkommissaren gegenüber, die wussten, wie der Hase lief, und die sehr gut
ohne Frieda auskamen. Sie hatten ihr nicht viel zuge-
traut und sie von oben herab behandelt. Insbesondere,
als sich herumsprach, dass ihr Vater, Dr. Helmut Stein,
seines Zeichens Rechtsmediziner, ganz oben beim
Landrat ein gutes Wort für seine Tochter eingelegt hatte. Von Klüngel war die Rede gewesen. Das hübsche,
verwöhnte Töchterchen. Ihr Ruf war dahin, ehe sie auch
nur einen Aktendeckel geöffnet hatte. Das erste Jahr
war ein Kampf. Inzwischen hatten sich die drei Kollegen zusammengerauft. Frieda hatte bewiesen, dass sie
teamfähig war, fleißig, entschlossen, mutig und kreativ,
sie war Oberkommissarin geworden und lief den Kollegen nicht den Rang ab, und wenn es hart kam und Roggenmeier Unheil verbreitete, hielten sie zusammen. Sie
wollte nicht mehr ohne sie sein. Brummer und Neugebauer gehörten in die Mordkommission Euskirchen wie
Sonja Senger ins Forsthaus in Wolfgarten. Es gab eben
Dinge, die durften sich nicht ändern, niemals, was Frieda von ihrer eigenen Person und ihren Lebensumstän-
den nicht sagen konnte. Noch nicht.

Pling!

Die Mikrowelle schaltete sich aus.

»Was gibt es denn Leckeres?« Neugebauer öffnete die
Gerätetür und wedelte sich den Duft zu. »Hm. Flammkuchen.«

»Frieda gibt einen aus«, erklärte Brummer.

Sie schenkte Kaffee ein, Neugebauer teilte den Flammkuchen in drei ungleiche Stücke auf und brachte alle
Teller zu Brummers Schreibtisch, wo die Kommissare

zusammenrückten. Konspirativ, hätte Roggenmeier das genannt.

»Schmeckt«, nuschelte Neugebauer mit vollem Mund.

»Du meinst, wie schon mal aufgewärmt«, knödelte Brummer.

»Besser als nix«, sagte Neugebauer. »Was gibt es denn zu feiern? Nun sag schon.«

Sie winkte ab. »Der musste weg.«

Brummer schob seinen Teller von sich. »Sag ich doch.«

Neugebauer ebenfalls. »Darf man denn Tiefkühlware mehrmals aufbacken?«

»Nö«, machte Frieda.

»Was ist mit der Kühlkette?«

Frieda hob ratlos die Schultern.

Brummer und Neugebauer ließen die Reste stehen, sackten auf ihren Stühlen zusammen, horchten mit ängstlichem Blick in sich hinein und warteten auf Symptome einer Lebensmittelvergiftung. Frieda räumte die Reste in die Teeküche, sie konnte sich nicht aufraffen zu spülen, wusch sich die Hände und kehrte zurück an ihren Platz. Sie wollte endlich hören, wen die Kollegen in Weilerswist angetroffen hatten – außer dem Ehemann der Toten.

»Nadine Dürkheim?«, sagte sie auffordernd.

Neugebauer richtete sich auf und legte eine Hand auf seinen Magen. Er räusperte sich, blinzelte nervös und berichtete stockend: »Nadine Dürkheim hinterlässt einen Ehemann und einen Sohn.«

Frieda presste die Lippen zusammen.

»Florian, ist 16 Jahre alt. Er ist in sich zusammen-gesackt, wie von einem Stein getroffen, als er vom Tod seiner Mutter erfuhr. Er war bewusstlos für ein paar Sekunden. Tränenlos. Den tröstenden Vater hat er von sich gestoßen. Echt traurig.«

Wie gut, dachte Frieda, dass sie sich gedrückt hatte.

»Er ist Schüler der Gesamtschule Weilerswist und geht in die zehnte Klasse«, fuhr Neugebauer fort. Er ist Mitglied in einem Fußballverein und spielt in einer Band das Saxofon.«

»Saxofon«, sinnierte Frieda und musste kurz an ihr Cello denken, das im Forsthaus darauf wartete, gespielt zu werden.

»Felix Dürkheim ist ein vielbeschäftigter, renommierter Architekt und Teilhaber eines Architekturbüros in Köln«, fuhr Neugebauer fort. »Er stand ebenfalls kurz vor einem Zusammenbruch, als er vom Tod seiner Frau hörte. Er hat erst vor Kurzem seine Mutter verloren und scheint jetzt an einen Fluch zu glauben, der auf seiner Familie liegt. Für einen technisch veranlagten Menschen eine arg märchenhafte Vorstellung. Er hat eine Schwester, die er aber nicht zu Hilfe rufen will, weil sie sich nicht so eng stehen. Er ist nun plötzlich ein alleinerziehender Vater. Keine leichte Aufgabe mit einem Sohn in der Pubertät.«

»Alleinerziehen ist nie leicht«, kommentierte Frieda.

»Du musst es ja wissen«, lästerte Brummer.

Neugebauer bat um Ruhe. »Auf die Frage, wo er sich zum Zeitpunkt des Todes seiner Frau befunden habe, griff sich Felix Dürkheim ans Herz. Wir haben seine Termine in seinem Handy überprüft. Er hat ein Alibi, einen Gesprächstermin bei der Stadt Euskirchen, Amt für Wohnungsbauförderung. Den Termin lassen wir uns natürlich von seiner Sekretärin und dem Vorzimmer im Amt bestätigen. Seine Frau hatte übrigens keine Lebensversicherung.«

Frieda nickte nachdenklich. »Habt ihr mit Nachbarn gesprochen?«

»Ja, Chef«, grinste Brummer. »Außer einer Frau Gerber von gegenüber, die Nadine Dürkheim am 3. März mit Gepäck wegfahren, aber nicht wiederkommen gesehen hat, hatten die Nachbarn keinen Kommentar abzugeben. Scheint keine Freundschaften unter den Nachbarn zu geben. Die Einfamilienhäuser verfügen über große Grundstücke und hohe Hecken, will heißen: Man kennt sich kaum.«

»Und die Malschule?«, fragte Frieda weiter.

»Den Malkurs hat Nadine Dürkheim über ein führendes, regionales Reiseunternehmen namens Pandora gebucht, das Kreativurlaube in der Eifel vermittelt. Pandora-Reisen hat seinen Geschäftssitz in Koblenz, agiert aber rein online. Aber ich kann mir nicht vorstellen, dass das Unternehmen seinen Ruf ruinieren möchte oder dass eine der Teilnehmerinnen eine Mörderin ist.«

»Sag das nicht«, meinte Neugebauer. »Neid ist ein gutes Motiv. Konkurrenz auch. Nadine war eine begabte Künstlerin.«

»Ha!« Brummer lachte. »Ich fass es nicht. Die paar blauen Striche kreuz und quer, die nennst du Kunst?«

»Ja«, antwortete Neugebauer fest entschlossen und reckte sein Kinn.

»Seit wann verstehst du was von Kunst?«

Neugebauers Gesicht überflog eine Röte, sein Blinzeln nahm zu. »Ich male selbst.«

»Nein!« Brummer schlug sich auf die Schenkel.

»Großartig«, steuerte Frieda bei. »Ich finde es großartig. Echt. Jeder, der so einen anstrengenden Job hat wie wir, sollte ein kreatives Hobby haben. Ich würde gern mal sehen, was du malst.«

»Ich nicht«, rief Brummer.

Neugebauer wandte sich von seinem Kollegen ab, als gäbe es ihn nicht mehr. »Ich lade dich hiermit ein, Frieda. Ich mache eine Vernissage, nur für dich allein. Wann immer du willst.«

Brummer stöhnte auf. »Um Himmels willen.«

»Und was machst du am Feierabend?«, fragte ihn Neugebauer.

Brummer kaute auf der Unterlippe. »Das werde ich gerade euch auf die Nase binden.«

Die Tür flog auf, ein kalter Luftzug wehte herein und mit ihm HK Roggenmeier. Er rümpfte die Nase. »Wonach riecht es hier? Ist das hier die Kantine?«

»Flammkuchen«, antwortete Brummer.

»Es ist noch was da«, sagte Neugebauer und kassierte dafür einen Fußtritt von Frieda.

Die drei Kollegen nickten einvernehmlich.

Roggenmeier rieb sich den Bauch. »Warum nicht? Hab ich ewig nicht gegessen.«

»Bitte!«, sagte Brummer. »Tun Sie sich keinen Zwang an.«

»Ist meine Lieblingsspeise.«

Brummer nickte. »Das dachte ich mir.«

Roggenmeiers Lieblingsspeise war immer das Essen der anderen.

»Ist aber jetzt kalt«, gab Neugebauer zu bedenken.

»Schmeckt aber auch kalt«, beruhigte ihn Brummer und hielt Roggenmeier einen Teller mit Flammkuchen-Fragmenten entgegen. »Ganz vorzüglich.«

Roggenmeier griff zu. »Da muss ich wohl Danke sagen.«

Brummer zeigte auf Frieda. »Danken Sie unserer Frieda Stein.«

Roggenmeier nickte ihr zu, stürzte mit seinem Teller davon und ließ die Tür hinter sich offenstehen.

Am nächsten Tag meldete er sich krank.

6. Kapitel

Sonja Senger rieb sich Schläfe und Knie. Sie hatte sich am Türrahmen gestoßen, als sie zu Alex, dem Fahrer der Enkeltrickbetrügerbande, in den staubgrauen Kombi gesprungen war, während sie dem kleinen Kai befohlen hatte, draußen am Heck in die Hocke zu gehen und auf ihr Kommando zu warten.

Das würde blaue Flecke geben. Weitere blaue Flecken. Sie stieß sich in letzter Zeit überall. Auch im Forsthaus. Das musste mit ihrem Alter zusammenhängen, denn die Möbel standen am selben Platz.

Der junge Mann hinterm Steuer war durch den Überraschungsangriff völlig perplex, starrte sie an und brachte nur einen unartikulierten Laut heraus. »Eyh!«

Er hatte fast farblose, durchsichtig schimmernde Glasperlenaugen, wie ein Husky.

»Guten Tag«, sagte Sonja.

»Sind Sie bescheuert? Was wollen Sie hier? Raus!«

»Später.« Sonja zog die Beifahrertür zu und drückte die Verriegelungstaste herunter. So ein altes Auto bot ungeahnte Möglichkeiten, auf die sie bei ihrem neuen Fahrzeug verzichten musste.

»Raus hier!«, bellte der Mann. »Oder ich ...«

»Sie sind also Alex«, stellte Sonja seelenruhig fest.

Er runzelte die Stirn, beugte sich vor, ließ das Handschuhfach aufklappen, wo der Glanz einer Pistole aufblinkte. Er langte danach, als ein Geräusch ihn aufhielt.

Klick. Sonja hatte ihre Pistole aus der Strickjacke gezogen, entsichert und bohrte den Lauf in den ausgestreckten Arm der Mannes. »Finger weg. Die Waffe bleibt, wo sie ist.« Sie hob das Knie und knallte damit die Klappe des Handschuhfachs zu. »Hören Sie zu, Alex.«

»Woher wissen Sie, dass ich Alex heiße?«

»Ich weiß alles.«

»Haha.«

»Ich bin nämlich von der Polizei.«

»Haha«, machte Alex wieder.

Sie hoffte, dass er nicht nach ihrem Dienstausweis fragte.

Er dachte nicht daran. »Und was wollen Sie von mir?«

Ihre Hand fuhr beinah zärtlich über den Griff ihrer Pistole, als überlegte sie noch.

»Ich hab nix getan. Ich sitze hier nur im Auto rum und chatte mit meinen Freunden.«

»Chatten in Wolfgarten?« Sonja musste lachen. »Klar doch, warum nicht? Ist doch völlig normal, in Wolfgarten unter einem Apfelbaum zu sitzen und zu chatten, liegt ja auch nicht irgendwie abseits oder so, wenn man aus Daun kommt. Und Wolfgarten ist ja ausgesprochen berühmt für sein schnelles Internet. Hier kommen viele extra nur hin zum Chatten. Mit einer Pistole im Handschuhfach.«

»Keine Ahnung, woher die Waffe kommt. Das Auto gehört nicht mir.«

Er sah aus wie ein Sportler, war sicher über 1,90 Meter, wenn er aufrecht stand, denn seine Knie passten kaum unters Lenkrad, und sein Sitz war so weit zurückgeschoben, dass Sonja sich umdrehen musste, um in sein Gesicht zu sehen, das ebenmäßige Züge hatte. Er war Anfang zwanzig schätzte sie, der Blick wütend verstockt, Mund unwillig verzogen, seine Haare hatten einen akkuraten Schnitt.

»Erzählen Sie keinen Blödsinn«, sagte sie. »Sie bringen jetzt Kai und mich zu dessen Eltern.«

Alex' Gesichtszüge froren ein. »Was für ein Kai? Ich kenn keinen Kai. Was für Eltern? Ich bin kein Taxi, ey, steigen Sie endlich aus. Wenn Sie von der Polizei wären, hätten Sie ja wohl einen Dienstwagen. Polizei, haha, guter Witz.«

Klick. Sonjas Pistolenlauf bohrte sich in seinen Oberschenkel.

»Jetzt«, schob Sonja nach.

»Ich weiß ja gar nicht, wo der wohnt«, murrte Alex kleinlaut.

»Das wird er uns schon sagen.«

»Wo ist er denn?«

Sonja kurbelte die Seitenscheibe herunter, steckte den Kopf aus dem Fenster und rief: »Kai!?!«

Im Seitenspiegel waren der Kotflügel des Autos, eine halbe Ligusterhecke, das Teilstück eines sandigen Weges und der Sockel eines Hauses zu sehen. Aber kein Fuß, kein Arm, nichts von Kai. Ob er es nicht wagte, sein Versteck zu verlassen? Sie konnte ihn nicht holen, die Gelegenheit würde sich Alex nicht entgehen lassen.

»Kai?!? Du kannst jetzt einsteigen. Alles ist okay.«

Nichts rührte sich. War er getürmt?

»Steig aus!«, kommandierte Sonja und zog den Schlüssel aus dem Zündschloss. »Hol ihn rein.«

Alex entstieg mit seinen elend langen Körperteilen dem Fahrersitz und humpelte umständlich zum Heck.

Sonja hatte keine Sorge, dass er türmen würde. Nicht mit Kai am Hals und nicht in Wolfgarten, wo sich Fuchs und Hase gute Nacht sagten, nicht mit einer bewaffneten Polizistin in seinem Auto und seiner Pistole im Handschuhfach.

Sie war erleichtert, als Kais Kopf endlich im Heckfenster auftauchte. Er legte ihn in den Nacken, um Alex ins Gesicht blicken zu können. Unverständlich war es, was Alex zu ihm sagte. Die Gestik war wild. Die Sache war eindeutig: Kai wurde eingenordet.

Sonja öffnete das Handschuhfach und entnahm ihm die Pistole. Sie war leicht und nur ein Fake, eine Spielzeugpistole, Plastik, täuschend echt, aber völlig ungefährlich. Kaum war sie wieder an ihrem Platz zwischen Tankrechnungen, Parkscheibe und einem Paket Taschentüchern, wurden die Türen geöffnet.

Kai stieg hinten links ein, schnallte sich an, lehnte sich zurück und mied Sonjas Blick. Er sah noch blasser aus als vorher, hatte blaue Ringe unter den Augen. Alex zwängte sich wieder hinters Steuer und warf den Motor an. Röhren und Knattern. Das Aufpuffrohr war vermutlich angebrochen und konnte jeden Moment abfallen.

Sonja ging davon aus, dass die beiden draußen auch geklärt hatten, wohin die Reise ging. Am Ortsausgang bediente Alex das Navigationsgerät, das zwischen Armaturenbrett und Windschutzscheibe eingeklemmt war. Als Ziel gab er Hellenthal ein. Rund zwanzig Kilometer von Wolfgarten entfernt.

»Du wohnst also in Hellenthal, Kai?«, fragte Sonja für den Fall, dass die beiden beschlossen hatten, aus einem anderen Grund nach Hellenthal zu fahren.

Kai nickte, ohne sie anzusehen.

»Welche Straße?«

»Luxemburger Straße.«

»Hausnummer?«

»42.«

»Aha.«

Entweder begann jetzt hier gerade ein legendäres Roadmovie oder Kai sagte die Wahrheit. Sonja hätte gegen beides nichts einzuwenden gehabt. Sie hatte sonst nichts vor. Ein Ausflug kam ihr gerade recht.

Während der Reise könnte sie den beiden einen Vortrag über die historische Bewandtnis der Luxemburger Straße halten, die sich teils schnurgerade von Trier nach Köln zog, sie könnte sich von Kai die Telefonnummern seiner Eltern geben und von diesen wiederum die Adresse bestätigen lassen. Aber sie könnte auch einfach abwarten und sich überlegen, wie sie Kais Eltern gegenübertreten konnte und sollte.

Dankbar nahm sie zur Kenntnis, dass Alex nicht das Radio einschaltete oder den CD-Player, um sie mit Country-Musik zu beschallen, die würde zu ihm passen, denn er fuhr wie ein König der Landstraße. Sicher und nicht zögerlich. Als der Motor zu ruckeln begann, schielte Sonja auf die Tankuhr, die rot aufleuchtete. Mit diesem kümmerlichen Rest Benzin kamen sie nicht bis Hellenthal.

»In Gemünd ist eine Tankstelle.«

Alex lächelte sie mitleidig an, schaltete einen Gang höher und brauste, nachdem sie die Serpentinen auf der Dürener Straße hinunter nach Gemünd hinter sich gelassen hatten, rechts über die L 265 davon, als wollte er ihr beweisen, dass sein Auto kein Benzin brauchte.

Sonja dachte über die nächste Tankstelle auf dieser Strecke nach. Es gab mit Sicherheit eine in Schleiden, die nächste wahrscheinlich erst wieder in Hellenthal. Ihr grauste davor, auf offener Strecke liegen zu bleiben, mit diesen beiden Ganoven an Bord.

Im Übrigen legte sie Wert darauf, nach der Kai-Übergabe von Alex bis zur Polizeistation Schleiden gefahren zu werden, wo sie ihn seiner Bestimmung übergeben wollte, aber das konnte er nicht wissen. In Schleiden gab es doch diesen umwerfend aussehenden Hauptkommissar Matteo Grassi, der Frieda den Hof machte. Der konnte sie nach Hause fahren, ins Forsthaus, wo der arme Kater vermutlich noch die geschlossene Futterdose im Wasserbad bewachte, wenn er nicht darüber eingeschlafen war.

»Hier«, sagte Kai in die Stille des Autos, und Alex fuhr an den Straßenrand und schaltete den Motor aus. »Da. Das gelbe Haus ist die Nummer 42.«

Sonja beugte sich vor und zog den Autoschlüssel ab. Das Auto stand im Halteverbot. Rechtmäßig, denn es war Gefahr im Verzug. »Alle aussteigen.« Sie schloss das Auto ab.

Kai schob eine kleine Pforte auf. Weiß gestrichenes Rohr. Am Pfeiler hing ein Briefkasten mit der Hausnummer und einem Namensschild in handgeschriebener, unleserlicher Schrift. Nach zwei Stufen standen sie vor der Haustür, der Reihe nach, Kai, Alex, Sonja. Auf der Klingel stand: *W. Schorlemer*. Kai tippte den Klingelknopf an.

»Noch mal richtig!«, forderte Sonja ihn auf.

Dieses Mal hielt er den Knopf zwei Sekunden lang gedrückt.

Innen schlug eine Tür zu, Schritte näherten sich, die Haustür wurde aufgezogen.

»Kai!«

Ein Freudenschrei. Die Frau klatschte in die Hände und riss den Jungen an sich, drückte und küsste ihn und sagte über seine Haare hinweg. »Wir haben uns schon solche Sorgen gemacht.«

Eine sympathische, adrette Frau, Ende dreißig, schätzte Sonja, mit blondem Bob, Brille, im dunkelroten Sweatshirt, Jeans, Clogs an den Füßen. Rückwärtsgehend, Kai im Arm mit sich ziehend, bat sie: »Kommen Sie doch rein, bitte. Sie müssen mir unbedingt erzählen, wo Sie ihn gefunden haben. Ich bin Ihnen so dankbar. Er ist nach der Schule einfach nicht nach Hause gekommen. Ich habe alle seine Freunde abtelefoniert. Seine Oma, seine Tante, ich war kurz davor, die Polizei zu rufen.«

Alex und Sonja folgten den beiden in den schmalen Flur, der in ein Wohnzimmer mündete.

»Wolfgang!«, rief Frau Schorlemer die Treppe hinauf. »Kai ist wieder da!«

Schnelle Schritte in Pantoffeln auf der Treppe. »Endlich! Da bin ich aber froh!«

Wolfgang Schorlemer blieb auf halber Höhe stehen und breitete die Arme aus. »Der verlorene Sohn!« Als er unten angekommen war, sagte er: »Ich habe meiner Frau gleich gesagt, wo soll er schon sein, bis heute Abend ist er wieder da. Und? Habe ich wieder einmal recht gehabt?«, fragte er in die Runde und knuffte seinen Sohn.

Als Stille einsetzte, stellte sich Sonja als Hauptkommissarin der Mordkommission Euskirchen vor.

Das Ehepaar Schorlemer reagierte mit Ehrfurcht und bat sie ins Wohnzimmer. Alex schlurfte hinterher. Für ihn hatte sich niemand interessiert.

Sonja, Alex und das Ehepaar Schorlemer verteilten sich auf der dunkelgrünen Samtgarnitur. Kai hockte sich auf die Sofalehne neben seine Mutter. Es wurde nach Getränkewünschen gefragt. Alle lehnten ab. Sonja bemerkte den Kaminofen, von dem Kai gesprochen hatte, ein modernes Stück aus Speckstein. Neben dem Fenster zum Garten stand ein großes, beleuchtetes Aquarium auf einem Sockel, in dem ein Dutzend bunte Fische schwammen und eine Pumpe gurgelnd Sauerstoff lieferte. Im Garten schwang eine Schaukel aus längst vergangenen Zeiten im Wind.

»Nun.« Sonja räusperte sich und setzte sich aufrecht hin.

Alle Blicke lagen auf ihr. Die Freudenstimmung schien ein wenig zu kippen, der Ernst der Lage kam auf die Eltern zu. Es war nur eine Ahnung.

»Es ist leider so, dass Ihr Sohn Kai offensichtlich zu einer Betrügerbande gehört.«

»Wie bitte!« Frau Schorlemer schrie auf.

»Wie können Sie es wagen!?« Herr Schorlemer schlug mit der Hand auf seinen Oberschenkel.

»Enkeltrick? Sagt Ihnen das was?«

Kais Eltern nickten erschrocken. Ihre Blicke flogen zwischen ihrem Sohn und Alex hin und her.

»Ihr Sohn hat heute als Bote einer Enkeltrickbetrüger-bande fungiert und wollte tausend Euro von mir abkas-sieren.«

»Nein!« Frau Schorlemer rückte ein wenig von ihrem Sohn ab und rang mit ihren Händen im Schoß.

»Das glaube ich nicht.« Herr Schorlemer sprang auf. »Unser Kai? Wissen Sie, was Sie da behaupten? Wie kommen Sie dazu? Wer sind Sie überhaupt?«

Sonja stellte sich vor, alleinlebend, nicht verwitwet oder geschieden, sondern ledig und kinderlos und so-mit garantiert enkellos und Hauptkommissarin der Mordkommission Euskirchen. »Wir müssen davon aus-gehen, dass ich nicht sein erstes Opfer bin.« An Kai ge-wandt fragte sie. »Wie oft habt ihr das schon gemacht?«

»Erst dreimal«, flüsterte Kai.

Alex saß auf seinem Einzelsessel. Ungerührt wie ein Zuschauer blickte er von Fisch zu Fisch im Aquarium. Kai studierte das Muster des Perserteppichs.

»Stimmt das?«, fragte Sonja Alex.

»Soweit ich weiß, ja«, bestätigte Alex mit einem vagen Blick aus seinen Husky-Augen.

»Sag doch mal was«, fuhr Herr Schorlemer seinen Sohn an. »Kai, sag, dass das nicht stimmt.«

Kais Blutschwamm wurde purpurrot. Ehe er antworten konnte, zeigte seine Mutter auf Alex: »Und wer sind Sie?«

Alex zuckte nicht einmal mit der Augenbraue.

»Das ist Alex ... eh ...«, begann Sonja, als ihr einfiel, dass sie seinen Familiennamen nicht kannte.

»Kaufmann«, knurrte Alex.

»Der hat unseren Sohn bestimmt gezwungen ...?«

»Das wissen wir nicht«, blockte Sonja die Frage ab. »Es geht hier nur um Ihren Sohn und um die Frage, was nun geschehen soll. Ich muss den Fall natürlich anzeigen.«

Frau Schorlemer legte die Handflächen aneinander wie zum Gebet. »Bitte nicht!«

»Es ist meine Pflicht«, betonte Sonja. »Das verstehen Sie doch. Wir wollen doch alle, dass solchen Betrüger-banden das Handwerk gelegt wird.«

Herr Schorlemer hatte sich nicht wieder hingesetzt, sondern lief auf und ab in dem Wohnzimmer. Nervös fuhr er sich übers Gesicht. »Ja, ja, das schon. Aber wenn das in der Schule bekannt wird. Das wird seine ganze Zukunft ruinieren.«

»In der Tat«, bestätigte Sonja. »Er wird diesen Makel ein Leben lang mit sich herumtragen. Er wird an ihm kleben wie Pech. Und er wird es ihm nicht einfacher machen, mal einen Job zu bekommen, eine Wohnung, einen Autokredit, eine Hypothek, ein ...«

»Hören Sie auf!« Herr Schorlemer raufte sich die Haa-re. »Er ist doch erst acht Jahre alt! Wissen Sie, was das bedeutet?«

»Ich? Ja«, parierte Sonja. »Sie auch? «

»Natürlich«, wimmerte Frau Schorlemer. »Natürlich wissen wir das. Aber wir tun doch alles für ihn. Ich ha-be meinen Job fast ganz aufgegeben und helfe nur drei-mal die Woche für ein paar Stunden aus. Ich bin examinierte Steuerberaterin, wissen Sie, aber es war mir wichtiger, mich um meinen Sohn zu kümmern.«

»Und ich«, fuhr Herr Schorlemer ungebeten fort. »Ich nehme mir viel Zeit für Kai. Wir basteln zusammen, fahren Rad, gehen Wandern und Schwimmen … alles umsonst …«

»Kai ist gut in der Schule«, fuhr seine Frau fort. »Er schreibt nur Einsen und Zweien, und seine Klassenlehrerin ist zufrieden mit ihm. In jeder Hinsicht. Auch sein Sozialverhalten ist einwandfrei, sagt sie, er ist hilfsbereit und drängt sich nicht vor. Was haben wir denn nur verkehrt gemacht?«

»Sie haben Ihre Aufsichtspflicht verletzt«, sagte Sonja trocken. Es war nicht der Moment, die Eltern zu beruhigen. Noch nicht.

»Und jetzt?«, fragten die Eltern unisono.

Sonja tat, als überlegte sie, dabei hatte sie sich längst entschieden.

Herr Schorlemer räusperte sich. »Alles, was wir tun können, ist, Ihnen definitiv zuzusagen, dass das nicht wieder passiert, Frau Hauptkommissarin. Sie können sich auf uns verlassen.«

»Ja, genau«, rief seine Frau erleichtert. »Wir versprechen es Ihnen. Hoch und heilig. Nicht wahr, Kai?«

Kai nickte ohne hochzusehen, seine Haare wippten wie bei einem Pony, sein Fuß schlug gegen die Sofalehne.

»Kai!«, rief sein Vater streng.

Kai blickte auf. »Du musst es der Polizistin versprechen.«

»Ich verspreche es«, nuschelte Kai.

»Lauter«, kommandierte sein Vater.

»Ich verspreche es«, wiederholte Kai und kaute an seiner Unterlippe.

Es war schrecklich mitanzusehen, wie die Schorlemers ihren Sohn dressierten, aber andererseits hatte Sonja das Ergebnis, das sie sich gewünscht hatte. Sie hatte den Eltern die Leviten gelesen, gehörige Angst eingejagt, sie würden ihren Sohn von nun an mit Argusaugen auf Schritt und Tritt bewachen. Das war nicht schön für Kai, aber er hatte es sich selbst eingebrockt. Jetzt wäre der Moment, ihn nach den Namen und Anschriften seiner beiden Kumpel zu befragen, aber er tat ihr leid. Das konnte sie auch aus Alex herauskitzeln.

»Gut«, sagte sie nach einer Weile und blickte in die Runde. »Sollte ich jemals den Namen Kai Schorlemer im Zusammenhang mit irgendeiner Straftat hören, packe ich aus. Bis dahin ist er sozusagen auf Bewährung.«

»Danke!« Frau Schorlemer war kurz davor, Sonja um den Hals zu fallen.

Herr Schorlemer griff nach Sonjas Hand, als wollte er sie küssen, und schüttelte sie, als wollte er sie nicht wieder loslassen. »Sehr großzügig von Ihnen.«

»Bis dahin schweige ich«, bekräftigte Sonja ihr Vorhaben.

Herr Schorlemer schubste Kai in Sonjas Richtung. »Sag gefälligst Danke.«

»Danke«, presste Kai hervor.

»Lauter!«

»Danke.«

Erleichterung machte sich im Wohnzimmer breit, Erlösung, Befreiung, wie am Weihnachtsabend, selbst Alex blickte verklärt drein, als hätte er neue Hoffnung für sein eigenes Schicksal geschöpft. Er würde sich wundern.

»Was schulde ich Ihnen?«, fragte Herr Schorlemer und zog sein Portemonnaie aus der Hosentasche. Sonja zog erstaunt die Augenbrauen hoch. »Ich nehme an, die tausend Euro.«

Sie winkte ab und zeigte auf Kai. »Von dir bekomme ich hundert Euro.«

»Die hat Alex«, murmelte Kai.

»Wie viel habt ihr ansonsten bisher insgesamt kassiert?«

»Neunhundert«, knurrte Alex. »Jeder hat 225 bekommen.«

Sonja streckte die Hand aus.

Kai blickte flehend zu seinem Vater. »Ich hab das Geld nicht mehr, Papa.«

Papa zahlte und wollte aufrunden, aber Sonja wies ihn zurecht.

»Mit dir rechne ich gleich ab«, sagte sie zu Alex. Mit einem Wink forderte sie ihn auf, sich zu erheben. »Das wär's. Gehen wir. Ach nee, ich brauche drei Entschuldigungsschreiben von Kai.«

»Drei?«, fragte Kai entsetzt.

»Für jede Frau eines.«

»Verschiedene?«

»Ja.« Sonja nickte. »Sie müssen unterschiedlich sein. Und sie müssen eine ganze Seite lang sein.«

Kais Kinnlade fiel herunter. »Und was soll ich schreiben?«

»Schreib, dass es dir leid tut, was du getan hast, dass du das nie wieder machen wirst, was du dir für die

Zukunft vornimmst und so weiter, und das Ganze in Sonntagsschrift.«

»Aber …«

»Nix aber«, mischte sich Kais Vater ein und versprach, sich um die Briefe persönlich zu kümmern. Kais Mutter würde sie Sonja zuschicken, Kai kannte die Anschrift.

Zum Abschied winkte das Ehepaar, krampfhaft bemüht, ein intaktes Familienleben zu demonstrieren, Kai in ihrer Mitte, ihre Hände auf seinen kleinen Schultern. Die Tür schlug zu, als Sonja noch auf der obersten Stufe stand.

Auf der Luxemburger Straße donnerte ein Lkw vorbei, der sich nicht an die Geschwindigkeitsbegrenzung hielt. Die Antenne auf Alex' Autodach bebte. Sonjas krause Haare flogen auf. Die Ruhe, die darauf folgte, wurde durch wütende Stimmen unterbrochen.

Herr und Frau Schorlemer beschäftigten sich pädagogisch wertvoll mit ihrem Sohn. Sie hatten vergessen, das Fenster zu schließen, es stand auf Kipp. Familientribunal am Küchentisch. Mutter und Sohn heulten, Vater schlug mit der Faust auf den Tisch. Kai hatte Sonja bemerkt und starrte sie aus ausdruckslosen Augen an.

»Nun zu dir«, sagte Sonja zu Alex, als sie sich neben ihn auf den Beifahrersitz fallen ließ. »Zeig mir mal deinen Führerschein.«

Er hob den Hintern hoch, zog ein verbeultes Portemonnaie aus der Gesäßtasche und angelte das Dokument im Scheckkartenformat hervor.

Alex Kaufmann. Geboren im Jahre 2000 in Koblenz. Ausgestellt wurde der Führerschein vor einem Jahr. Das Foto war biometrisch.

»Wo wohnst du? Bei deinen Eltern?«

»Nein! Bin ich blöd?«

»Sieht so aus«, sagte Sonja und steckte den Schlüssel ins Zündschloss.

Alex warf den Motor an. »In Urft wohne ich, Rinner Straße, zur Untermiete, und hab meine Ruhe.«

»Aha. Wir fahren aber jetzt erst einmal nach Schleiden. Da ist eine schöne Polizeistation, ab da können sich die Kollegen mit dir rumschlagen.«

Er brummte etwas Unverständliches, wartete eine Lücke im Verkehr ab und wendete auf der Luxemburger Straße.

»Hast du einen Job?«, fragte sie ihn.

»Sozusagen.«

»Was denn?«

»Ich mache eine Ausbildung zum Zerspanungsmechaniker.«

»Was ist das denn?«, fragte Sonja verwundert.

Er grinste mitleidig. »Zu Ihrer Zeit nannte man das Dreher oder Fräser.«

»Aha. Und wo zerspanst du?«

Er hob ratlos die Schultern. »Weiß ich auch nicht. Das macht der Gero gerade für mich klar.«

»Wer ist Gero? Mann, muss ich dir jedes Wort aus der Nase ziehen?«

Alex lächelte geschmeichelt. »Also, ich hab mal Mist gebaut, hat mich einer verpfiffen, wollte mir der beknackte Richter eine Lektion erteilen und hat mich für vierzehn Tage in den Knast gesteckt, danach zu so Scheiß-Sozialstunden verdonnert, musste im Krankenhaus Wäschewagen hin und her schieben, und seitdem ist der Gero für mich zuständig.«

Er hatte also einen Bewährungshelfer. »Was hast du gemacht? Armen Omas das Geld aus der Tasche gezogen?«

Er grinste. »Nee, nicht doch, das würde ich nie tun. Smartphones habe ich verkauft, Tablets, i-Pads, Laptops und so.«

»Die vom Lkw gefallen waren?«

So wie es zwei Jahre vorher erst mitten in Wolfgarten ein gewisser Ulrich Thommes in großem Stil getan hatte und im Grunde nur aufgeflogen war, weil der Feuerwachturm von Wolfgarten bei der Warenübergabe abgebrannt war? Hatte Alex etwa was damit zu tun? Die Welt war klein. Sonja würde es herausfinden.

»Gero …«, begann sie.

»Mattutat«, ergänzte Alex bereitwillig. »Wohnt auch in Schleiden.«

»Ach«, machte Sonja. »Echt? Wie praktisch.«

»Wollen Sie seine Telefonnummer haben?«

Sie nickte, Alex hatte einen Plan, aber sie auch. Nach einem kurzen Telefonat wusste Sonja, dass Gero Mattutat auf der Gemündener Straße unweit der Polizeistation Schleiden wohnte und bereit war, seinen missratenen Schützling und die Hauptkommissarin zu empfangen.

In Schleiden nach dem Kreisel am Markt schickte Sonja Alex zur Shell-Tankstelle. »Volltanken.«

»Haha! Und wovon soll ich das bezahlen?«

»Von meinen 100 Euro.«

Sie wartete im Auto, starrte durch die Windschutzscheibe und nutzte den Moment, allein zu sein, um nachzudenken. Was sollte sie Gero Mattutat sagen – und was nicht? Es kam wie immer auf den Typ Mann an, dem sie gleich gegenüberstehen würde.

Nach dem Bezahlen händigte Alex ihr ungefragt 48,97 Euro aus, die übrig geblieben waren.

»Wie kommst du an dieses Auto?«

»Das gehört mir nicht.«

Gleich würde er sagen, es gehörte einem Freund von einem Freund, dachte Sonja, deswegen fragte sie nicht. Sie zeigte aufs Handschuhfach. »Und wie kommt die Waffe da rein?«

Er beugte sich zur Klappe, öffnete sie und durchwühlte das Fach. Tankrechnungen, Parkscheibe, ein Paket Taschentücher … und die Spielzeugpistole. »Ach, die, die ist doch nicht echt, das müssten Sie doch sofort sehen, wenn Sie Polizistin wären.« Er wedelte mit ihr vor Sonjas Gesicht herum und lachte, als sie blinzelte.

»Hältst du damit die Kleinen in Schach?«

»Nein. Niemals. Die ist nur, falls mir jemand blöd kommt.«

Sonja nickte. »Ich finde auch, Blödheit muss bestraft werden.«

Alex musterte sie misstrauisch.

»Nun fahr schon.«

Gero Mattutat war ein Mann mittleren Alters, Brille, Schnauzer, wenig Haare, kariertes Hemd, Cordhose, Birkenstock-Sandalen. Sein nettes Lächeln machte ihn zu einem angenehmen Typ. Das Einfamilienhaus war unaufgeräumt. Er bat Sonja und Alex, den er mit einem freundschaftlichen Schlag in den Nacken begrüßte, in einen Raum, der fast die ganze untere Etage einnahm und alles in einem zu sein schien; Küche, Ess-, Wohn- und Schlafzimmer. Ein Raum, in dem sich sein Leben abspielte. Er sei geschieden, erklärte er, und habe zwei Kinder, die bei seiner Frau lebten und nur alle vierzehn Tage ein Wochenende bei ihm verbrachten.

»Die beiden Kinderzimmer sind oben. Das Schlafzimmer ist stillgelegt.«

Er wirkte ein wenig verloren. Seine Scheidung konnte nicht lange her sein. »Setzt euch«, sagte er, während er das Sofa von Kissen, Decke, Zeitungen freiräumte. Er selbst warf sich in seinen Schreibtischstuhl und drehte sich zu seinen Gästen herum. Er wies auf die allgemeine Unordnung. »Keine Zeit zum Aufräumen. Ich bin Sozialarbeiter und betreue junge Erwachsene in einem Wohnkonzept, und außerdem bin ich ehrenamtlich als Bewährungshelfer tätig. Ein Leben ohne Feierabend.«

Sonja nickte. »Unser Glück.«

»Was hast du angestellt?!«, wollte Gero von Alex wissen, lehnte sich zurück und verschränkte die Hände im Nacken. Die Beine ließ er entspannt auseinanderfallen.

»Ach! Ich hab nur einen kleinen Jungen zu dieser Frau da gefahren.« Alex zeigte auf Sonja. »Konnte ja nicht wissen, dass sie Polizistin ist.

Mattutat wusste es seit dem Telefonat. »Dumm gelaufen, ne?«

Sonja missfiel die sorglose Kumpanei. Mattutat begann mit pädagogischer Geduld, Alex jedes Wort aus der Nase zu ziehen. Nicht auszuhalten. Sie trieb die Unterhaltung voran und klärte Mattutat über die Enkeltrick-Bande auf, die log und betrog, sobald sie den Mund aufmachte.

Die Zeit verrann, es wurde langsam dunkel draußen, Abend. Sonja gehörte um diese Zeit eigentlich in ihren Ohrensessel, Beine hoch und Ruhe im Forsthaus. West hatte die Futterdose im Wasserbad sicher längst aufgegeben und sich über die winzigen Feldmäuse in der Umgebung hergemacht und ihre Knochen abgelutscht.

»Verstehe«, sagte Mattutat endlich und verzog das Gesicht. »Das wird dem Richter nicht gefallen.«

»Mir gefällt das auch nicht«, sagte Sonja schroff.

»Natürlich nicht.« Er setzte sich aufrecht hin. »Das hätte nicht passieren dürfen. Ich bitte um Ihr Verständnis, Sie als Polizistin, ich danke Ihnen auf jeden Fall, dass Sie Alex zu mir gebracht haben, ich werde sofort alle notwendigen Schritte ...«

»Ach was«, unterbrach Sonja ihn.

»Sollte Ihnen ein Schaden entstanden sein ...«

»Das ist allerdings der Fall«, rief sie erbost.

Mattutat und Alex wechselten verwunderte Blicke.

»Ich habe auch Besseres zu tun als durch die halbe Eifel zu reisen, um kleine Jungs zu ihren Eltern und erwachsene Straffällige zu ihren Bewährungshelfern zu bringen.« Hoffentlich fragten die Herren nicht, was sie zu tun hatte.

»Und meine Ausbildung?«, klagte Alex.

»Bis eben war sie noch klar.« Mattutat breitete die Arme aus.

»Echt jetzt?!«, rief Alex erfreut aus.

»Aber wenn dein neuer Chef erfährt, was du jetzt wieder angestellt hast, kann es sein, dass er dankend ablehnt. Ich kann noch einmal ein gutes Wort für dich einlegen, aber ob es klappt ... wir werden sehen.«

»Sozialstunden«, schlug Sonja vor.

»Ja, Alex würde auf jeden Fall weitere Sozialstunden aufgebrummt bekommen, im Hinblick auf seine Ausbildung würde ich ...«

»Sozialstunden«, wiederholte Sonja. »Sozialstunden kann er quasi auch bei mir ableisten. Dann würde ich von einer Anzeige absehen.«

»Wie bitte?«, fragten Mattutat und Alex unisono.

Sie war selbst erschrocken über ihre Idee, die ihr spontan und im gleichen Moment über die Lippen gekommen war. Sollten das nicht die besten Ideen sein? Es schien praktisch. »Er kann nach Feierabend zu mir kommen und seinen Anteil an den neunhundert Euro, die die Enkeltrickbetrüger den ahnungslosen Omas abgeluchst haben, und die Kosten für die Tankfüllung bei mir abarbeiten.«

»Und was soll ich tun?«, fragte Alex mit skeptischem Blick aus seinen Husky-Augen.

»Hast du einen grünen Daumen?«

Er nickte.

»Gut.«

Es war ganz einfach. Wenn Alex Kaufmann Anfang der kommenden Woche seine Ausbildung begann, sich vernünftig anstellte und sich keine Fehlzeiten leistete, sondern freiwillige Überstunden machte, wenn er darüber hinaus drei Monate lang zweimal pro Woche nach Feierabend für zwei Stunden bei Sonja Senger auftauchte und ihren Garten auf Vordermann brachte, dann sollte sein Anteil von 225 Euro abgegolten sein.

»Das sind …« Alex übte sich im Kopfrechnen. »Sechs Euro pro Stunde oder so.« Er schlug sich gegen die Stirn. »Ich arbeite doch nicht für sechs Euro pro Stunde.«

»Dann eben nicht«, sagten Sonja und Mattutat unisono.

Alex blickte von seinem Bewährungshelfer zur Polizistin, und von der Polizistin zu seinem Bewährungshelfer, und dann fügte er sich in sein Schicksal. »Na gut.«

»Sehr vernünftig«, lobte Mattutat ihn.

»Deal?«, grinste Alex und hob die Hand für ein Highfive.

»Moment, Moment«, warf Sonja ein. »Ich brauche vorher die Namen der anderen Enkelchen.«

Alex reckte das Kinn und presste die Lippen aufeinander.

»Dann eben nicht«, sagte sie schnell, zog ihr Handy heraus, schaltete es frei und begann, eine Nummer zu tippen.

»Schade«, meinte Mattutat vorwurfsvoll. »Sehr schade. Vor allem um die Ausbildung.

»Warten Sie!«, rief Alex und schlug ungeduldig auf die Lehne des Sofas. »Ist ja schon gut. Das ist zwar glatte Erpressung, aber …«

Sonja sah auf. »Du meinst Nötigung?«

Er gab sich geschlagen. »Wir sind, ich meine, wir waren vier: Kai, Konrad, Paul und ich.«

»Und was ist mit Max?«

Alex grinste. »Max ist Konrad.«

»Aha. Haben die anderen auch Familiennamen? Kai Schorlemer, Alex Kaufmann und … ?«

»Konrad Ritter und Paul Kaufmann.«

»Kaufmann?«, fragte Sonja erstaunt.

»Das ist sein kleiner Bruder«, erklärte Gero Mattutat.

Sie begann zu verstehen. »Und wer ist der Anführer?«

Alex legte seine rechte Hand auf die Brust. »Ich nicht. Ich war nur der Fahrer für die Kleinen. Aber ich mach das nicht mehr. Ich schwöre. Ich bin raus. Ich hab's kapiert, es war ein Fehler. Ich wusste nicht, was sie vorhatten, aber ich hätte mich darum kümmern müssen. Ehrlich.«

Gero Mattutat hatte seinen Schützling einiges gelehrt.

Konrad Ritter und Paul Kaufmann wohnten in Zül-pich. Kai Schorlemer hatte dort früher auch gewohnt. Alex auch, als er noch bei seinen Eltern lebte. Zülpich war das Nest der Betrüger.

Sonja steckte ihr Handy ein. »Und du nimmst zu kei-nem dieser Früchtchen Kontakt auf und warnst sie?«

Alex hob die Hand zum Schwur.

Gero und Alex brachten sie hinaus.

Sonja stand in der Haustür, als Alex fragte: »Kassieren Sie auch Konrad und Paul ab?«

»Keine Sorge, das werde ich tun.«

»Und dann machen Sie sich mit dem Geld 'nen schö-nen Tag?«

»Genau. Ehe ich es vergesse, ich bekomme drei Entschul-digungsschreiben von dir, für jedes Opfer eines. Individu-ell und jeweils eine Seite lang, wenn ich bitten darf.«

»O Mann.« Alex kratzte sich am Kopf. »Was soll ich denn da schreiben?«

»Bring sie mit, wenn du kommst.«

7. Kapitel

Um sieben Uhr hatte Miriam Gramitzki einen Termin im Wellnessbereich des Hotels *Baum* in Heimbach gebucht: eine traditionelle Rückenmassage. Sie bestand aus einer Behandlung von fünfunddreißig Minuten mit anschließenden zehn Minuten Ruhezeit. Nach einer schnellen Dusche schlüpfte sie in T-Shirt und Leggings. Statt des weißen Bademantels, den das Hotel seinen Gästen zur Verfügung stellte, zog Miriam Gramitzki ihren Seidenkimono an. In dem Hotel-Bademantel aus dickem, weißem Frottee sah man unförmig aus, wie eine Wolke. Alle Frauen im Hotel liefen darin herum – wie in einer Uniform. Sie waren kaum voneinander zu unterscheiden. Der Seidenkimono hingegen, leicht und glatt und ohne Taschen oder Muster – außer einer kleinen, roten Rose, dem Logo des Herstellers – schmiegte sich an Miriams Körper wie eine zweite Haut.

Sie zog den breiten Gürtel zu und betrachtete sich in dem hohen Spiegel, der auf einer der Schranktüren angebracht war. Sie konnte es deutlich sehen: Sie hatte abgenommen, weit über ein Pfund, nämlich 850 Gramm.

Und es war erst der vierte Tag von den sieben Fastenta-
gen, die sie gebucht hatte. Sie war beflügelt. Wenn sie
gewusst hätte, wie einfach es war, unter Anleitung an
ihrem Gewicht zu arbeiten, hätte sie sich nicht jahrelang
allein damit herumgequält.

Jeden Tag schrieb sie in ihrem Blog *Prozone* über die
Veränderung ihres Körpers und postete Fotos. Sie wurde mit Fragen und Glückwünschen sowie mit Likes
überschüttet.

Der Tag, an dem sie durch einen glücklichen Zufall
auf das Seminar »Heilfasten« gestoßen war, war ein Untag gewesen. Es war der Tag gewesen, an dem der Pa-
ketbote das rote Kleid gebracht hatte, das sie mit ins
Hotel genommen und täglich anprobierte hatte. Es war
immer noch zu eng. Aber passte jeden Tag ein bisschen
besser.

Es war drei Wochen her, dass sie mit dem Paket sofort
in ihr Zimmer gelaufen war, es aufriss und sich bis auf
die Unterwäsche auszog. Sie raffte das Kleid am Saum
hoch, zog es über den Kopf, krempelte es über den
Oberkörper, wo es in Brusthöhe spannte, und zerrte es
über die Hüften. Ein Blick in den Spiegel war nicht nötig. Wie eine Wurst saß sie in diesem Traum von einem
Kleid. Fiel es etwa zu klein aus?

Miriam breitete es vor sich auf dem Schlafsofa aus.
Ein Viskose-Baumwoll-Gemisch, schwarz-dunkelroter
Strukturdruck, in figurfreundlicher A-Linie, kniebede-
ckend, ein charmanter, viereckiger Halsausschnitt, ein
kleiner Reißverschluss im Rücken, dreiviertellange Ärmel. Im Internet, am Modell, hatte es entzückend aus-

gesehen: beschwingt, leicht, edel. Aber vermutlich trug das Modell Größe 34 und war 1,75 Meter groß. In den zahlreichen Bewertungen hatte nichts davon gestanden, dass das Kleid klein ausfiel, ein oder zwei Frauen hatten sich sogar über das Gegenteil beklagt. Umtauschen konnte Miriam es nicht, denn Größe 40 war die größte Kleidergröße, die *Césure* anbot. Nur zurückgeben, ohne Ersatz.

Césure war ein französisches Modelabel für Designermode in kleinen Größen, von 32 bis 40. Nichts für die Durchschnittsfrau, das war der Slogan. Miriam identifizierte sich mit *Césure*. Sie kannte niemanden sonst, der *Césure* trug, es war ihr ganz persönliches Alleinstellungsmerkmal. Die Gefahr, einer anderen Frau zu begegnen, die ein Kleid von *Césure* trug, der es eventuell besser stand, weil sie schlanker war, ging gegen Null. Es gab jede Größe nur einmal. Das hatte seinen Preis, den Miriam gern zu bezahlen bereit war. Eigentlich bezahlte Harald ihn. Ohne es zu wissen.

Wenn Miriam das Label wechseln musste, würde eine Welt für sie zusammenbrechen, sie verlor ihre Identität.

Ein weiteres Mal entrollte sie das Zentimeterband, beugte sich über das Kleid und maß die entscheidenden Stellen nach: Brustweite einfach 46 cm, Taille einfach 38 cm, Hüftweite einfach 51 cm. Danach legte sie sich selbst das Bandmaß um und nebenbei fiel ihr Blick in den Spiegel, der Miriam im schwarzen Unterkleid mit nackten Beinen zeigte, ein weißes Zentimeterband um ihre Hüften geschlungen. Das Tageslicht im Rücken war gnädig. Nicht schlecht, dachte sie für einen Moment, aber dann erkannte sie die Zahl. 105 cm Hüftweite! Das war in jedem Fall zu viel, viel zu viel. Das Kleid konnte nichts dafür. Sie hatte zugenommen. Noch einmal? Wieder? Wie konnte das geschehen?

Lange hatte sie sich nicht mehr auf die Waage gestellt, welche grammgenaue Angaben, BMI und Körperfettanteil ungebeten und blitzschnell ausrechnete. Wie sie das hasste! Die abscheulichste Erfindung seit der Atombombe. Vielleicht war es ein Fehler gewesen, allein dem Maßband zu vertrauen? Hatte sie es hier und da ein wenig zu fest zusammengezogen, um das ersehnte Messergebnis zu erreichen? Tränen schossen ihr in die Augen. So konnte es nicht weitergehen. Irgendwie hatte sie das Gefühl, dass sich etwas um sie herum zusammenzog, ein Band, eine Fessel, eine Kette, sie kam sich vor, als säße sie in einer Tonne fest.

Dabei hatte sie immer auf ihren Körper geachtet und ihm einen großen Teil ihrer Lebenszeit geopfert, besonders nach Tims Geburt, auch eine logistische Herausforderung. Sie kümmerte sich wie eine Wahnsinnige um ihren Körper. Um nichts anderes. Sie machte täglich Nordic Walking, Gymnastik am Morgen nach dem Wachwerden, zweimal in der Woche ging es ab ins Fitness-Studio. Sie gönnte sich Massagen, Lymphdrainagen, eine Creme, die Fett reduzierte, und eine, die Orangenhaut verhinderte.

Schon lange ging Miriam nicht mehr in die Fußgängerzone von Euskirchen und kaufte Kleidung in den Geschäften ihrer Stadt. Denn dort kam sie um eine Anprobe nicht herum. Ankleidekabinen waren Folterkammern. Miriam hatte sich angewöhnt, Kleidung im Internet zu bestellen.

Im Internet kannte sie sich aus. Sie war Bloggerin. *Pro-zone* wandte sich an Frauen, die Figurprobleme hatten und unter den damit verbundenen Diskriminierungen litten. Miriam Gramitzki hatte eine beachtliche Anzahl von Followern und war dadurch in der Lage, Werbeplätze zu verkaufen. Das Honorar der Firmen war ein bescheidenes Einkommen. Aber um Geld ging es ihr nicht. Es ging um das Thema ihres Lebens. Auf ihrem Blog gab es Empfehlungen in alle Richtungen; Ernährung, Fitness, Kosmetik, Kleidung. Auf diesem Wege war sie vor einigen Jahren bei dem Modelabel *Césure* gelandet. Bei *Césure* wusste man zwar auch, dass Miriam Gramitzki mit der Zeit zugenommen hatte. Bei ihrer ersten Bestellung hatte sie Größe 36. Aber bei *Césure* war man diskret, man kommentierte diese Tatsache nicht mit hochgezogenen Augenbrauen, wie es Harald tat, wenn er glaubte, sie sehe es nicht. Bei *Césure* passten alle Hosen, Blusen, Pullover, Jacketts, wie angegossen. Bisher. Aber nun hatte sie auch hier das Ende der Fahnenstange erreicht.

Sehnsüchtig blickte sie an jenem Untag hinaus. Das Wetter passte zu ihrer Stimmung. Der Himmel war grau und es regnete seit dem frühen Morgen. Es hörte auch am Nachmittag nicht auf zu regnen. Sie war allein zu Hause und in Weltuntergangsstimmung. Harald unterrichtete im Emil-Fischer-Gymnasium, und ihr Sohn Tim besuchte die Gesamtschule auf der Ursulinenstraße. Miriam legte sich im Wohnzimmer vor den Fernseher, haderte mit ihrem Schicksal und bemerkte kaum, was über den Bildschirm flimmerte. Aus halb geschlossenen Augen verfolgte sie eine Soap, eine

Kochsendung, einen Tierfilm. Dann kam im SWR eine Dokumentation.

Die Kamera reiste durch einen großen, lichtdurchfluteten Raum ganz ohne Möbel, in dessen Mitte eine kleine Gruppe Frauen im Kreis auf glänzendem Parkett im typischen Lotussitz reglos meditierte. Die Leiterin des Kurses, eine hagere, dynamische Frau in den besten Jahren mit makelloser Haut, wandte sich der Kamera zu und sprach im Flüsterton. Sie nenne sich Betty Schongau, hieß es im Untertitel, und sie sei Heilpraktikerin.

»Diese tägliche Yoga-Stunde ist nur ein Baustein unseres Retreats mit dem Titel ›Heilfasten‹.«

Miriam fuhr hoch. Ihr Herz schlug wie wild. Sie stellte den Ton lauter.

»... Seelenreisen, Ayurveda, Detoxing-Massage, persönliche Einzelgespräche, Ernährungsberatung und wie hier Yoga und Meditation gehören selbstverständlich zur Heilung von Körper und Geist.«

Die Moderatorin der Sendung fragte, wie man sich das Fasten vorzustellen habe.

»Wir fasten streng nach Buchinger. Das ist eine reine Trinkkur auf der Basis von Gemüsebrühen, Säften und Tees.«

»Keine feste Nahrung?«, fragte die Moderatorin entsetzt aus dem Off.

Betty Schongau lachte und schüttelte den Kopf. »Eine Woche lang keine feste Nahrung.«

Miriam kroch näher an den Bildschirm heran. Sie ging auf die Knie, sie konnte es nicht fassen, das Wasser lief ihr im Munde zusammen. Das war es, genau das.

»Am ersten Tag«, fuhr Betty Schongau fort, »fällt es den meisten recht schwer, da fühlt sich manche schwach und zittrig und glaubt, sie halte nicht durch. Aber die Angst zu verhungern, ist völlig unbegründet. Der Mensch braucht viel weniger Nahrung, als er denkt. Solange er trinkt, kann nichts passieren. Und nach zwei Tagen ist das Schwächegefühl überwunden und wir geraten in so eine Art Rausch oder Euphorie. Es ist ein wunderbarer Zustand. Als hätte man Flügel.« Sie wandte sich den Kursteilnehmerinnen zu, sprach in einem weichen, beschwörenden Ton und leitete das Ende der Meditation ein. Die Frauen öffneten die Augen, reckten sich, verließen den Lotussitz, streckten die Beine aus, erhoben und dehnten sich.

»Wie viel Gewicht verlieren Ihre Teilnehmerinnen denn so im Durchschnitt?«, fragte die Moderatorin, offensichtlich hatte sie auch ein Kleidergrößenproblem. Wer hatte das nicht?

»Oh, das ist ganz unterschiedlich«, antwortete Betty Schongau. »Es geht auch nicht in erster Linie um das Abnehmen, sondern um eine Reinigung des Körpers und des Geistes. Daher erfolgt auch ganz zu Anfang eine Darmreinigung, die Grundlage für jede Diät. Aber zwei bis drei Kilos sind es fast immer, das kommt natürlich auf den Stoffwechsel der einzelnen Person an. Heute ist der dritte Tag.«

Die Kamera näherte sich einzelnen Teilnehmerinnen. Die Moderatorin fragte nach dem Gewichtsverlust.

»Zwei Kilo«, sagte eine stolz.

»Eineinhalb Kilo.«

»Ein Kilo.«

Zwei Kilos am dritten Tag, jubelte Miriam. Nach einer Woche konnten es vier bis fünf sein, rechnete sie flott aus. Das war mehr, als sie zu hoffen gewagt hatte.

»Manche Frauen kommen jedes Jahr und können damit ihr Gewicht auf Dauer konstant halten.«

Miriam faltete die Hände. Ein Wink des Himmels war diese Frau, diese Sendung, dieses Fernsehen, dieser verregnete Tag, das rote Kleid. Alles würde gut werden. Wenn sie ihren Followern von dieser Entdeckung berichtete, würde sich Betty Schongau nicht mehr retten können vor Anmeldungen.

Die unsichtbare Moderatorin beendete die Dokumentation, nicht ohne zu erwähnen, dass das Seminar von Betty Schongau nur bei Pandora-Reisen gebucht werden könne, einem Unternehmen, das auf Kreativ- und Wellnessreisen in der Eifel spezialisiert und in diesem Genre der Anbieter Nummer eins sei. Online könne man alle weiteren Informationen einholen.

»Das nächste Heilfasten hier in Heimbach findet in der ersten Aprilwoche statt«, konnte Betty Schongau im letzten Augenblick ins Mikrofon rufen. »Es sind noch zwei Plätze frei!«

Der Sender wechselte zu einem neuen Programmpunkt, einem Bericht über die Bedrohung Australiens durch den Klimawandel. Miriam ließ den Fernseher laufen und rannte in den ersten Stock hinauf in ihr Arbeitszimmer. Neben dem Schlafsofa und dem Kleiderschrank fand dort noch ein kleiner Schreibtisch Platz. Er stand unterm Fenster, das zur Straße zeigte, einer ruhigen Nebenstraße.

Miriam ließ sich aufs Sofa neben das rote Kleid fallen, angelte vom Schreibtisch ihr i-Pad und rief die Website von Pandora-Reisen auf. Sie surfte durchs Programm des Unternehmens, das von Malen, Töpfern, Bildhauen, über Survival-Training bis hin zum Heilfasten reichte. Kursorte waren in der ganzen Eifel verteilt. Flink scrollten Miriams Finger bis zum Heilfasten mit Betty Schongau vom 4. bis zum 13. April, Standort: Heimbach im Kreis Düren, Hotel *Baum* mit Sauna und Innenpool.

Sie zögerte nicht lange, meldete sich an und leistete die Anzahlung per Onlinebanking. Der Preis für die sogenannte »Vollpension«, die quasi aus nichts bestand, war erheblich. Kurz mokierte Miriam sich darüber. Aber wenn sie am Ende dieser Woche das dunkelrote Kleid nicht zurückschicken und sich nicht von ihrem Lieblingslabel *Césure* verabschieden musste, war sie bereit, jeden Preis zu zahlen. Eigentlich zahlte Harald ihn. Er würde staunen, wenn sie zurückkam. Sie tat es auch für ihn.

Sie klickte auf *Absenden* und hypnotisierte das Posteingangsfach. Es hatte keinen Zweck, etwas anderes zu tun. Sie kannte sich. Ihre Blicke durchbohrten den Bildschirm, verloren sich auf einem Weg durch einen langen, dunklen Tunnel, an dessen Ende eine Lichtgestalt winkte: Sie selbst. Strahlend, schlank, schön, glücklich. In einem roten Kleid. Zeit spielte keine Rolle mehr.

Pling.

Die Bestätigungsmail.

Das alles war jetzt drei Wochen her, und es wurde höchste Zeit, hinunter ins Souterrain in den Wellnessbereich des Hotels zum Massage-Termin zu gehen. Sie band den Gürtel ihres Seidenkimonos noch etwas enger und warf die Haare zurück. Sie war auf einem guten Weg. Sie zog die Tür zu und behielt die Schlüsselkarte in der Hand. Sie nahm nicht den Aufzug, sondern die Treppen. Ihre Slipper klapperten auf dem Steinboden. Sie begegnete niemandem, auch nicht im ersten Stock.

Im Erdgeschoss war mehr los. Personal an der Rezeption, ein Handwerker im Blaumann mit Werkzeugkoffer, ein Mann polierte eine Glastür, Gäste irrten in weißen Frottee-Bademänteln umher. Miriam folgte der Treppe ins Souterrain, als sie plötzlich einen spitzen Schmerz auf der rechten Pobacke verspürte und das Gefühl hatte, jemand wäre direkt hinter ihr. Entsetzt fuhr sie herum.

»Entschuldigung!«, rief der junge Handwerker, er stand nur eine Stufe höher und zeigte auf den Werkzeugkoffer aus Metall, den er vor sich hielt. »Da war ich wohl zu schnell. Verzeihen Sie. Das wollte ich nicht.« Er schien zerknirscht.

Der Schmerz ließ nach, Miriam war gut gelaunt, sie sagte: »Ist schon gut. Ich werde es überleben.«

»Danke.« Mit großer Geste bat er sie vorzugehen. Als sie unten angekommen war und sich kurz zu ihm umdrehte, war er verschwunden.

»Guten Morgen, Frau Gramitzki!«, begrüßte die Masseurin Miriam. »Wie geht es Ihnen?«

»Prächtig, danke.«

»Kabine drei, bitte. Ich bin gleich bei Ihnen.«

Miriam hängte ihren Seidenkimono an den Garderobenhaken, legte Leggings und Shirt und Schlüsselkarte auf den Besucherstuhl und streifte die Slipper ab. Ihr wurde schwindlig, als sie sich wieder aufrichtete. Das musste vom Fasten kommen. Sie ließ sich bäuchlings auf der Massageliege nieder, atmete tief aus und versuchte loszulassen. Das Licht war gedämpft. Leise Entspannungsmusik klimperte im Hintergrund. Aber schon setzte das Kopfkarussell wieder ein.

Sie konnte sich noch gut erinnern, wie Harald und Tim reagiert hatten, als sie ihnen erzählte, dass sie ein Heilfasten-Seminar besuchen wolle.

»Stell dir vor, ich habe einen Kurzurlaub gebucht. Eine Auszeit. Ich muss einfach mal hier raus.«

»Wo geht's denn hin?«

»Ach, nur nach Heimbach.«

»Warum nicht Italien oder Griechenland?« Endlich sah er vom Schreibtisch auf.

»Du weißt, ich hasse es, zu fliegen.«

»Warum nicht wenigstens auf eine Insel in der Nordsee oder der Ostsee! Da wolltest du doch immer einmal hin.«

»Stimmt, aber dieser eine Kurs, den ich unbedingt machen will, findet nun einmal in der Eifel statt.«

Er seufzte. »Na gut, Eifel, ganz wie du willst. Wann fährst du?«

»Am Sonntag. Übermorgen also. Aber Sonntag drauf bin ich wieder zurück. Guckst du nach Tim?«

»Hm. Ja, klar.«

Es war gut, dass er ihr keine Steine in den Weg legte. Aber warum hatte er nicht gefragt, welchen Kurs sie gebucht hatte?

Ihr Sohn Tim kam kurz nach 22 Uhr nach Hause.

»Warst du zur Probe?«, fragte sie und sah ihm nach, wie er in sein Zimmer ging.

»Hm.« Er öffnete die Tür. »Hab noch Hausaufgaben.«

»Jetzt noch?«

Er drückte die Tür zu seinem Zimmer zu und drehte den Schlüssel herum.

Tim litt mit seinen 16 Jahren wie ein Hund unter seiner Akne, die sein hübsches Gesicht verunstaltete. Oder waren die Mittelchen schuld, die er ausprobierte, um sie loszuwerden? Miriam wäre die Letzte, die er um Rat fragen würde. Sie könnte ihm sagen, dass die Akne irgendwann von selbst verschwinden würde. Er war in irgendeiner Umweltgruppe aktiv, denn er trug sein grünes T-Shirt mit der Aufschrift: *Fridays for future*, wie eine Medaille. Harald sagte immer, solange Tim gut in der Schule sei, könne er machen, was er wolle. Und sie solle bloß keine von diesen Helikopter-Müttern werden, die ihre Kinder rund um die Uhr mit GPS überwachten. Da hatte er sicher recht. Harald hatte meistens recht. Harald war Lehrer.

So erfuhr Tim erst am nächsten Morgen von einer Woche sturmfreier Bude. Er war spät aufgestanden und musste sich beeilen. Er schlürfte einen Tee und steckte ein Brötchen zwischen die Zähne. Aber er hatte noch Zeit sie auszufragen.

»Wo geht's denn hin?«

»Nach Heimbach.«

»Und was gibt's da?«

Miriam freute sich über sein Interesse und die Tatsache, dass er keine abfällige Bemerkung über ihr Bedürfnis machte, abzunehmen.

»Wann fährst du?«, nuschelte er. Krümel rieselten auf sein dunkles Sweatshirt. Immer zog er diese dunklen Sachen an, dachte Miriam. Es gab so stylische Klamotten für Teenager, aber er legte keinen Wert darauf. Was er sich von seinem Taschengeld kaufte, wusste sie nicht. Vielleicht Computersachen.

»Am Sonntag.«

»Jetzt am Sonntag?«

Sie nickte. »Ja, morgen. Tut mir leid, kommt ein bisschen plötzlich, aber …«

»Alles gut«, er zog seinen Pony ins Gesicht, um seine geröteten Pickel auf der Stirn zu verdecken. »Viel Spaß! Mach was draus.«

Beim letzten Elternabend hatte die Lehrerin ihn als lebendig beschrieben, als sozial, hilfsbereit und ehrgeizig. Nichts davon konnte Miriam nachvollziehen. Aber sie glaubte der Lehrerin gern. Er schien ein anderes Kind in der Schule zu sein.

»Ciao!« Er stand in der Tür und hob kurz die Hand zum Abschied.

»Bis später. Wenn was ist, ruf an, ja? Ich bin den ganzen Tag zu Hause.«

Eine Welle der Sehnsucht überkam sie. Es wäre schön gewesen, wenn wenigstens Tim sie vermissen würde oder sie gefragt hätte, was sie vorhabe.

»Da bin ich«, unterbrach die Masseurin Miriams Gedankenfluss. »Und schon geht es los.« Ein angenehmer ätherischer Duft stieg auf, als sie warmes Öl auf Miriams Rücken tropfen ließ. Ein Bouquet aus Sandelholz und Rosen. Die Masseurin verteilte mit beiden Händen das Öl und leitete sanft und stark zugleich die Massage ein.

Aber loslassen konnte Miriam nicht.

Als sie sich auf den Weg hierher gemacht hatte, lag das rote Kleid von *Césure* ordentlich gefaltet im Kleidersack auf der Rückbank. Sie war nicht zum ersten Mal in Heimbach. Ein kleiner, staatlich anerkannter Luftkurort im Tal der Rur, der an einen Stausee grenzte, einen Teil der Rurtalsperre. Mitten im Ort lag auf dem Sonneberg die Burg Hengebach, wo 2009 eine internationale Kunstakademie ihre Pforten eröffnet hatte und für Publikumsverkehr sorgte. Das Hotel *Baum*, in dem die Teilnehmerinnen des Seminars untergebracht waren, lag auf halber Höhe am Eichelberg. Es war ein unspektakulärer, zweigeschossiger Bau mit Holzbalkonen und einer großen Sonnenterrasse, die um diese Jahreszeit noch nicht eröffnet war. Der großzügige Parkplatz war fast belegt, Sonntag war Ausflugstag, die Pkws stammten aus Köln, Euskirchen, Aachen und den Niederlanden. Miriam reihte sich ein.

Ihr Zimmer war zum Glück schon frei. Die Fensterfront hatte keine Rollläden, und der Balkon zeigte zur Durchgangsstraße, aber Miriam schlief mit Ohrstöpseln und einer Schlafbrille, sodass vorüberfahrende Autos sie nicht stören konnten. Das Doppelbett bestand aus zwei Einzelmatratzen, die Bettwäsche war erschreckend geblümt, die Tapete schräg gestreift, auch das kein Problem, Miriam wollte sich hier nur zum Schlafen aufhalten. Und zum Essen. Dabei war der Mustermix im Zimmer ihre geringste Sorge.

Das Abendessen fand im Speisesaal statt. Für jede Teilnehmerin waren ein Wasserglas, ein Esslöffel und eine Serviette vorgesehen. Spartanisch. Nach und nach trudelten Frauen ein, die sich alle ein wenig zögerlich einen Platz am Tisch aussuchten. Und Miriam lehnte sich erleichtert zurück. Sie selbst war die Dünnste von allen. Fast so dünn wie Betty Schongau, die Leiterin des Seminars, die sich neben sie setzte.

Die Kellnerin nahm die Bestellung für die Getränke auf. Die Auswahl war beschränkt auf Tee und Wasser. Man beschloss, sich zu duzen. Miriam konnte sich die Vornamen auf die Schnelle nicht merken. Nur eine Susanne fiel ihr auf, weil sie die Dickste im Club war.

»Mit der Reinigung des Körpers geht auch die Reinigung des Geistes und der Seele einher«, erklärte Betty im Zuge ihrer Begrüßung. »Ob wir wollen oder nicht. Wenn wir fasten, werden wir auf uns selbst zurückgeworfen. Auf unsere pure Existenz.«

Von der Theke kam die Kellnerin mit den Getränken.

»Wir erleben einerseits, wie wenig wir brauchen, um zu überleben und andererseits, in welchem Überfluss wir leben«, dozierte Betty über das Geklimper der Gläser hinweg.

Nach und nach wurde ein Suppenteller vor jede Frau gestellt. Pastinakensuppe, dampfend, dünn, durchsichtig. Gehacktes Suppengemüse schwamm verloren umher, glatte Petersilienblätter verzierten den Rand des Tellers. Die Frauen griffen nach den Löffeln.

»Einen Moment noch, bitte«, warf Betty Schongau ein. »Esst mit Bedacht. Nicht schlingen. Lasst jeden Löffel Suppe langsam im Munde zergehen. Spürt dem Ge-

schmack nach. Ihr dürft ein wenig gurgeln, auch schlür-
fen und schmatzen.«

Gekicher.

»Und … lasst euch Zeit. Dieser Teller Suppe ist alles,
was ihr heute noch zu essen bekommt. Nur eine Darmreinigung erwartet euch noch. Also genießt es. Erst
wenn der Geschmack des ersten Schluckes verklungen
ist, nehmt einen zweiten Löffel voll.« Gespannt blickte
sie in die Runde.

Löffel wurden in die Suppe getaucht und schepper-
ten am Tellerrand. Leise gemurmelte Kommentare setzten ein.

»Psst!«, machte Betty Schongau. »Wir essen im Schweigen. Wir konzentrieren uns ganz auf die Mahlzeit. Und
jetzt wünsche ich euch allen einen guten Appetit.«

Miriam fand den Geschmack fade. Kein Salz, kein
Fett, kein Fleisch, keine Gewürze bis auf die Petersilie.
Aber das war in Ordnung. Sie war hier, um zu fasten,
zu verzichten, zu leiden, nicht um zu genießen.

Kein Tropfen blieb auf den Tellern zurück.

Betty Schongau tupfte sich den Mund mit der Serviette ab und räusperte sich: »Nach dieser Fastenwoche
werdet ihr eine Geschmacksexplosion erleben«, prophe-
zeite sie. »Alles wird danach viel intensiver schmecken.
Ihr werdet weniger Gewürze brauchen und auch eine
einfache Mahlzeit genießen können. Allein ein Apfel
wird euch schmecken, als hättet ihr nie im Leben vorher einen Apfel gegessen.«

»Das war es für heute, Frau Gramitzki«, hörte Miriam
die Masseurin sagen. Die Stimme kam von weit her.

»Ruhen Sie sich ein wenig aus. Ich komme Sie in zehn Minuten holen.« Wasser lief. Schritte. Die Tür wurde geöffnet und geschlossen.

Ob zehn Minuten heute reichen würden? Miriam fühlte dieses Mal eine nie gekannte Schwere, die sie an die Liege fesselte. Auf ihr lastete ein Sack voller Steine. Auf ihrem Rücken, ihren Schultern, dem Nacken. Kopf, Arme und Beine. Sie ließen sich nicht mehr heben. Hände und Füße wollten nicht gehorchen. Selbst die Augenlider wollten sich nicht öffnen. Auch die Lippen nicht, um nach Luft zu ringen. War das der Rausch, die Euphorie, von der Betty Schongau zu berichten wusste, die während des Fastens eintrat? In seiner Vollendung. In seiner höchsten, zu erreichenden Stufe? Das hatte Miriam sich anders vorgestellt.

Was folgte war Stille.

Leichenstille.

8. Kapitel

In den vergangenen Wochen konnten in der Mordkommission keine entscheidenden Erkenntnisse zum
gewaltsamen Tod von Nadine Dürkheim gewonnen
werden. Sie war vor über einem Monat am frühen Morgen im Blankenheimer Wald von Revierförster Thomas
Schenk, beziehungsweise dessen Hund Artur, aufge-
spürt worden und nach Begutachtung durch HK Brummer, Neugebauer und OK Stein und die KTU in die Kölner Rechtsmedizin verbracht und dort eine Woche später untersucht worden.

Ein Steckschuss aus nächster Nähe in den oberen
Bauchraum hatte Nadine Dürkheim getötet. Das he-
rausoperierte Projektil hatte ein Kaliber von neun mal
neunzehn Millimetern. Es gab keine Abwehrspuren an
ihren Händen und keine Kampfspuren an ihrem Körper oder an ihrer Kleidung. Nadine Dürkheim musste
überrascht worden sein, als sie, ins Malen vertieft, auf
dem Boden einer kleinen Lichtung lag. Eine Position,
die die Leiterin des Malkurses Anna Jordi experimen-
tell empfohlen hatte. Nadine Dürkheim war nicht das
Opfer eines sexuellen Übergriffs geworden. Auch ihr

Gemälde, das erst aus wenigen Strichen bestand, war nicht das Ziel des Täters gewesen.

Die Tat sah nicht nach Raubmord aus, Geld, Handy und Papiere wurden in ihrem Hotelzimmer gefunden. Die Kriminaltechniker bestätigten, dass der Fundort auch der Tatort sei. Außer Tierspuren hatten sie menschliche Fußspuren in verschiedenen Größen und Formen gesichert. Die Rechtsmedizin legte sich auf einen Todeszeitpunkt von acht Uhr bis 8:30 Uhr fest.

Die Alibis des Ehemannes Felix und seines Sohnes Florian hielten der Überprüfung stand, ebenso die der Leiterin und der Teilnehmerinnen des Malkurses. Bei der Beerdigung von Nadine Dürkheim war keine auffällige Person aufgetaucht. Nadine Dürkheim hatte keine Lebensversicherung und kein Vermögen, das es sich mit Gewalt zu erben lohnte. In ihren elektronischen Endgeräten, Smartphone und Laptop, hatten sich keine Hinweise ergeben. So war die Lage.

Keine einzige echte Spur, kein einziger kurzer Lichtblick, keine Anhaltspunkte, nur Spekulationen in der Presse, den sozialen Medien – und leider auch in der Mordkommission Euskirchen.

»Nadine war eine schöne Frau, ein abgewiesener Liebhaber könnte sich gerächt haben.« Eine von Brummers Thesen.

»Och nee!«, Neugebauer winkte ab. »Das ist Quatsch. Ich denke, es war der Querschläger eines Jägers. Das passiert häufiger, als man denkt. Zwar führt ein Querschläger nicht immer zum Tode, sondern oft nur zu einem Streifschuss, aber …«

»Nein, nein«, Frieda schüttelte den Kopf. »Es war anders. Ganz anders. Ehemann Felix hat eine Geliebte und will mit ihr ein neues Lebens anfangen, da steht ihm seine Nadine nur im Wege. Er hat einen Killer beauftragt.«

»Gute Idee«, sagte Brummer unerwartet. »Das können wir überprüfen. Einer von uns heftet sich an Felix' Fersen.« Er blickte von Frieda zu Neugebauer und entschied: »Du machst das, Achim. Fahr hinter ihm her, wo immer er hinfährt.«

»Nein, nein, das ist nichts für mich«, rief Neugebauer. »Ich werde mich noch einmal mit unserem Förster unterhalten. Thomas Schenk. Er müsste wissen, welche Jäger in dem betreffenden Gebiet schießen dürfen. Wildschweine, Füchse, Rehe ... ich versteh was davon.«

»Er malt, er jagt ...«, brummte Brummer. »Kann er auch ...?«

Die Tür flog auf, ein kalter Luftzug wehte herein. Es war gerade 8:30 Uhr. Viel zu früh am Tag für diese Erscheinung.

»Wir haben eine neue Leiche!«, jubelte Roggenmeier und rieb sich geschäftig die Hände. Er freute sich über jede Arbeit, die hereinkam und die er weiterleiten konnte. Das Geschäft mit dem Tod sei sein Geschäft, erklärte er standardmäßig auf Nachfrage, er sei schließlich kein Bäcker.

Nach dem Genuss von Friedas Flammkuchen hatte er sich zwei Tage krankmelden müssen. Als er wieder in der Polizeibehörde auftauchte, sah er käsig aus und ein wenig eingefallen, aber er verlor kein Wort zur Ursache. Zwei weitere Tage verließ er sein Büro nicht und zitierte auch niemanden zu sich herein. Brummer legte einmal neugierig sein Ohr an die Tür, Roggenmeier telefonierte auch nicht. Und doch drang ein Murmeln heraus, er schien mit sich selbst zu sprechen. Die Kollegen gingen auf leisen Sohlen an Roggenmeiers Büro vorbei, um den Drachen nicht zu wecken. Aber natürlich war diese Ruhe nur von kurzer Dauer. Nach weiteren zwei Tagen konnte er wieder Unheil verbreiten.

Und nun stand er in der offenen Tür und freute sich rein dienstlich über eine neue Leiche.

»Eine neue Leiche?«, echoten die Hauptkommissare Neugebauer und Brummer und starrten Roggenmeier fassungslos an.

»Sehr wohl. In Heimbach«, bestätigte Roggenmeier.

»In Heimbach?«

»Seid ihr taub oder was?«

Die Kollegen schüttelten die Köpfe.

»Ermitteln! Ermitteln! Worauf wartet ihr? Hotel *Baum*, Am Eichelberg. Ein Vier-Sterne-Hotel. Der Manager wartet. KTU und Rechtsmedizin sind unterwegs.« Roggenmeier klatschte dreimal in die Hände und nickte Frieda zu. »Sie natürlich auch, Frau Stein. Hophop. Sie müssen noch viel lernen.«

»Ich wollte Felix Dürkheim observieren.«

»Nix da.« Roggenmeier wedelte sie davon.

Die Kommissare sprangen auf und griffen nach ihren Jacken und Mänteln. Es sah aus, als gehorchten sie blind, aber sie flohen, hinaus und über den Flur, nichts wie weg.

»Ich habe dem Hotel-Manager gesagt, ich schicke ihm meine besten Leute«, rief Roggenmeier hinter ihnen her. »Blamiert mich nicht.«

»Warum gehen Sie nicht selbst?«, rief Brummer, ohne sich umzudrehen. Die Herren fuchtelten mit den Armen, um im Gehen Lederjacke und Trenchcoat überzustreifen. Frieda warf ihre Jacke nur über ihre Schulter. Sie schwitzte.

»Wie bitte?!« Roggenmeiers rhetorische Frage stand wie eine dunkle Wolke im Flur.

Neugebauer stieß die gläserne Zwischentür zum Haupteingang auf, die drei Kommissare marschierten hinaus, nebeneinander passten sie kaum hindurch, rempelten sich an, aber Geschlossenheit zu demonstrieren war jetzt wichtig. Der Kollege am Empfang hob grinsend die Hand an die Polizeimütze und stand stramm.

»Ich fahre mit euch«, sagte Frieda, als Brummer seinen Wagen aufschloss, und stellte sich ihm gegenüber an die Beifahrertür.

»Hat dein Auto was?«, fragte der übers Autodach hinweg.

»Nein.«

»Und wenn wieder Kinder im Spiel sind?«

Sie hob die Achseln.

»Sie schafft das«, sagte Neugebauer und stieg hinten ein.

»Fang bloß nicht an zu flennen«, drohte Brummer, als er sich anschnallte.

»Das tut sie nicht«, versprach Neugebauer vom Rücksitz.

»Das tut sie nicht«, wiederholte Frieda. Sicher war sie sich nicht, aber die Zeit des Drückens war vorbei. Sie streckte ihre Beine im Fußraum aus und verschränkte die Arme vor der Brust. Heute oder nie. Vielleicht ging der Kelch aber auch an ihr vorüber.

In Heimbach, am Eichelberg, stürzte sich beim Anblick des dunkelblauen Wagens, in dem drei Kommissare mit ernsten Gesichtern vorfuhren, ein Mann aus der Hotelhalle die Empfangstreppe hinunter auf den Vorplatz, wo er zuerst für Neugebauer im Fonds die Tür aufriss. »Meine Herren«, rief er aus und ignorierte Frieda. »Gut, dass Sie kommen. Hier ist die Hölle los.«

Die Kommissare blickten sich um. Hölle? Der Mann wusste nicht, wovon er sprach. Das Hotel *Baum* lag in tiefem Frieden am Hang auf halber Höhe. Frisch gestrichen in sanftem Gelb, war es ein unspektakulärer Bau mit Holzbalkonen. Nirgendwo stieg Rauch auf. Niemand stand hinter den Fenstern oder auf den Balkonen und rief wild gestikulierend um Hilfe. Auch drückte sich keine verängstigte Menschengruppe auf der Sonnenterrasse aneinander. Der großzügige Parkplatz war fast belegt, abgereist war also auch niemand.

Allein der rot-weiße Pkw des Notarztes passte nicht in diese Eifelidylle. Niemand saß am Steuer. Der Krankenwagen war vermutlich schon abgezogen, da er für den Transport einer Leiche nicht zuständig war.

»Ich bin der Manager dieses Hotels«, erklärte der Mann atemlos, an dessen Jacketttasche ein weißes Namensschild geheftet war. Er war untersetzt, einen Kopf kleiner als Brummer, trug einen marineblauen Anzug mit weißem Hemd ohne Krawatte. Er hatte seine dünnen, blonden Haare zurückgekämmt, aus denen auf beiden Seiten kleine, spitze Ohren hervorschauten, die an Engelsflügel erinnerten.

»Erich Baum«, buchstabierte Brummer vom Namensschild ab.

»Das bin ich, ja, so ist es. Daher auch der Name des Hotels.« Baum lächelte verkrampft. »Ich bin nicht nur Manager, sondern auch Inhaber.«

»Wo …?«

»Die Tote liegt im Wellnessbereich, wenn Sie mir bitte folgen würden.« Baum wies diensteifrig und mit großen Gesten ins Innere seines Hotels.

Auch hier herrschte Normalität. Marmorne Böden und Treppen, Möbel aus glatter, heller Buche, indirekte Beleuchtung, zwei mannshohe Pflanzen, eine kleine Sitzgruppe, auf der niemand Platz genommen hatte, zwei Koffer und eine Reisetasche warteten auf den Weitertransport, ein Schaukasten mit Angeboten und Aktivitäten, leise Musik, undefinierbar. Eine Angestellte im weißen Kittel schob einen Wäschewagen Richtung Personalaufzug. Durch eine zweiflügelige Sprossentür mit geschliffenen Glasausschnitten war das Restaurant zu erkennen, ein ausgedehntes Frühstücksbuffet schien noch kaum abgegrast. Zwei Frauen waren an einem Tisch mit weißen Tischdecken am Fenster ins Gespräch vertieft.

An der Empfangstheke vorbei, wo eine junge Frau mit links telefonierte und mit rechts schrieb, ging es die Treppe hinab einem ätherischen Duft entgegen. Eine Mischung aus Minze, Zimt, Vanille und Kräutern der Provence.

»Hast du auch mal ein Wellnesswochenende ge-
macht?«, fragte Neugebauer Frieda leise, während sie
Brummer und Baum folgten. Stufe für Stufe nahmen
Temperatur und Luftfeuchtigkeit zu.

Frieda schüttelte den Kopf. Sie hatte es vorgehabt,
mehr als einmal, aber nie in die Tat umgesetzt. Letztendlich hatte sie sich wohl nicht vorstellen können, sich
tagelang nur um die Pflege ihres Körpers zu kümmern.
Was sollte in dieser Zeit ihr Kopf anstellen. »Du denn?«

Er nickte. »Es war toll. Echt. Ein Erlebnis. Ich war wie
neugeboren danach. Die Haut so unglaublich weich
und …«

Er verstummte, als Brummer sich umdrehte und
zischte: »Ich fasse es nicht.« Dann stolperte Brummer
und musste sich an Baum festhalten, um nicht die Treppe hinunterzufallen.

Neugebauer grinste und flüsterte: »Ich habe Ayurveda gemacht.«

»Echt?« Frieda stieß ihm anerkennend in die Seite.
Neugebauer war ein Überraschungspaket, besonders
wenn man bedachte, dass es keine Frau gab, die ihn zu
solchen Abenteuern überredete. Oder gab es sie? Frieda musste es einmal schaffen, ihn unter vier Augen zu
sprechen.

Sie waren im Souterrain angekommen. »Ich habe unseren Wellnessbereich selbstverständlich räumen lassen«, verkündete Baum. Seine Engelsohren bebten.

Brummer verzog das Gesicht, er humpelte ein wenig,
als hätte er sich den Fußknöchel verknackst, was Neugebauer mit einer Daumen-hoch-Geste Richtung Frieda
quittierte.

»Alle Personen, Gäste und das Personal halten sich oben in unserem Konferenzsaal zu Ihrer Verfügung. Niemand hat das Hotel verlassen.«

Eine weitere Glastür galt es zu öffnen, hinter der die Konturen eines roten Farbkleckses verschwammen. Der Notarzt. Er stand allein an der Empfangstheke, blätterte in einem Notizbuch, sein Handy lag neben ihm. Er trug seine hellbraunen Haare im Pudellook, dem aus der Mode geratenen Mini-Pli.

Frieda war dieser Frisur schon begegnet, aber sie konnte sich nicht daran erinnern, wo und wann, und an den Namen ihres Trägers schon gar nicht.

»Endlich!«, rief er erleichtert und klappte seine Notizen zu.

»Ben! Danke, dass du gewartet hast.« Brummer drückte freundschaftlich seine Hand und klopfte ihm mit der anderen auf die Schulter. »Den Kollegen Neugebauer kennst du ja, und das da ist Oberkommissarin Frieda Stein, die Nachfolgerin von Sonja Senger.«

Frieda hasste es, auch nach vier Jahren als Nachfolgerin von Sonja vorgestellt zu werden, und rümpfte die Nase.

»Schön, Sie wiederzusehen«, begrüßte der Pudel sie. »Ben Toruk.«

»Ach ja!« Sie schlug sich an die Stirn und tat, als fiele ihr alles wieder ein. Aber so war es nicht. Wann und wo waren sie sich bloß begegnet?

»Wenn Sie mir folgen würden. Kabine drei.« Baum wies einen kurzen Gang hinunter auf die dritte Tür linker Hand, die offenstand und den Blick freigab auf einen schmalen Raum, den eine Massageliege und ein süßer Duft nach Vanille dominierten. Eine neue, feuchte Hitzewelle kam auf die Bekleideten zu.

Eine Frau lag bäuchlings auf der Liege, nackt, aber von der Hüfte abwärts bis zu den Kniekehlen mit einem weißen Frottee-Handtuch bedeckt. Ihre Arme lagen angewinkelt neben ihrem Kopf. Das Gesicht zeigte zur linken Wand, die Augen waren geöffnet, als blickte sie zu einem Rattan-Regal, das mit Utensilien wie Cremes, Ölen und weißen Handtüchern in verschiedenen Größen aufwartete. Tageslicht drang sanft durch die Bambusrollos, die vor den beiden schmalen Fenstern hingen. Im Hintergrund spielte leise klimpernd Meditationsmusik in Dauerschleife.

»Können Sie das Gedudel ausstellen?«, fragte Brummer.

»Selbstverständlich«, dienerte Baum. »Die Musik wird zentral gesteuert.«

»Na und?«

Baum griff zum Handy, tippte darauf herum und gab einer Angestellten die Order durch.

Baum, der Notarzt und die Kommissare warteten auf die Stille, die nach knapp einer Minute einsetzte, ehe sie die Kabine betraten, sich um die Liege versammelten und auf die Tote hinabblickten. Neugebauer übernahm mit seinem verknickten Notizbuch, das er aus der Tasche seines Trenchcoats zog, das Protokoll.

»Das ist Frau Gramitzki«, erklärte Baum.

»Wann wurde ihr Tod entdeckt?«, fragte Frieda.

»Um 7:45 Uhr. Sie hatte für sieben Uhr eine Anwendung gebucht. Eine traditionelle Rückenmassage, die fünfunddreißig Minuten dauert. Nach der Behandlung ist eine Ruhephase von circa zehn Minuten vorgesehen.

Als Frau Lingen, die Masseurin, die Kabine wieder betrat, stellte sie fest, dass etwas nicht stimmte.«

Frieda zog die Stirn kraus. »Was stimmte denn nicht?«

»Nun, Frau Gramitzki war nicht aufgestanden, sie lag
noch auf der Liege, unverändert, so wie unsere Frau
Lingen sie verlassen hatte, und reagierte auf keine An-
sprache. Frau Lingen ist auch in Erster Hilfe ausgebildet. Sie hat keinen Puls an der Halsschlagader fühlen
können und die Pupillen der Klientin waren unna-
türlich geweitet. Frau Lingen hat daraufhin sofort den
Notarzt gerufen.«

»Das ist richtig«, ergänzte Toruk. »Um 7:50 Uhr ging
der Notruf in der Zentrale ein. Zwanzig Minuten später
war ich hier und konnte nur den Tod der Frau feststel-
len. Das ist jetzt knapp eine Stunde her.«

Neugebauer blickte auf seine Uhr. 9:20 Uhr.

»Woran ist sie gestorben?«, fragte Brummer.

Toruk hob ratlos die Schultern. »Sie hat keinerlei äu-
ßere Verletzungen. Bis auf ... sehen Sie hier«, er hob das
weiße Frottee-Handtuch an und wies mit dem Finger
auf drei, kleine, eng beieinanderliegende, dunkle Stellen
auf der rechten Gesäßhälfte. »Ein Bluterguss. Und mit-
tendrin sind drei Einstichstellen. Jemand hat ihr gleich
drei Injektionen in den hübschen Po gerammt, würde
ich mal behaupten.«

»Oh, mein Gott«, stieß Baum hervor und fasste sich an
die Brust. »In meinem Hotel gab es noch nie so etwas in
der Art.«

Toruk beachtete ihn nicht und langte nach einem Sei-
denbademantel, der über dem Besucherstuhl hing. Er
faltete ihn auseinander und ließ ihn durch seine Hän-

de gleiten. »Hier«, sagte er endlich und zeigte auf einen kleinen Blutfleck und drei kleine Löcher.

»Die Spritzen haben den Bademantel durchdrungen?«, fragte Brummer.

Toruk nickte.

»Dann wurden sie nicht hier in der Kabine während oder vor der Massage gesetzt.«

Toruk nickte wieder. »Vermutlich auf dem Weg hierher. Mit diesen dicken Frottee-Bademänteln, mit denen hier die anderen Frauen herumlaufen, wäre ihr das nicht passiert.«

»Ja, ja, die Eitelkeit«, steuerte Neugebauer bei. »Sie hat schon so manchem den Kopf gekostet.«

Brummer starrte ihn entsetzt an.

»Frau Gramitzki hat das Seminar Heilfasten gebucht«, sagte Baum. »Es geht da um viel mehr als nur ums Abnehmen, obwohl die meisten Frauen eigentlich nur das eine wollen«, sagte Baum.

Neugebauer fühlte sich bestätigt. »Ich sag's doch.«

Toruk räusperte sich. »Der Blutzuckerwert der Toten ist mit einem Wert von dreißig Milligramm extrem niedrig. Das kann mit dem Hungern zusammenhängen oder …«

»War sie vielleicht Diabetikerin?«, fragte Brummer. Er zog an seinem Hemdkragen. Es war unerträglich schwül in der Kabine.

»Das hat sie bei der Anmeldung nicht angegeben«, sagte Baum. »Das hätte sie aber tun müssen. Wir legen Wert auf ein ärztliches Attest für dieses Seminar.«

Toruk hob fragend die Schultern. »Das wird das Labor der Rechtsmedizin herausfinden. Allerdings muss es sich beeilen, denn Insulin zersetzt sich rasch.«

Die Kommissare nickten.

»Oh, mein Gott!« Baum begann zu betteln. »Können Sie bitte so diskret wie möglich vorgehen, sonst werden mir die Gäste in Scharen davonlaufen, Sie verstehen.«

Toruk lächelte mitleidig und bohrte noch ein wenig in Baums Wunde: »Mord und Diskretion? Wie stellen Sie sich das vor?«

Baums Gesichtsfarbe wechselte. »Verstehen Sie doch, es geht hier um die Zukunft unseres Hauses. Heilfasten – das ist ein siebentägiges Seminar, das über Pandora-Reisen gebucht wird. Ein Unternehmen, mit dem wir langjährige, sehr gute Erfahrungen gemacht haben. Es ist der angesagte Anbieter für Kreativreisen in der Eifel. Pandora-Reisen könnte Konsequenzen ziehen und dann …«

»Pandora, sagten Sie?«, unterbrach Frieda ihn.

Baum nickte.

Frieda warf ihren Kollegen bedeutungsvolle Blicke zu. Brummer zog seine Augenbrauen zu einem dicken Strich zusammen, Neugebauer blinzelte nervös. Es schien auch bei ihnen zu klingeln. Nadine Dürkheim, die tote Malerin, hatte ihren Kreativkurs ebenfalls bei dem Reiseveranstalter Pandora gebucht.

Alle Blicke ruhten auf der Toten. Das dunkelbraune, fast schwarze Haar war hochgesteckt, ein, zwei Strähnen hatten sich im Nacken gelöst. Mund und Augen waren geöffnet. Vor die dunkelbraunen Augen hatte sich ein hellgrauer Nebelschleier gelegt. Zwischen den geöffneten, bläulichen Lippen war die geschwollene Spitze der Zunge zu erkennen. Der Rücken der Frau glänzte vom Massageöl. Sie schien auf die Sonnenbank und ins

Fitnessstudio zu gehen, sie war nahtlos braun und muskulös. Aber warum sie fasten wollte, war unverständlich. Sie war keine Spur zu dick. Man sah jede Rippe ihres Brustkorbes.

»Wer leitet das Heilfasten-Seminar?«, fragte Frieda weiter.

»Betty Schongau«, antwortete Baum. »Sie ist Heilpraktikerin und hat hier in Heimbach eine Praxis. Sie ist sehr beliebt. Aber sie weiß noch nicht, dass …«

»Anschrift?«, fragte Neugebauer und hob seinen Mini-Bleistift von IKEA an.

»Wie viele Kursteilnehmer gibt es insgesamt?«, fragte Frieda weiter.

»Seminarteilnehmerinnen«, korrigierte Baum. »Ein reiner Frauenkurs. Fünf Frauen inklusive Miriam Gramitzki. Sie wohnen natürlich alle hier im Hotel, aber sie wissen noch nicht, dass …«

»Vielleicht doch, nichts spricht sich so schnell herum wie ein Unglück«, sagte Neugebauer voraus. »Ich brauche die Namen der Frauen.«

»Tut mir leid, auswendig kenne ich sie nicht«, antwortete Baum und machte sein Handy startklar. »Im Empfang liegen die Unterlagen.«

Neugebauer nickte. »Später.«

Ihm waren Stimmen und Schritte zu Ohren gekommen. Die Tür zum Wellnessbereich wurde geräuschvoll aufgestoßen.

»Dritte Tür links«, rief eine Stimme.

Kurz darauf standen zwei Kollegen von der KTU in der Tür, in weiße Overalls gehüllt und mit Metallkoffern bepackt. Ein junger Mann zwängte sich hindurch und schob sie auseinander. »Rettungsgasse, wenn ich bitten darf. Ich bin Dr. Fennhard.«

Frieda war enttäuscht, nicht Dr. Meiser zu sehen. Sie hatte sich an die Rechtsmedizinerin gewöhnt, sie vermittelte Frieda Sicherheit und Kompetenz, sie war einfühlsam und behutsam. Sie war eine Frau. Fennhard war ein drahtiger, sportlicher Typ, jung, sehr jung, dynamisch angespannt, zimperlich war er nicht.

»Wenn Sie die Kabine verlassen würden, hätte ich mehr Platz für eine Untersuchung«, gab er allgemein bekannt.

»Kein Problem, Kollege, bin schon weg«, rief Toruk und schlängelte sich als Erster hinaus, nicht ohne Frieda einen Extragruß zuzuwinken. Wäre es nicht sinnvoll gewesen, wenn Fennhard sich mit Toruk beraten hätte?

»Ihr wartet draußen«, befahl Fennhard den Technikern, die daraufhin im Wartebereich ihre Koffer abstellten und sich einen Sitzplatz suchten.

»Meine Herren!«, forderte Fennhard die übrigen Personen auf. Daraufhin entschieden sich auch der Manager, Brummer und Neugebauer, dem übermotivierten Rechtsmediziner das Feld zu überlassen. Übrig blieb Frieda, mit trotzigem Blick.

»Sie sind ...?«, wollte er wissen.

»Ich fühle mich nicht angesprochen«, antwortete Frieda.

Er verdrehte die Augen. »Ich wäre Ihnen dankbar, wenn auch Sie die Kabine verlassen würden, Frau Kommissarin.«

»Oberkommissarin.«

Er konnte die Augen so verdrehen, dass es aussah, als hätte er keine Pupillen. Das sah gespenstisch aus, stand ihm aber.

Frieda ging ohne einen weiteren Kommentar.

»Danke«, sagte er und schlug hinter ihr die Tür zu.

Peng.

»Der weiß, was er will«, kommentierte Neugebauer anerkennend.

»Ich auch«, ergänzte Frieda.

Ratlos standen und saßen die Hinausgeworfenen herum, bis Frieda Brummer ins Ohr flüsterte: »Zwei Frauen buchen zwei Kreativkurse bei Pandora und sind nun beide tot.« Er nickte nachdenklich. »Es wird Zeit nachzusehen, was Pandora in ihrer Büchse hat.«

»Sobald wir hier raus sind«, stimmte er ihr zu. »Aber der Reihe nach, erst müssen wir mit den Gästen und dem Personal reden.« Mit einem Wink gab er das Zeichen zum allgemeinen Aufbruch.

Baum lief wieder voraus. »Wenn Sie mir bitte folgen würden.«

Alle beeilten sich, waren froh, der feuchten Hitze im Souterrain endlich zu entkommen.

Baum hatte im ersten Stock, der vom Erdgeschoss aus über einen Aufzug zu erreichen war, einen Seminarraum zur Verfügung gestellt, in dessen Mitte Tische zu einer langen Reihe aneinandergestellt waren. Tabletts mit Kaffee und Saft und Wasser standen bereit. Das professionelle Equipment – Beamer, Flipchart, Whiteboard – stand unbenutzt an der kurzen Wand am Ende des Raumes. Die Lamellenrollos vor der Fensterfront waren so eingestellt, dass niemand hinein- oder hinaussehen konnte. Die Wände waren in einem augenfreundlichen Grün gestrichen. Der Raum war viel zu groß für die wenigen Personen, die auf den Konferenzstühlen Platz genommen hatten. Sechs Frauen, zwanzig Stühle.

Ob es nicht größer gehe, fragte sich Frieda, als sie von einer Frau zur anderen blickte. Sie sahen aus wie Geiseln, sie hatten diesen verlorenen Blick. Vier Frauen trugen weiße Frottee-Bademäntel mit Hotellogo auf der Brusttasche, zwei weitere Frauen trugen weiße Poloshirts und weiße Arzthosen. Frieda kam sich in ihrer komplett schwarzen Montur vor wie das schwarze Schaf auf windigem Deich.

»Guten Tag, meine Damen«, begann Baum in seiner nervig jovialen Art. »Wie Sie bereits sicher bemerkt haben, gibt es in unserem Hotel einen … Vorfall.«

»Danke, Herr Baum«, ging Brummer dazwischen, »ich glaube, wir benötigen Sie nicht mehr. Sicher haben Sie nach diesem … Vorfall alle Hände voll zu tun, wir wollen Sie nicht länger aufhalten. Falls wir Sie brauchen, melden wir uns.«

»Sind Sie sicher?«, fragte Baum entsetzt.

Brummer nickte. »Ja.«

»Wie Sie meinen.« Baum zögerte, ehe er sich zum Gehen wandte.

Neugebauer hielt ihm die Tür auf und blinzelte nervös. »Vielen Dank. Sie haben alles richtig gemacht.«

Baum blieb draußen vor der Tür stehen, wie ein Schüler, der hinausgeworfen worden war. Nervös zupfte er an einem seiner Engelsohren.

»Sie können uns später die Seminarleiterin schicken, okay?«

Baum rieb sich nervös die Hände. »Sie sagen Bescheid?«

»Garantiert«, sagte Neugebauer und schob ihm die Tür vor der Nase zu.

Brummer stellte den sechs weißen Frauen die Mordkommission Euskirchen vor. Neugebauer notierte fleißig die Namen der Masseurinnen und Hotelgäste. Frieda Stein bot den vier Frauen in den Bademänteln an, sich vor der weiteren Befragung umzuziehen. Sie erntete einen ungehaltenen Blick von Brummer dafür, aber die Frauen nickten ihr dankbar zu.

»Wir warten auf Sie«, versicherte Frieda ihnen.

Brummer hatte das nicht vor, denn er begann seine Befragung postwendend, nachdem die vier Frauen den Raum verlassen hatten. »Wer von Ihnen ist Frau Lingen?«

Gegen elf Uhr saßen die Kommissare endlich wieder im dunkelblauen Wagen vereint und fuhren mit ernsten Gesichtern Richtung Euskirchen, wo Miriam Gramitzki gewohnt hatte.

Zurück ließen sie einen verstörten Hotelmanager, ratlose Angestellte und Gäste. Es blieb abzuwarten, was Baum aus der Situation machte. Ob es sich bei dem »Vorfall« tatsächlich um einen natürlichen Todesfall, Mord oder Totschlag handelte, würden die Kommissare erst erfahren, wenn Miriam Gramitzki in der Kölner Rechtsmedizin untersucht worden war. Dr. Fennhard und die Kollegen von der KTU waren wieder abgezogen, als die Kommissare die Befragung der Kontaktpersonen beendet hatten. Und der Leichenwagen hatte die Tote eingeladen.

Weder von den beiden Masseurinnen noch von den drei Gästen, die sich zur Tatzeit im Wellnessbereich aufgehalten hatten, der Leiterin des Seminars Heilfasten, die hinzugekommen war, noch von den vier Kursteilnehmerinnen hatten die Kommissare entscheidende Hinweise bekommen. Alle gaben an, dass ihnen nichts aufgefallen sei und hatten Alibis für die Tatzeit, die es jedoch noch zu überprüfen galt, auch bestand noch die Notwendigkeit, weitere Angestellte des Hotels zu befragen, von der Putzfrau bis zur Sekretärin.

Die Kommissare hatten das Zimmer begutachtet, in dem Miriam Gramitzki untergebracht war. Sie war in ihrem seidenen Morgenmantel und in Pantoffeln zu ihrer Anwendung in den Wellnessbereich gegangen. Auf dem zurückgeschlagenen Bettzeug lag ein Pyjama. Auf dem Stuhl vor dem Schreibtisch häuften sich Kleidungsstücke. Sie hatte Handy, Schlüssel, Papiere, Geld, Karten und Schmuck nicht im Safe verstaut, sondern vertrauensvoll auf ihrem Nachttisch gelassen. Sie war zweiundvierzig Jahre alt und wohnte in Euskirchen auf der Bergerstraße. Im Bad waren die üblichen Utensilien vorhanden. Das Handy war mit einer PIN gesichert, die Kommissare konnten auf die Schnelle nicht herausfinden, mit wem sie zuletzt telefoniert hatte. Es waren seit ihrem Tod keine ungelesenen Nachrichten eingegangen, und Anrufe hatte sie auch nicht verpasst.

Eine der Kursteilnehmerinnen wusste zu berichten, dass Miriam Gramitzki verheiratet sei, einen Ehemann namens Harald habe, der Lehrer sei, und einen Sohn, Tim, der sich im pubertären Alter befinde. Eine Information, die Frieda halb erleichtert zur Kenntnis nahm.

Kein Baby, kein Kleinkind, ein halbwüchsiger Junge. Tragisch genug.

Eine andere Frau hatte erfahren, dass Miriam Gramitzki Bloggerin sei und sich darin an Frauen wende, die Figurprobleme hätten. Tipps und Tricks, schlanker zu werden oder so auszusehen. Für Brummer und Neugebauer war Bloggen unter dem Begriff »Arbeit« nur schwer vorstellbar und grenzte für sie an Scharlatanerie, aber für Frieda war das nichts Neues, im Netz tummelten sich diese Blogs zuhauf und wurden jeden Tag zahlreicher.

Brummer fuhr schneller als erlaubt. Die Übermittlung der Todesnachricht an die Angehörigen hatte Vorrang vor allem. Es durfte nicht geschehen, dass sie es aus der Presse oder unberufenem Munde zuerst erfuhren. Dahinter hatte auch der Besuch des Reiseunternehmens Pandora zurückzustehen.

Frieda saß auf der Rückbank und surfte.

»Hier ist es. Ich hab es. Das Reiseunternehmen Pandora hat seinen Geschäftssitz in Koblenz. Pandora scheint der Anbieter Nummer eins für Kreativreisen in der Eifel zu sein.

Kein Kommentar von den Kollegen.

»Sie haben jetzt auch geöffnet.«

Frieda speicherte die Anschrift ab. Sie wagte nicht vorzuschlagen, dass sie und ihre Kollegen, einmal in Euskirchen angekommen, sich doch aufteilen könnten und sie, Frieda, nach Koblenz fahren könnte, der Dringlichkeit wegen. Sie fürchtete, die Kollegen könnten annehmen, dass sie sich drücken wollte vor einem tränenreichen Hausbesuch.

»Wer fährt zu Pandora, während wir bei Gramitzki sind?«, fragte Brummer, reckte den Hals und warf ihr einen wachsamen Blick im Rückspiegel zu.

Neugebauer drehte sich zu ihr um. »Ist ziemlich wichtig und würde ...«

»Ich nicht«, sagte Frieda schnell und wünschte sie hätte Ja gesagt.

9. Kapitel

Ein junger Mann ohne Frisur öffnete Hauptkommissar Klaus Brummer und seiner Kollegin Oberkommissarin Frieda Stein in Euskirchen auf der Bergerstraße die Tür. Neugebauer war auf dem Weg nach Koblenz, um bei Pandora-Reisen zu ermitteln.

Der junge Mann trug eine große Brille und ein knallgrünes T-Shirt. Sein Gesicht war mit Akne übersät. Auf seiner schmalen Brust prangte der Blaue Planet und das Logo der Bewegung *Fridays for Future*. Nackte Füße sahen aus seiner ausgefransten Jeans hervor. Die großen Zehen bogen sich nach oben. Seine Arme schienen zu lang, wussten nicht wohin und schlenkerten umher. Er lehnte sich an die Türzarge und blickte missmutig dem Besuch von einem Gesicht ins andere. »Ja?

»Tim Gramitzki?«

»Und wenn?«

Brummer zog seinen Ausweis aus der Brusttasche seiner Lederjacke. »Wir sind von der Mordkommission. Ich bin Hauptkommissar Klaus Brummer«, er wies hinter sich, »und das ist Oberkommissarin Frieda Stein. Wir sind Kriminalkommissare. Ist dein Vater da?«

Tim nickte.

»Können wir mit ihm sprechen?«

Tim nickte.

»Rufst du ihn an die Tür oder dürfen wir hereinkommen?«

Tim nickte.

»Nun?«, Brummer hob die Augenbrauen hoch.

Tim trat zurück, ließ die Kommissare eintreten und rief ins Haus hinein: »Papa!«

Die Garderobenhaken waren überbelegt, Schuhe standen umher, es roch nach abgestandenem Essen und von der Diele aus waren ein Teil der Küche und eine Essthke zu erkennen, wo sich Teller und Töpfe türmten. Die Diele mündete in ein Wohnzimmer, das bewohnt aussah, von dort führte eine offene Treppe in den Keller und ins Obergeschoss.

»Papa!«

»Komme!« Eine Stimme von oben, Schritte. »Was ist denn? Kannst du das nicht allein regeln? Ist sowieso wieder bloß für deine Mutter.«

»Ist kein Paket.«

Harald Gramitzki tauchte auf: »Guten Tag. Ich bin in der Schule zu sprechen. Ich muss Sie bitten, sich daran zu halten. Morgen von ...«

»Polizei«, sagte Tim leise.

»Polizei?« Gramitzki fuhr sich durch die Haare. Er hatte Tintenkleckse an den Fingern. Ein blauer Aktenordner klemmte unter seinem Arm. »Was hast du angestellt, Junge?«

Tims Miene versteinerte sich. Er wandte sich ab. Er sah verletzlich aus, seine Lippen waren voll und weich. Seine Augen blickten unsicher durch die Brillengläser.

»Wie alt ist Ihr Sohn?«, fragte Brummer.

»Sechzehn, wieso?«, fragte Gramitzki skeptisch. »Bedingt strafmündig.«

»Wollen Sie ihn vielleicht hinausschicken?«

»Nein, ich denke nicht dran.« Gramitzki legte seinem Sohn den Arm auf die Schulter und zog ihn zu sich heran. Tim knickte unter der Last ein wenig ein. Er reichte seinem Vater bis zur Brust.

»Wir haben schlechte Nachrichten für Sie, Herr Gramitzki«, begann Brummer.

»Legen Sie los.«

»Gut«, Brummer räusperte sich. »Wie Sie wollen. Wir müssen Ihnen leider mitteilen, dass Ihrer Frau«, er wandte sich Tim zu, »und deiner Mutter, Tim, etwas zugestoßen ist.«

»Was soll das heißen?«, fragte Gramitzki schnell zurück und ließ seinen Sohn los. Tim schien die Luft anzuhalten. »Sie ist zurzeit in Heimbach und macht dort irgendein Seminar.«

»Wann haben Sie zuletzt von ihr gehört?«

Gramitzki kratzte sich am Kopf.

»Sie hat mich gestern Abend angerufen«, sagte Tim kleinlaut.

»Was wollte sie?«, fragte Brummer.

»Sie wollte wissen, ob hier alles okay ist und so. Sie hatte versucht, Papa zu erreichen, aber der war nicht da.«

»Korrekt, ich hatte Elternabend. Ich bin Lehrer, wissen Sie.«

»Das wissen wir. Heute ist Mittwoch. Und wieso sind Sie jetzt nicht in der Schule?«

Er blickte auf seine Armbanduhr. »Ich muss gleich wieder hin. Ich hatte zwei Freistunden und bin schnell nach Hause, weil ich etwas vergessen hatte.«

»Was denn?«

Er lächelte und blickte auf den blauen Aktenordner unter seinem Arm: »Die Notenübersicht.«

»Und du?«, fragte Brummer Tim. »Wieso bist du nicht in der Schule?«

»Ich habe heute nur zwei Doppelstunden. Hab ich immer mittwochs.«

»Was ist denn nun mit Miriam?«, fragte Gramitzki und wurde zunehmend nervös.

»Sie ist … es tut uns leid, Ihnen das sagen zu müssen … sie wurde heute Morgen … tot im Hotel aufgefunden.«

»Was?«, stießen Vater und Sohn aus. Pures Entsetzen in den Gesichtern. Schrecken in den Augen. Körper, die verkrampften. Sekundenschnell, minutenlang.

Die Kommissare warteten.

Gramitzkis rechte Hand legte sich in den Nacken seines Sohnes. Tims Kopf fiel auf seine Brust. Gramitzkis Hand sank langsam über den Rücken seines Sohnes. Tim ließ es zu, er schien es nicht zu merken. Seine Knie waren gebeugt, seine Oberschenkel zitterten. Seine Arme hingen herab, seine Handflächen fielen nach außen.

Frieda räusperte sich schließlich und wies auf die elegante Wohnlandschaft. »Setzen wir uns doch.«

Gramitzki drückte seinen Sohn an sich: »Ich setze mich neben dich, keine Sorge, okay?« Mit einer Hand unterm Kinn hob er Tims Kopf hoch und sah ihm direkt in die Augen, in denen Tränen standen. »Tim, wir müssen jetzt zusammenhalten, du und ich.«

Frieda drehte sich der Magen um.

Tim schlug seine Hand weg. »Lass mich. Ich geh nach unten.«

»Kommt nicht infrage.«

»Lassen Sie ihn gehen«, bat Brummer.

Tim hatte sich von seinem Vater befreit, sprang die Stufe hinunter in den Keller und verschwand mit der Kurve, die die Treppe machte. Eine Tür schlug zu.

Gramitzki seufzte theatralisch. »Wir müssen ihn verstehen. Das ist ein schwerer Schicksalsschlag für uns. Aber bitte setzen Sie sich doch.«

Die Kommissare fanden ihm gegenüber Platz, nebeneinander, Oberschenkel an Oberschenkel.

Ein Schlagzeug-Solo erfüllte das Haus. Es kam nicht vom Band, aus einer Lautsprecherbox oder einem Tablet, es war live. Tim prügelte auf sein Instrument ein, als wollte er es in tausend Stücke schlagen.

Frieda hatte das Gefühl, keine Luft zu bekommen. Sie versuchte sich vorzustellen, wie sie reagieren würde, wenn man ihr sagte, dass der Mann ihres Lebens ums Leben gekommen war. Sie kam nicht weit mit ihren Überlegungen, da Gramitzki bei den Improvisationen seines Sohnes plötzlich in Tränen ausbrach.

Eine Befragung war bei diesen Dezibel nicht möglich, und keiner wagte, Tim zu sagen, er solle damit aufhören. So verständigten sich die Kommissare und Gramitzki darauf, zunächst das Zimmer der Toten zu besichtigen.

Es lag im ersten Stock und war mit einer Schlafcouch, einer verspiegelten Schrankwand und einem Schreibtisch ausgestattet. Gramitzki hatte nichts dagegen, dass die Kommissare das i-Pad und den Laptop mitnahmen.

»Kann ich meine Frau sehen?«, fragte er in der Haustür. Er zog den Schlüssel ab und die Tür hinter sich zu. Der Lärm klang ein wenig milder.

»Sie ist in der Kölner Rechtsmedizin«, antwortete Brummer.

»Wieso in der Rechtsmedizin, ist sie …?«

»Wir wissen noch nicht, ob es ein natürlicher Tod war.«

»Was denn sonst?«, stieß Gramitzki hervor.

»Oder die Folge einer Gewalteinwirkung.«

»Meinen Sie etwa Mord?«

Brummer hob fragend die Schultern. »Wir wissen es nicht. Noch nicht. Aber Sie können Ihre Frau morgen sehen. Ich werde Sie ankündigen.«

»Und Tim? Ich meine, wie sieht Miriam aus, kann er mitkommen?«

»Ja, das kann er, wenn er möchte. Ihre Frau, ich meine, seine Mutter ist äußerlich völlig unverletzt.«

»Wo waren Sie heute Morgen, Herr Gramitzki?«, mischte sich Frieda ein, und ehe Gramitzki entsetzt reagieren konnte, fügte sie hinzu: »Wir müssen Sie das fragen. Sie verstehen, es gehört zum Protokoll. Zwischen sieben und neun Uhr.«

Gramitzki seufzte. »Ich stehe gewöhnlich um halb sieben auf und gehe um 7:25 Uhr aus dem Haus, wenn ich Unterricht in der ersten Stunde habe. Die Kollegen werden Ihnen das bestätigen können. Ich unterrichte im Emil-Fischer-Gymnasium.«

»Wie lange brauchen Sie zur Schule?«

»Mit dem Rad fünf Minuten.«

»Und was machen Sie von 7:30 Uhr bis acht Uhr?«

Wieder seufzte Gramitzki. »Wir sitzen im Lehrerzimmer, es gibt immer irgendetwas zu besprechen oder vorzubereiten.«

»Dann müsste es genügend Zeugen geben«, schloss Brummer.

»Oh ja. Unser Kollegium besteht aus fast hundert Lehrern.«

»Und Ihr Sohn?«

Jeder Satz schien Gramitzki schwerzufallen. »Tim geht später los, ich weiß nicht genau, ob er zur ersten Stunde in die Schule musste. Wir gehen nicht in dieselbe Schule. Da müssen Sie ihn selbst fragen.« Er warf einen ratlosen Blick zur Haustür. »Er war jedenfalls noch zu Hause, als ich das Haus verließ. Tim geht auf die Gesamtschule in der Ursulinenstraße, fragen Sie dort am besten nach.« Gramitzki blickte unvermittelt auf seine Armbanduhr. »Das war alles? Ich muss zur Schule, ach, nein. Nein! Nein!« Es war, als fiele ihm jetzt erst wieder ein, was geschehen war. »Ich muss in meiner Schule anrufen. Sie müssen eine Vertretung für mich finden für die nächsten Tage.«

»Es tut uns leid«, sagte Brummer.

»Ich weiß.«

Die Kommissare wandten sich zum Gehen.

Frieda blieb plötzlich stehen und drehte sich um. »Ich habe da noch eine Frage.«

»Ja?«, fragte Gramitzki hoffnungsvoll. Als könnte alles ein schrecklicher Irrtum gewesen sein.

»War Ihre Frau Diabetikerin?«

»Nein! Wie kommen Sie darauf?

»Ihr Blutzuckerwert war extrem niedrig, als der Notarzt sie untersuchte.«

»Nein. Miriam war kerngesund. Sie hatte nur diesen Fimmel wegen ihres Gewichts.«

»Sie hatte sicher einen Hausarzt.«

»Ja klar. Dr. Wolter. Wir gehen alle zu ihm.«

»Hatte sie Feinde?«

Gramitzki überlegte. »Auf ihrem Blog gab es wohl manchmal böse Nachrichten, hat sie mir erzählt. Ich habe sie selbst nicht gelesen. Kein wirklicher Shitstorm, aber Beleidigungen von Feministinnen, wissen Sie, die Miriams Arbeit für frauenfeindlich halten. Aber das werden Sie alles auf dem i-Pad finden. Ansonsten wüsste ich nicht.«

»Danke«, sagte Frieda und reichte ihm die Hand.

Er übersah die Hand, öffnete die Haustür und ging in sein lärmendes, trauerndes Haus zurück, in dem nichts mehr so war wie zuvor.

Die beiden Kommissare waren gerädert, als sie das Haus der Familie Gramitzki auf der Bergerstraße verließen. Kommentarlos steuerte Brummer mit seinem Auto das Restaurant *Posthalterei* auf der Kölner Straße an und parkte auf dem Privatplatz im Hof. Sie setzten sich an ihren Stammplatz. Brummer bestellte zwei alkoholfreie Weizen und zwei Wiener Schnitzel, genannt »Das Original«. Ihr Stammessen nach Einsätzen wie diesen und um diese Uhrzeit. Gespräche über den aktuellen Fall während des Essens waren tabu.

Frieda überlegte, ob jetzt der richtige Moment sei, zu erzählen, dass sie einmal in der Schweiz aus einem Restaurant geflohen war, weil dort das Wiener Schnitzel 38,50 Euro kosten sollte, da war sie noch Studentin. Sie beließ es bei der Überlegung, als Brummer sich die Ohren rieb und brummte: »Wenn ich einen Sohn hätte, dürfte er alles spielen, nur kein Schlagzeug. Apropos Musik, was macht dein Cello?«

»Dem geht es gut. Es steht bei Sonja«, antwortete Frieda. »In meiner Wohnung bekomme ich nur Ärger, wenn ich drauf spiele.«

»Und wie oft ist das?«, fragte er weiter.

Die Getränke kamen, und man stieß an. Und die Frage geriet in Vergessenheit.

»Und wie war es eben für dich?«, fragte Brummer stattdessen und wischte sich den Bierschaum von den Lippen.

»Hab ich geflennt? Bin ich zusammengebrochen? Hab ich gekotzt?«, fragte sie zurück.

Er hob abwehrend die Hände. »Nein, nein, alles okay, hab ich ja auch nicht behauptet. Warum so aggressiv? Sie war ein bisschen blass um die Nase, unsere Oberkommissarin.«

»War ich nicht«, protestierte sie.

»Warst du wohl!«

»Nein.«

Er schlug auf die Tischplatte, das falsche Bier in den hohen Gläsern schaukelte. »Schluss jetzt.«

Zum Glück nahte das Essen.

»Zweimal Original!«, rief die Kellnerin und stellte vor jeden aufgebrachten Kommissar einen großen Teller. Außer einem goldbraun gebackenen Schnitzel gab es Preiselbeeren, Pommes und einen Salat. »Ich wünsche guten Appetit, die Herrschaften.«

Sie aßen im verbissenen Schweigen, und als sie das Besteck beiseitelegten, blieb nicht viel auf den Tellern zurück, außer ein paar Salatblättern, einigen kalt gewordenen Fritten und ein wenig roter Sauce von den Preiselbeeren. Die Kellnerin brachte den Espresso gleich mit, als sie abräumte.

Brummer zahlte großzügig den Deckel aus seinem Portemonnaie und sagte im Hinausgesehen: »Ich bekomme fünfundzwanzig Euro von dir, inklusive Trinkgeld.«

Vor seinem Auto blieb er stehen und rieb sich den Bauch. »Ich glaube, ich gehe zu Fuß. Die beiden Schulen sind um die Ecke, fünfhundert Meter, schätze ich, jeweils, ich muss dringend ein paar Schritte gehen.«

14:30 Uhr war es, als sie das Emil-Fischer-Gymnasium erreichten. Der Nachmittagsunterricht begann. Die Schüler strömten von der Mensa über den Schulhof in ihre Klassen. Es bot sich den Kommissaren ein buntes Wimmelbild und eine beachtliche Geräuschkulisse. Linker Hand lag der Verwaltungstrakt, und dort spürten sie das Sekretariat neben dem Zimmer des Schulleiters auf.

Die Sekretärin saß an einem überfüllten Schreibtisch und telefonierte mit leiser Stimme. Hinter ihr hing ein DIN-A-0 Halbjahreskalender der Schule. Die Wände ihr gegenüber waren mit Aktenschränken zugestellt, die Fenster von einer rankenden Grünpflanze zugewuchert, die wie eine Krake über den Fenstersturz bis zur Decke wuchs.

Frau Helene Markovic war der Name der Sekretärin, wie dem Türschild zu entnehmen war, sie winkte die Kommissare zur bescheidenen Sitzecke. Ihr Telefonat beschränkte sich auf: »Ja.« – »Nein.« – »Verstehe.« Abwechselnd.

Nach wenigen Minuten legte sie auf, erhob sich, zog ihre bunte Bluse und ihren Bleistiftrock glatt. Brummer und Frieda stellten sich vor und nannten den Grund ihres Besuches. Sie hatten noch nicht Platz genommen, nur herumgestanden, die Hände auf dem Rücken.

Frau Markovic schüttelte mitfühlend den Kopf. »Ja, ich weiß es schon, es fällt mir so schwer, es zu verstehen, Herr Gramitzki hat eben angerufen, unfassbar, ich kannte Miriam, sie war eine wunderbare Frau, sie war doch noch so jung und voller …«

Brummer unterbrach sie. »Hatte Herr Gramitzki heute Morgen in der ersten Stunde Unterricht?«

Frau Markovic trat mit zwei Schritten zurück an ihren Schreibtisch und den Computer und fuhr mit der Maus über die Spalten und Zeilen des Stundenplanes. »Hier. Ja. Da ist er. Genau. Erste Stunde. In der 5 d.«

»Das bedeutet, er war um acht Uhr hier?«

Jetzt erfasste sie den Hintergrund der Frage und nickte entsetzt. »Braucht er etwa ein Alibi?«

»Das ist so üblich«, erklärte Brummer und hob beruhigend die Hand. »Das hat nichts zu bedeuten.«

Sie seufzte tief auf. »Harald, ich meine Herr Gramitzki, kommt fast immer eine halbe Stunde vorher, aber das machen viele Lehrer, wenn es sich einrichten lässt.«

»Haben Sie ihn heute Morgen um halb acht gesehen?«

Sie hob ratlos die Schultern. »Ich kann es nicht beschwören, aber ich kann Ihnen die Namen einiger Kollegen nennen, die ihn mit Sicherheit vor Unterrichtsbeginn gesehen haben.«

»Zwei würden uns genügen«, sagte Brummer.

Markovics Finger befragte wieder den Stundenplan. »Tut mir leid, aber sie sind beide im Unterricht. Kann ich …?«

»Wir müssen sie trotzdem kurz sprechen. Wenn Sie uns bitte zu ihren Räumen führen würden?«

»Selbstverständlich. Selbstverständlich.«

Sie durchquerten einige Flure und Treppenhäuser und Schülergruppen und stiegen über Turnbeutel, Jacken und Rucksäcke. Frau Markovic stöckelte auf hohen Absätzen vor ihnen her. Am Ende erfuhren die Kommissare von zwei wortkargen Lehrern, dass sie gemeinsam mit Harald Gramitzki heute Morgen gegen 7:30 Uhr im Lehrerzimmer Kaffee getrunken hatten. Die Kollegen wirkten erschüttert, also hatte die Todesnachricht schon die Runde gemacht. Frieda notierte die beiden Namen. Eigentlich Neugebauers Aufgabe.

In der Gesamtschule auf der Ursulinenstraße erfuhren Brummer und Frieda von der Schulleiterin, dass der Sohn der Toten, Tim Gramitzki, an diesem Morgen zu spät in den Unterricht gekommen war. Zwanzig Minuten. Und das sei nicht das erste Mal in diesem Schuljahr gewesen. Ein Termin mit den Eltern sei bereits anberaumt gewesen, bevor Herr Gramitzki eben angerufen und mitgeteilt habe, dass seiner Frau etwas zugestoßen sei.

»Ist das wahr?«, fragte die Schulleiterin und beugte sich vor, als gelte es, Geheimnisse auszutauschen. »Frau Gramitzki ist tot?«

Brummer nickte

Sie schlug die Hand vor den Mund. »Es ist unfassbar. Aber warum braucht Tim ein Alibi?«

»Das ist das übliche Procedere, hat aber nichts, überhaupt nichts zu bedeuten.«

»Sein Vater etwa auch?«

»Jeder, der mit Miriam Gramitzki in Kontakt stand.«

»Aha«, sagte sie unheilschwanger. »Dachte ich es mir doch.«

10. Kapitel

Am nächsten Morgen berichtete Neugebauer, dass er gestern bei Pandora-Reisen vor verschlossener Tür gestanden habe. Der Pförtner des Bürohauses in Koblenz habe keine Auskunft geben können, warum das Büro nicht besetzt sei. Es komme selten vor, aber der Mann wusste natürlich auch schon von den toten Frauen, er sei Bild-Zeitungsleser.

Auch telefonisch hatte Neugebauer keinen Kontakt zu dem Unternehmen aufnehmen können, sodass er beschloss, heute einen neuen Anlauf zu machen. Frieda ergriff die Gelegenheit beim Schopfe.

»Ich fahre mit.«

Brummer schien froh zu sein, heute keinen Außentermin zu haben und in Ruhe allein im Büro zu hocken.

Pandora-Reisen hatte ihren Geschäftssitz im Gewerbepark Koblenz Nord. Neugebauer saß am Steuer, er hatte seinen Trench auf die Rückbank geworfen, seine Schiebermütze nicht. Er kannte den Weg über die B 266 zur A 61.

»Eine gute Stunde nur«, verkündete er.

»Musik?«, fragte Frieda.

Er schüttelte den Kopf. »Nein, lass uns was erzählen.«

»War Roggenmeier immer schon so?«

Neugebauer seufzte. »Ja, aber über den würde ich am liebsten nicht sprechen.«

»Einverstanden. Wenn er bei uns reinschneit, muss ich jedes Mal an das Krokodil im Kasperle-Theater denken.«

Zum Einverständnis tippte Neugebauer an seine Mütze. »Ehe du fragst, Brummer war auch schon immer so.«

Frieda lächelte. »Sonja auch.«

»Wir waren kein schlechtes Team. Aber mit dir ist das anders. Sonja war so … so …«, er musterte Frieda und suchte nach Worten.

»Sie war eure Chefin«, erinnerte sie ihn.

»Nein, das war sie nicht, aber sie hat sich so gefühlt und so aufgeführt. Sie war gut, keine Frage, sie hatte einen guten Riecher. Das hat sie wohl immer noch. Intuition. Aber ihre, nennen wir sie, Eigenarten konnten einem echt auf die Nerven gehen.«

»Ja«, stimmte Frieda zu. »Das können sie. Sie ist stur wie ein Esel.«

Er lächelte. »Wenn du das sagst. Ihr seid Freundinnen, oder?«

»Ja, aber sie ist trotzdem stur wie ein Esel.«

In Rheinbach fuhren sie auf die A 61 und reihten sich in den üblichen Wochenendverkehr ein. Einige Lkws versuchten, die Höhen zu überwinden, um sich auf der Talfahrt gegenseitig zu überholen, einige Pkws rasten auf der linken Spur, als gäbe es kein Morgen. Andere trudelten die Mittelspur entlang. Neugebauer spielte den

Verkehrserzieher und setzte sich auf die linke Spur, wo er mit konstant 130 Stundenkilometern als Verkehrshindernis glänzte. Er behielt den Rückspiegel im Visier. Lichthupen drängelten hinter ihm, die Rechtsüberholer drohten ihm mit wütenden Blicken und ruderten genervt mit den Armen.

Frieda lächelte ihnen freundlich zu und winkte entspannt. »Wenn die wüssten, dass wir uns jederzeit ein Blaulicht aufs Dach setzen und sie an den Straßenrand winken könnten.«

Sie musterte Neugebauer. Die Schiebermütze war nicht nur ein modisches Accessoire, sie schützte ihn auch vor den Sonnenstrahlen, die ab und an Wolkenlöcher nutzten. Frieda fiel wieder ein, dass Neugebauer Wellness machte und malte, und dass sie unbedingt wissen wollte, ob dahinter eine Frau steckte.

»Hast du eine Freundin?«

»Oh!«, machte er verwundert.

»Hast du oder hast du nicht?«

»Ich glaube, ja.«

»Was soll das denn heißen?«

»Ist noch ganz frisch. Wir waren erst ein paar Mal aus.«

Das hörte sich nicht nach einem One-Night-Stand an. »Wie heißt sie?«

Er räusperte sich. »Corinna«, sagte er mit sanfter Stimme.

Frieda sagte, was man in solchen Momenten sagt: »Schöner Name.«

»Ich habe sie im Museum kennen gelernt«, erklärte er. »In Bonn in der Bundeskunsthalle. Gurlitt, die Ausstellung zum NS-Kunstraub.«

»Die habe ich verpasst«, beschwerte sich Frieda.

»Da hast du wirklich was verpasst. Da waren über zweihundert Kunstwerke zu sehen, die Hitlers Kunsthändler Gurlitt seinem Sohn vererbt hatte. 2012 wurden sie durch einen dummen Zufall entdeckt und beschlagnahmt.«

Frieda nickte. Sie konnte sich noch gut erinnern, wie der Fund durch die Presse ging. Man sprach von einer grandiosen Sammlung. Ein Jahrhundert-Ereignis. Kunstraub in der NS-Zeit.

»Corinna ist Kunsthistorikerin«, fuhr Neugebauer fort. »Sie leitete eine Führung. Ich habe ihr damals einen Haufen dummer Fragen gestellt, da hatte sie wahrscheinlich Mitleid mit mir.«

»Gute Taktik.«

Daher also seine Begeisterung für Kunst. Daher sein neues Outfit und seine gute Laune. Er schien sich in Erinnerungen zu verlieren und lächelte versonnen.

»Corinna wohnt in Bonn«, sagte er nach einer Weile.

Soweit sie wusste, wohnte er in Mechernich. »Nicht allzu weit weg von dir, zum Glück.«

»Richtig, aber ich könnte mir durchaus vorstellen, nach der Pensionierung nach Bonn zu ziehen. Bonn ist eine schöne Stadt.«

Er ging nächstes Jahr in Pension. Es hatte ihn wirklich erwischt. Nach vier Dates einen Umzug ins Auge zu fassen, das war Euphorie. Frieda war ein bisschen neidisch.

Kurz wandte er den Blick von der Fahrbahn. »Und du?«

»Ich?« Sie seufzte und blickte hinaus. Sie passierten die Ausfahrt Wehr und auf Neugebauers Seite tat sich ein Waldstück auf, in dem der Laacher See und die Benediktiner-Abtei Maria Laach lagen. »Ich sollte wohl auch mal ins Museum gehen. Einen Haufen dumme Fragen stellen, das würde mir nicht schwerfallen.«

Neugebauer war klug genug, ihr keine Ratschläge zu erteilen.

Nach Kruft, Kretz und Plaidt wechselten sie am Kreuz Koblenz auf die A 48 und konnten am Kreuz Koblenz Nord endlich die Autobahn verlassen.

Pandora Reisen GmbH & Co KG prangte auf einem schwarzen Schild neben der Eingangstür zu einem vierstöckigen, schnörkellosen Bürogebäude aus Waschbeton. Im Empfang saß der Pförtner im dunkelblauen Anzug. Er sah von seiner Bild-Zeitung auf.

»Sie schon wieder«, begrüßte er Neugebauer und betrachtete Frieda. »Aber heute haben Sie Glück. Ich melde Sie sofort an.«

Aber Neugebauer behauptete, dass sie erwartet würden. Der Pförtner schickte sie zum Aufzug. »Vierter Stock bitte, einfach den Schildern folgen.«

Aber Frieda und Neugebauer nahmen die Treppe und aus unbekanntem Grund jeweils zwei Stufen auf einmal. Es war noch keine zwölf Uhr, als Neugebauer die Türklinke zum Büro herunterdrückte. Verwundert blickten die Kommissare in ein erstaunlich kleines Zimmer mit zwei weißen Schreibtischen, die einander gegenüberstanden und von großen Bildschirmen dominiert wurden. An den Seitenwänden waren halbhohe, weiße Regale mit weißen Ordnern aufgebaut. Darüber hingen Poster von verführerischen Landschaften.

Vor der Fensterfront versperrten weiße Lamellenrollos die Aussicht. Auf der Fensterbank standen drei weiße Orchideen. Neben der Eingangstür standen zwei weiße Besucherstühle. Es gab keine Verbindungstüren, auch der Hinweis im langen Flur ließ darauf schließen, dass Pandora-Reisen sich allein mit diesem Raum begnügte. Nur einer der beiden Schreibtische war besetzt. Besucherstühle Fehlanzeige.

Die junge Frau in roter Bluse nahm das Telefon von ihrem Ohr. »Ja bitte?«

Neugebauer und Frieda zückten ihre Dienstausweise.

»Wen möchten Sie denn sprechen?«, fragte sie, als ob sich öfter Besuch in ihrem Büro verliefe.

»Sie«, sagten Frieda und Neugebauer im Chor.

Da beendete sie das Gespräch mit wenigen Worten und legte das Telefon vor sich hin.

»Sie sind Frau ...?«, fragte Frieda.

»Maria Abadelli«, antwortete sie. Sie war in den Dreißigern und hatte ein beachtliches Übergewicht. »Sie kommen sicher wegen der beiden toten Frauen.«

Frieda und Neugebauer blickten sich erstaunt an. Das hätten sie sich denken müssen, sie hatten keine Informationssperre verhängt.

»Frau Nadine Dürkheim und Frau Miriam Gramitzki.«

»Genau. Wer hat sie unterrichtet?«

»Meine Kollegin hat die Telefonate angenommen. Warten Sie.« Frau Abadelli warf einen Blick auf ihren Monitor, scrollte mit der Maus über eine Liste. Klicken. Tippen. Seufzen. Und dann: »Angerufen haben: Anna Jordi, die Kursleiterin der Malwerkstatt in Blankenheim, am 6.3., und Erich Baum vom Hotel *Baum* in Heimbach, der hat uns gestern, also am 10.4., informiert.«

»Telefonisch?«, fragte Neugebauer.

»Natürlich.«

»Ich habe gestern auch versucht, Sie telefonisch zu erreichen, aber es gab nur einen AB.«

»Das tut mir leid. Da waren wohl gerade alle Leitungen besetzt.«

Neugebauer ließ nicht locker. »Ich habe es mehrmals versucht. Ich war sogar persönlich hier. Um 13 Uhr herum. Ihr Büro war nicht besetzt. Ihr Pförtner war nicht informiert.«

»Das tut mir leid«, wiederholte Abadelli. »Mein Auto ist nicht angesprungen und ich konnte so schnell keine Vertretung finden. Im Übrigen haben wir ja sehr selten Kundenverkehr, da kann das Büro ja auch mal leer stehen.«

Die Erklärungen klangen fadenscheinig.

»Es hat also nichts mit den beiden Anrufen zu tun?«

»Aber nein!« Abadelli war entsetzt. »Wir haben uns nichts vorzuwerfen. Wie kommen Sie denn darauf? Wir bedauern diese beiden tragischen Ereignisse natürlich außerordentlich, aber ...«

Neugebauer unterbrach sie. »Wo waren Sie denn gestern zwischen sieben und neun Uhr?«

Abadelli lachte auf. »Das kann nicht Ihr Ernst sein, das ist lächerlich, welches Motiv sollte ich denn haben, aber, nun ja, vermutlich ist es Routine. Ich habe mich um diese Zeit zu Hause für die Arbeit zurechtgemacht, da wusste ich noch nicht, dass mein Auto streikt.«

»Gibt es Zeugen dafür?«

»Nein, ich lebe allein.«

Kein Wunder, dachte Frieda. »Und wie geht es Ihrem Auto heute? Da Sie hier sind, nehme ich an, es ist repariert worden.«

»Ja«, antwortete Abadelli knapp und begann, Blätter auf ihrem Schreibtisch zu sortieren.

»Dann nennen Sie uns doch bitte die Anschrift der Werkstatt.«

Sie verdrehte die Augen. »Das habe ich selbst gemacht. Zündkerzen wechseln ist ja wohl kein Problem. Auch nicht für eine Frau. Können Sie das nicht? Worauf wollen Sie eigentlich hinaus?«

»Ihr Alibi«, antwortete Frieda. »Gut. Sie haben also Zündkerzen gekauft. Dann haben Sie sicher noch die Quittung.«

»Hab ich nicht. Weil ich noch welche in der Garage hatte. Auf Vorrat.«

»Aber das war in einer Stunde erledigt, oder?« Frieda blickte fragend zu Neugebauer.

»Danach habe ich mich noch mal hingelegt. Mein Handy stand leider noch auf lautlos, ich hatte vergessen …«

»Jetzt reicht's«, unterbrach Neugebauer sie. »Wenn Sie uns keine Nachweise liefern können, bleibt Ihr Alibi unsicher. Und wir können Sie leider nicht von der Liste der Verdächtigen streichen und werden Sie nicht aus den Augen lassen. Das ist dann aber Ihr Problem.«

»Was soll das denn heißen?«, wollte Abadelli wissen.

Neugebauer lächelte mitleidig.

Betretenes Schweigen im weißen Büro für eine kurze Weile.

»Wie viele Kolleginnen haben Sie?«, fragte Frieda end-lich.

»Wir sind insgesamt acht Mitarbeiter«, antwortete Abadelli beleidigt. »Wir machen im Wechsel Home-Office und Bürodienst. Die Chefin arbeitet meistens von zu Hause aus.«

»Geben Sie uns bitte ihre Daten, auch die aller Mitarbeiter.«

»Selbstverständlich.«

Abadelli rief eine neue Seite auf ihrem Bildschirm auf und druckte sie aus.

Frieda nahm das Blatt an sich. Es handelte sich ausschließlich um Frauen, die für Pandora-Reisen arbeiteten.

Frieda umfasste das Zimmer mit einem Blick. »Das heißt, es gibt nur diesen einen Raum hier?«

Abadelli nickte. »Ja. Unser Geschäft ist online. Wir haben wie gesagt praktisch keine, sagen wir, analoge Kundschaft. Unseren Service wickeln wir komplett online ab. Seit 2009. Wir haben nur zufriedene Kunden, das können Sie auch in unseren Bewertungen lesen.«

»Das haben wir getan«, behauptete Neugebauer. »Malen und Heilfasten. Was bieten Sie denn sonst noch so an?«

»Das müssten Sie auch auf unserer Homepage gesehen haben«, sagte Abadelli schnippisch. »Unsere Kunden haben die Qual der Wahl: Kräutersuche, Mondwandern, Heilendes Singen, Freiklopfen nach EFT, NLP-Techniken. Eigentlich nichts, was es nicht gibt. Müssen wir jetzt etwa alle unsere Kunden warnen?«

»Noch nicht«, erklärte Neugebauer. Abadelli atmete auf. »Könnten Sie sich vorstellen, dass jemand Interesse daran haben könnte, Ihrem Unternehmen zu schaden? Haben Sie Feinde, geschäftliche, meine ich, Konkurrenz, verstehen Sie, oder einen Mitarbeiter, der kürzlich entlassen wurde, oder hat die Geschäftsführerin irgendwo eine Rechnung offen?«

Abadelli schüttelte den Kopf. »Nicht, dass ich wüsste.«

»Wir müssen mit ihr sprechen.«

»Das ginge höchstens telefonisch. Frau von Haugvitz befindet sich zurzeit nämlich auf Reisen.

»Ein Seminar bei Pandora?«

11. Kapitel

In Wolfgarten, vor dem Forsthaus am Ende der Stromleitung, stand nicht nur Sonja Sengers olympiablaues
e-Auto mit dem Kabel an der Ladestation, sondern auch
ein staubgrauer Kombi mit dekorativen Rostflecken an
den Kotflügeln.

Mit ihrem dunkelgrünen Golf machte Frieda Stein
den Fuhrpark komplett.

Sie hatte ihren Besuch nicht angemeldet. Es war ein
früher Freitagabend und sie konnte davon ausgehen,
dass Sonja zu Hause war, höchstens einkaufen gefahren
oder zu einem Spaziergang aufgebrochen. Der Abend
war mild, Frieda konnte zur Not draußen auf der aus-
rangierten Ofenbank warten.

Aber sie hatte natürlich auch einen Schlüssel zur verzo-
genen Haustür. Diese sagenumwobene Tür aus Holz hatte sie mehrfach repariert, einen Spion in Augenhöhe eingebaut, eine Katzentür für den alten West und von innen
einen Riegel angeschraubt, aber dreimal dagegen werfen
musste man sich immer noch, um ins Haus zu kommen.

Frieda spähte durch ein Fenster im Erdgeschoss. Sonja lehnte in ihrem Ohrensessel und las im Schein ei-

ner Stehlampe, die Füße auf den gepolsterten Hocker gelegt, um die Schultern einen Schal gebreitet. Schlief sie? West hatte sich auf dem Esstisch unter der Lampe zusammengerollt und genoss die Wärme, die von der Glühbirne ausging.

Und der Fahrer des Kombis?

Frieda hob den Ring des Türklopfers an, als sie ein Geräusch hörte und innehielt. Seit einem Sportunfall fiel ihr linkes Ohr fast komplett aus. Aber taub war sie nicht. Da war Musik. Musik, die von oben kam. Sie blickte hinauf. Das Fenster im Obergeschoss stand auf Kipp. Und das war nicht irgendeine Musik aus der Retorte. Das war ihr Cello! Jemand spielte auf ihrem Cello! Und das auch noch ziemlich gut. *Penny Lane*. Ausgerechnet *Penny Lane*, das sie mied wie der Teufel das Weihwasser, weil sie die grandiose Cello-Passage meist vermasselte. Unverschämtheit!

Frieda ließ den Messingring mit voller Wucht auf den Löwenkopf fallen und donnerte mit der anderen Faust gegen die Haustür. Kurz darauf klapperte die Katzentür und West quälte sich durch die schmale Öffnung. Einäugig und zahnlos, drückte er sich an Friedas Knöchel. Sie bückte sich, streichelte ihn und fragte ihn, wer es wage auf ihrem Cello zu spielen. Er schnurrte, machte einen Buckel, nahm plötzlich Anlauf und galoppierte davon. Er wollte nichts damit zu tun haben. Ein Musikfan war er ohnehin nicht.

Frieda erhob sich und linste durch den Spion mitten in Sonjas Auge hinein. Der Riegel wurde zurückgeschoben, die Tür öffnete sich. Die Musik wurde lauter. Sonja, die Lesebrille auf der Nasenspitze, den breiten Schal noch um die Schultern, strahlte. »Frieda! Wie schön, dass du kommst. Komm rein.«

»Wer spielt denn da oben auf meinem Cello?«

»Komm doch erst einmal rein!«

Frieda stürzte zum Fuß der Treppe und wollte sich gerade am Geländer hinaufschwingen, als Sonja sie am Arm festhielt.

»Lass ihn spielen, okay? Ich habe es ihm erlaubt.«

»Er? Wer ist er?«

»Nun ja.«

»Es ist MEIN Cello«, zischte Frieda.

»Ich weiß.« Sonja schob Frieda in die Wohnküche. »Lass es mich erklären.«

»Darauf bin ich gespannt«, rief Frieda und lief um den Esstisch herum. »Hast du etwa wieder einen Liebhaber?«

»Setz dich.«

»Hast du?«

»Setz dich.«

Endlich nahm sich Frieda einen Stuhl, warf sich darauf und trommelte mit den Fingern auf den Tisch, nicht im Takt.

»Möchtest du ein Glas Wein?«

»Nein.«

Sonja goss unbeirrt Rotwein in zwei Kelchgläser und stellte sie auf den Tisch. »Das da oben ist Alex Kaufmann.«

Frieda trommelte weiter. »Interessant.«

»Er hilft mir im Garten. Er hat einen grünen Daumen und ist sehr fleißig. Er hat meine Regentonnen miteinander verbunden und ein Bewässerungssystem erfunden und ... ach, er hat so viel geschafft. Du weißt ja, mein Rücken, ich kann es einfach nicht mehr, und du hast ja wenig Zeit in letzter Zeit, das ist kein Vorwurf, versteh mich nicht falsch, nur er …?«

Frieda unterbrach Sonja. »Wie lange geht das schon?«

Sonja überlegte kurz. »Seit vier Wochen etwa?«

»Wie viel bekommt er dafür?«

»Nicht viel.«

»Wie viel?«

»Darüber möchte ich nicht sprechen. Aber ich lasse ihn ab und zu auf deinem Cello spielen. Er macht nix kaputt daran. Er wäscht sich auch vorher die Hände. Er kennt sich aus.«

»Woher weißt du das?«

»Das hört man doch, oder?« Sonja hob einen Zeigefinger und horchte nach oben. »Das ist Penny Lane.«

»Ach, was.« In Frieda regten sich ein ganzes Bündel unlauterer Gefühle. »Wie bist du an ihn gekommen?«

»Eine Empfehlung«, sagte Sonja.

»Von wem?«

»Ist das hier ein Verhör?«

»Ja. Woher weißt du, dass er nichts Böses im Schilde führt?«

»Ach, Frieda, reg dich nicht auf, ich hab da ein Auge für.« Sonja hob ihr Glas hoch. »Zum Wohl.«

Sie beobachtete, wie Frieda sich auch einen großen Schluck genehmigte, und lächelte zufrieden. Wenn Frieda Rotwein trank, konnte sie später nicht zurück nach Euskirchen fahren, sondern musste im Forsthaus übernachten, auf der Récamiere, die unter dem Fenster stand und für Gelegenheiten wie diese angeschafft worden war. Ein barockes Möbelstück aus dunkelrotem Samt, das von einem Antiquitätenmarkt in Belgien stammte.

Die Musik im Obergeschoss verstummte. Schritte kamen die Holztreppe herunter, näherten sich der Wohnküche, und eine Stimme rief: »Schönes Instrument, wenn man es mal stimmen lassen würde, dann ...«, der junge Mann unterbrach sich, als er sah, dass Sonja Senger Besuch hatte. »Hi!«

»Hi«, sagte Frieda.

»Komm näher«, forderte Sonja ihn auf. »Darf ich vorstellen: Das ist Alex Kaufmann, und das ist Frau Stein, eine Freundin.«

Frieda warf ihr einen grimmigen Blick zu und fügte hinzu: »Mordkommission Euskirchen.«

»Oha«, machte Alex und kratzte sich an der Schläfe. »Noch eine Polizistin. Muss ich mir jetzt Sorgen machen?«

Frieda musterte ihn von Kopf bis Fuß. Auf den ersten Blick war er nicht unsympathisch, Anfang zwanzig, schätzte sie, knapp 1,90 Meter, sportlich, unkompliziert. Auffällig waren seine hellen Augen, die durchsichtig und farblos schimmerten. Warum war er hier? »Hätten Sie Grund dazu?«

Er lächelte leicht charmant, leicht verlegen, wurde sogar ein wenig rot und blickte auf seine Schuhe. »Ich habe nix gemacht. Echt nicht.«

»Das sagen sie alle«, meinte Frieda.

Er grinste erleichtert.

»Du kannst dir eine Cola nehmen«, sagte Sonja zu ihm.

Cola? Frieda traute ihren Ohren nicht. Seit wann hatte Sonja Cola im Haus?

»Nee, danke«, lehnte Alex ab.

»Woher können Sie so gut Cello spielen?«, wollte Frieda wissen.

»Ich hatte früher 'ne Weile Unterricht, und jetzt spiele ich in einer Band.«

»Sind Sie berühmt?«

Alex winkte ab. »Nein. Wir sind eher eine Garagenband, aber ab und zu haben wir einen Auftritt, als Vorgruppe oder für einen Geburtstag oder eine Party.«

Frieda beschloss, ihn nicht zu mögen. »Wie nennen Sie sich? *Fab Four?*«

Er lachte. »Fast richtig. *fab five.* Kleingeschrieben.«

»Das hört man gar nicht.«

»Ha. Ha. Guter Witz. Wir sind fünf: Saxofon, Schlagzeug, Gitarre, Keyboard und ich mit dem Cello.«

»Komische Zusammensetzung, oder?«

»Nö, wieso? Ist das Cello da oben Ihr Instrument?«
Sie nickte.

»Sie sollten es stimmen lassen. Ich kenne da jemanden, der macht es schwarz ... ach!«, er schlug sich gegen die Stirn und verzog das Gesicht, »ich Blödmann! Das hätte ich jetzt besser nicht gesagt, vergessen Sie es, er macht es umsonst ... für Freunde.«

Frieda musste lächeln, obwohl sie es nicht wollte.

»Ich fahr mal lieber, ehe ich mich hier um Kopf und Kragen rede. Ich muss morgen wieder früh raus.«

»Wo spielen Sie denn als Nächstes? Ich würde kommen.«

»Vorläufig nicht. Keine Zeit.«

»Ach, Sie haben einen Job?«

»Logo, was denken Sie denn? Arbeitsloser Musiker? Klischee, Klischee?«

Sonja warf ihm einen warnenden Blick zu.

Er hob die Hände. »Alles gut. Ich werde Zerspanungsmechaniker.«

»Er meint, er wird Dreher«, erklärte Sonja.

»Ich weiß, Zerspanungsmechaniker, Gärtner und Saiteninstrumente?«, wunderte sich Frieda und blickte auf seine Hände, die nicht nach Handwerker aussahen. »Hört sich an, wie etwas, das nicht zusammenpasst.«

Er grinste. »Sie suchen verdammt noch mal nach was?«

Frieda überging seine Frage. »Wer hat Sie Frau Senger empfohlen?«

»Mich empfohlen?«, fragte er entgeistert.

Grimmige Blicke flogen zwischen ihm und Sonja und Frieda hin und her.

»Jetzt wird's eng.« Alex zog seine Autoschlüssel aus der Jeanstasche. »Also, ich bin dann mal weg, wenn die Damen gestatten. Schönes Wochenende!«

»Danke noch mal.« Sonja begleitete ihn hinaus.

Frieda hörte die beiden tuscheln. Wahrscheinlich entschuldigte sie sich tausend Mal für ihre unmögliche Freundin, machte einen neuen Termin mit ihm und steckte ihm mehr Geld zu, als er verdient hatte.

Frieda stellte sich ans Fenster und notierte auf ihrem inneren Notizblock das Kennzeichen des staubgrauen Kombis, dessen Auspuffrohr dem Geräusch nach zu urteilen angebrochen war und jeden Moment abfallen konnte.

Sonja kam mit schnellen Schritten zurück in die Wohnküche. »Warum zum Teufel hast du ihn so ausgequetscht, der Arme, der muss ja Gott weiß was denken?«

»Das denke ich auch«, sagte Frieda.

»Ach, Frieda!« Sonja leerte ihr Rotweinglas und füllte es erneut bis zur Hälfte auf. »Hör auf zu bohren. Ich bin sehr zufrieden mit dem, was der Junge für mich tut. Also vergraule ihn mir nicht. Glaub mir, ich weiß, was ich tue.«

»Das bezweifle ich.«

»Er ist harmlos. Seine Waffe ist eine Spielzeugpistole.«

»Seine Waffe?« Frieda riss den Mund auf und ließ ihn offenstehen.

Sonja zielte mit Daumen und Zeigefinger auf sie und sagte: »Peng. Sag mir lieber, woran du arbeitest.«

Frieda seufzte auf. »Hast du keine Zeit mehr, die Zeitung zu lesen?« Neben dem grünen Kachelofen stapelten sich die Eifelausgaben des *Kölner Stadt-Anzeigers*, bereit zum Anzünden des Feuers. »Nadine Dürkheim.«

»Muss mir entgangen sein. Was ist mit ihr?«

Frieda blickte zur Zimmerdecke. »Vor fünf Wochen, am 6., ja genau, am 6. März, morgens, wurde sie in Blankenheim erschossen. Und vor zwei Tagen wurde Miriam Gramitzki umgebracht.«

»Wurde sie auch erschossen?«

»Nein, wir haben den Obduktionsbericht noch nicht. Vermutlich wurde sie durch eine Injektion getötet.«

»Haben die beiden Frauen irgendetwas gemeinsam?«

Frieda seufzte. Eigentlich hatte sie keine große Lust, Sonja von den beiden Mordfällen zu berichten. Aber mit wem sonst sollte sie darüber sprechen? Und meist kam auch etwas dabei herum. »Beide haben einen Kreativ-Urlaub bei Pandora-Reisen gebucht.«

Sonja lachte auf. »Pandora? Ha! Ist der Name Programm?«

»Das will ich nicht hoffen.« Frieda sah angestrengt auf die Tischplatte. »Pandora ist wohl *der* Anbieter von Kreativreisen in der Eifel. Wenn Frau bucht, dann da. An Pandora kommt keiner vorbei. Ich war gestern mit Neugebauer da. Ein Eine-Frau-Büro, ansonsten läuft alles online. An dem Tag, als Miriam Gramitzki ermordet wurde, war das Büro allerdings nicht besetzt und das Alibi der Sekretärin ist nicht bestätigt.«

»Ist das alles an Gemeinsamkeit?«, fragte Sonja.

»Die Frauen sind etwa gleich alt, verheiratet und Mütter von Teenagern.«

Sonja nickte. »Und die Ehemänner?«

Frieda verzog das Gesicht. »Ob die Ehen in Ordnung waren, wer weiß das schon? Die Söhne sagen nichts dazu. Der eine Ehemann ist Architekt, der andere Lehrer. Beide sind in den mittleren Jahren und voll im Beruf eingebunden. Wie das so ist. Ihre Alibis sind sicher, auch die der beiden Söhne.«

Es war, als schliche sich eine ratlose, schwermütige Stimmung ins Forsthaus, auf leisen Sohlen, so wie das Tageslicht sich davonmachte und es dunkel zu werden begann und die Möbel lange Schatten warfen.

»Ich geh nach oben ein wenig spielen«, sagte Frieda nach einer Weile und erhob sich schwerfällig.

Oben stand der Holzstuhl unter dem schrägen Dachfenster, durch das der Abendhimmel ein bläuliches Licht warf. Ein paar versprenkelte Sterne, die sich zwischen den Wolkengebilden einen Platz gesuchte hatten, von einem Mond war keine Spur. Das Cello lehnte an Sonjas Bettgestell, der Bogen lag auf dem Plumeau. Alex Kaufmann hatte es nicht für nötig befunden, beides ordnungsgemäß in seinen Hüllen zu verstauen, so als käme er jeden Moment zurück, um weiterzuspielen.

Frieda setzte sich, nahm das Cello zwischen ihre Beine und bohrte den Stachel in den Holzdielenboden. Unten hörte sie Sonja *Penny Lane* trällern, aber sie tat ihr nicht den Gefallen und stürzte sich auf die verhassten Etüden und Fingerübungen, die sie versuchte, musikalisch zu interpretieren, um Sonja im Erdgeschoss zu drangsalieren.

Sie wünschte, sie hätte mehr Zeit zu üben. Vielleicht könnte sie eines Tages auch in einer Band spielen, so wie Alex Kaufmann und … ein flüchtiger Gedanke verwandelte sich in eine handfeste Idee, ihre linke Hand fiel vom Griffbrett auf ihren Oberschenkel, der Bogen rutschte ihr aus der rechten Hand. Wieso kam sie erst jetzt drauf? Verdammt.

Es war ein Wink des Himmels, dass sie im Dachgeschoss des Forsthauses auf Anhieb ein Funknetz hatte. Sie erreichte die Dienstelle und bat um den Abgleich des Kfz-Kennzeichens von Alex' staubgrauem Kombi. Während sie auf den Rückruf wartete, googelte sie die Band *fab five*. Sie existierte tatsächlich. Ein paar unscharfe Videos von Auftritten in schummerlichtigen Hinterzimmern waren auf Youtube gelandet. Die Bandmitglieder waren mit ihren Künstlernamen aufgezählt: One, Two, Three, Four, Five. Sehr originell. Alex Kaufmann, der Cellist, war Four. Aber ein weiteres Gesicht kam ihr bekannt vor. One am Schlagzeug, das war Tim Gramitzki. Three konnte Florian Dürkheim sein, jedenfalls spielte er Saxofon. Two und Five waren unbekannt.

Dann kam die SMS aus der Dienststelle. Alex Kaufmann war nicht der Halter des Kombis. Warum wunderte sie das nicht? Frieda warf das Cello aufs Bett und flog die Stiege hinunter.

»Sonja!« Sie stürmte in die Wohnküche. »Sonja, weißt du was?!«

Sonja blickte erstaunt von ihrem Buch auf.

»Die Söhne der beiden ermordeten Frauen spielen in der gleichen Band wie dein Alex. Florian Dürkheim spielt Saxofon und Tim Gramitzki Schlagzeug.«

Sonja nickte unbeeindruckt.

»Es gibt noch einen Gitarristen und einen Keyboarder in der Band. Aber die Gesichter dieser Musiker sagen mir nichts, die habe ich noch nie gesehen. Ist das nicht der Hammer? Es gibt also tatsächlich eine Verbindung zwischen den toten Frauen und deinem Alex.«

Sonja beugte sich wieder über ihr Buch, als ob die Neuigkeit sie nicht aus den Pantoffeln hauen könnte. Sie blätterte eine Seite vor.

Da ließ Frieda eine weitere Bombe platzen. »Das Auto, mit dem dein Alex in der Gegend herumkutschiert, um an alten Frauen Samariterdienste zu verrichten, gehört ihm übrigens nicht.«

»Ich weiß«, murmelte Sonja, ohne hochzusehen, und blätterte eine Seite zurück.

Was war hier los? Anstatt Frieda auf die Sprünge zu helfen und sie auf eine Spur zu setzen, wie so oft, brachte das Brainstorming mit Sonja heute überhaupt nichts. Frieda redete trotzdem weiter. Es half ihr, ihre Gedanken zu sortieren. »Zwei Mütter der fünf Bandmitglieder wurden ermordet, es könnte sein, dass die drei anderen Mütter auch in Gefahr sind.«

Sonja blickte auf. »Alex' Mutter nicht.«

»Sicher?«

»Alex wohnt nicht mehr zu Hause.« Sonja blickte allwissend hinter ihrer Brille hervor.

»Eine gewagte Theorie. Aber nehmen wir an, du hast recht, dann sind es doch noch zwei Frauen, die möglicherweise in Gefahr sind. Alex muss mit den Klarnamen von Two und Five herausrücken. Wann kommt er wieder hierher?«

Sonja überlegte kurz. »Montag.«

Noch drei Tage. So lange konnte Frieda nicht warten. »Wo wohnt er?«

»Irgendwo in Urft.«

»Hast du seine Telefonnummer?«

»Aber so was kann man doch nicht am Telefon mit ihm klären.« Sonja seufzte, lehnte sich zurück und schloss die Augen.

»Willst du unsere Ermittlungen behindern?« Frieda blickte sich suchend um. »Wo ist dein Handy?«

Sonja schob ihre rechte Hand in die Tasche ihrer Strickjacke. Sie hatte Alex' Nummer eingespeichert und musste nur noch auf eine Taste drücken. Das Freizeichen erklang. Sie richtete sich auf und winkte Frieda hinaus. Eine deutliche Geste, aber Frieda tat, als verstünde sie sie nicht. Sie setzte sich Sonja gegenüber und ließ sie nicht aus den Augen.

»Frag ihn auch gleich, wo er am 6. März und am 10. April gewesen ist«, raunte Frieda ihr zu.

»Ja. Ja. Alex?«, rief Sonja lauter als nötig. »Frau Stein möchte die Namen der Bandmitglieder erfahren ... Ich weiß nicht, warum ... Das ist ein Problem, wieso? ... Wegen der Pseudonyme, also, ich finde, du bist mir einen Gefallen schuldig, schließlich habe ich dich ja ... Okay, ich höre ... langsam ... Tim Gramitzki ... Florian Dürkheim ... ja, hab ich verstanden und ... Ben Wenke und ... wie bitte? Aha. Andreas wie? Bein, richtig? Super, Danke, alles klar. Bist ein kluger Kopf. Bis Montag.«

»Du hast deinen Alex nicht nach seinen Alibis gefragt«, warf Frieda ihr vor.

»Ach! Hab ich vergessen«, behauptete Sonja. »Ich werde morgen seinen Bewährungshelfer fragen.«

»Nein. Das ist *mein* Job«, widersprach Frieda.« Gib mir seine Anschrift und halte dich raus.«

Widerwillig rückte Sonja mit den Daten heraus, danach ließ sie sich erschöpft gegen die Rückenlehne ihres Sessels sinken. »Darf ich jetzt weiterlesen?« Sie langte nach dem Weinglas, nahm einen Schluck und schlug ihr Buch wieder auf, scheinbar an irgendeiner Stelle.

Frieda trat neben sie. »Was liest du da?«

»*Die Giftköchin* von ...«, Sonja drehte das Buch um und buchstabierte: »... Arto Paasilinna.«

»Das kenne ich. Es ist gut. Wie weit bist du?«

Sonja schlug das Buch zu. »Ach, eigentlich lese ich gar nicht.«

Die beiden Frauen lächelten sich zu und stießen mit ihren Gläsern an.

»Bleibst du hier?«

Frieda schielte auf die Rotweinflasche. Sie war noch zur Hälfte gefüllt.

12. Kapitel

Am Wochenende war aufgrund der Ereignisse für die Mordkommission der Polizeibehörde an freie Zeit nicht zu denken.

Samstagvormittag machte sich Frieda von Wolfgarten aus nach einem Umweg über Schleiden und Urft auf den Weg ins Büro nach Euskirchen. Eine Eifelrundreise. Es hatte die Nacht über geregnet, und es kam immer noch Wasser von oben, spärlich zwar, aber die Straßen waren nass, und von den Bäumen tropfte es auf die Autoscheiben. Frieda konnte es kaum erwarten, ihren Kollegen von den Ermittlungsergebnissen zu berichten, die sich am Vorabend in Wolfgarten und heute Morgen bei den Gesprächen mit Gero Mattutat und Alex Kaufmann ergeben hatte.

Mattutat hatte ihr gut gefallen. Er hatte nicht lange um den heißen Brei geredet und Alex Kaufmanns Sündenregister aufgeblättert.

Auf diese Weise hatte Frieda erfahren, wie Alex und Sonja Senger zueinander gefunden hatten: Alex war nicht nur Mitglied der Band *fab five*, sondern gehörte auch zu einer Enkeltrickbetrügerbande, auf die Sonja sich eingelassen hatte. Das war also ihr Geheimnis: Sie wollte die Bande allein knacken. Alex war Sonja keineswegs empfohlen worden. Er stand unter den Fittichen des Bewährungshelfers Gero Mattutat, weil er dabei erwischt worden war, wie er Hehlerware verkaufte, und daraufhin von seinem Richter zu Sozialstunden verdonnert worden. Und Sonja hatte die Gelegenheit genutzt und ihm die Chance gegeben, den Anteil seiner Beute aus den Enkeltrickbetrügereien bei ihr abzuarbeiten, um ihm auf die Finger sehen zu können.

Als Nächstes hatte sie zusammen mit Mattutat in Urft, Rinner Straße, Alex Kaufmann aus dem Bett geklingelt. Der hatte für beide Tatzeitpunkte ein Alibi, das seine Vermieterin, eine reizende ältere Dame mit Rollator und weißen, lila-schimmernden Haaren bestätigen konnte: Als Nadine Dürkheim im Blankenheimer Wald erschossen wurde, hatte Alex den Rasen gemäht, und als Miriam Gramitzki umgebracht wurde, hatte er wieder den Rasen gemäht. Das machte er einmal im Monat, Rasenmähen. Die alte Dame hängte zum Beweis ihren Wandkalender ab, in den die Termine eingetragen waren.

Ein Blick auf das große Grundstück hinter dem Haus – und alles war klar: Es bestand zu 95 Prozent aus gepflegtem, kurzgeschnittenem Rasen. Noch dazu bestätigte ein direkter Nachbar auf Nachfrage, dass Alex Kaufmann zu seinem Leidwesen immer in aller Frühe den Rasen mit einem alten, stinkenden Benziner mähte, der sich anhörte, wie eine Tante Ju im Landeanflug. Auch bei Regen. Das konnte man wohl ein wasserdichtes Alibi nennen.

Als Frieda im Büro eintraf, wurden gerade die Ergebnisse der Obduktion der Kölner Rechtsmedizin diskutiert. Miriam Gramitzki war tatsächlich durch eine Überdosis Insulin getötet worden.

»Den goldenen Schuss«, resümierte Neugebauer. »Frage bei allen Tötungsdelikten: Wie kommt der Täter an die Waffe? In diesem Fall an eine Insulinspritze?«

»Arzt, Apotheker, Krankenpfleger, Altenpfleger, Diabetiker?«, schlug Frieda vor und warf sich auf ihren Drehstuhl. »Und das Ganze auch in weiblich.«

Er nickte anerkennend. »Es gibt eine gewisse Vorliebe unter Frauen für diese Methode.«

»Sie können eben kein Blut sehen«, kommentierte Brummer.

Frieda verdrehte die Augen. »Hast du schon von Pandora berichtet, Achim?«

Die Kollegen nickten.

»Die Observierung dieser schrecklichen Frau ist bereits angeordnet«, erklärte Neugebauer. »Eine dunkle Limousine steht vor ihrer Tür. Aber nun zu dir.«

Die Kollegen hörten sich Friedas Bericht über Sonja Senger, Gero Mattutat und Alex Kaufmann mit wachsendem Unwillen an. Sie reagierten wie gewöhnlich verärgert darüber, dass die pensionierte Hauptkommissarin wieder einmal ihre Finger im Spiel hatte. Wenn sie erst von den Enkeltrickbetrügern wüssten! Es war nicht gut, diese Bande zu verharmlosen, sie waren klare, eiskalte Betrüger, die sich die Emotionen einsamer, alter Frauen zunutze machten. Aber Frieda beließ es trotzdem bei der halben Wahrheit: Sonja gab einem straffälligen, jungen Mann die Gelegenheit, mit einem Mini-Job seine Schulden abzuarbeiten. Dass dieser Mann Mitglied der Band *fab five* war, war purer Zufall.

»Wie macht Sonja das nur immer wieder?«, rätselte Neugebauer.

Frieda fand sich in der Rolle der Fürsprecherin. »Ihre Empathie ...«

»Empathie!«, knurrte Brummer.

Neugebauer nickte. »Aber es kann uns doch erst mal egal sein, was Sonja treibt. Wir sollten Frieda lieber auf die Schulter klopfen und ihr zu ihren selbstständigen Ermittlungen gratulieren.« Er stand auf, kam umständlich um den Schreibtisch herum, stellte sich hinter sie und klopfte ihr auf beide Schultern.

»Au!«, machte Frieda. »Hört zu: Alex Kaufmann spielt in der gleichen Band wie Florian Dürkheim und Tim Gramitzki. Die anderen beiden Jungen heißen Ben Wenke und Andreas Bein.«

Neugebauer ließ von ihr ab. »Wow! Du bist wirklich ein Genie!«

Brummer war schon am Telefon und stellte es auf Freisprechfunktion.

Frau Maria Abadelli zierte sich, mit Auskünften herauszurücken.

»Kein Problem«, sagte Brummer. »Dann machen wir Ihren Laden dicht. Ich sag den Kollegen vor Ihrer Tür Bescheid.«

»Moment. Moment. Wie sollen die Frauen heißen?«

»Wenke, Kaufmann und Bein. Wenn sie mehrfach vorkommen, brauchen wir alle Vornamen.«

Eine Frau Wenke fand Maria Abadelli auf Anhieb. Kerstin Wenke hatte ein Seminar Survival-Training gebucht, das vom 2.6. bis 8.6. in Hillesheim stattfinden sollte.

Heute war erst der 13.4., es war also Zeit genug, mit Kerstin Wenke Kontakt aufzunehmen, die Daten abzugleichen, sie zu warnen und von dem Seminar abzuhalten, dachte Frieda erleichtert.

»Stornieren Sie diese Reise«, hörte sie Brummer sagen und blickte erstaunt auf.

»Wie bitte?«, fragte Abadelli entsetzt.

»Stornieren Sie diese Reise«, wiederholte er.

»Ich denke nicht daran«, parierte Abadelli.

»Doch. Das werden Sie. Jetzt. Sofort.«

»Und mit welcher Begründung?«

»Das ist mir völlig egal«, brummte Brummer. »Von mir aus sagen Sie Frau Wenke, dass Ihre Großtante gestorben ist.«

»Ich habe gar keine Großtante.«

»Die Kollegen sind in einer Minute bei Ihnen.«

»Wie bitte? Ich muss erst Frau von Haugvitz anrufen und fragen, was sie dazu sagt. Ich kann doch nicht einfach …«

»Wie Sie wollen.«

»Ich storniere ja schon. Moment. Moment.« Klicken. Tippen. Seufzen. »Erledigt.«

»Wo ist die Kopie für uns?«, verlangte Brummer.

»Da müssten Sie mir schon Ihre Mail-Adresse geben«, patzte Frau Abadelli zurück.

»Ich schicke sie Ihnen, damit es keine Tippfehler gibt. Und vergessen Sie nicht, die Kontaktdaten von Frau Wenke gleich mitzuschicken. Und nun zu Frau Kaufmann.«

Klicken, Tippen. Seufzen.

»Eine Frau Kaufmann kann ich leider nicht finden. Kein seltener Name, aber dennoch ...«

»Weiter.«

»Auch eine Frau Bein hat sich bei uns nicht angemeldet.«

»Und jenseits des nächsten halben Jahres?«, fragte Brummer. »Kaufmann und Bein?«

Klicken. Tippen. Seufzen.

»Nein, da muss ich Sie enttäuschen.«

Brummer beendete das Gespräch und schickte Pandora eine Mail. »Immer muss man erst drohen.«

Neugebauer nahm die Massage wieder auf und knetete Friedas Nacken.

Sie sackte in ihrem Stuhl zusammen. »Schade, nur Frau Wenke ...«

Neuerlich ein kalter Luftzug. Auftritt Roggenmeier. Sie hatten ihn nicht an einem Samstag im Büro erwartet. Hatte er schlechte Nachrichten? Missbilligende Blicke in die Runde.

»Was liegt an?«, dröhnte er.

Brummer nahm die Finger von den Tasten. »Keine Sorge, wir haben alles unter Kontrolle, Chef.«

»Geht es auch etwas genauer? Kann mich jemand gefälligst auf den Stand der Dinge bringen?«

Während Neugebauer Frieda weiter massierte – sein Griff war hart, sodass sie ab und zu aufschreien musste –, unterrichtete Brummer Roggenmeier über die Ermittlungen im Zusammenhang mit dem Tod von Miriam Gramitzki, die wie Nadine Dürkheim ihr Seminar bei Pandora-Reisen gebucht hatte, und den anschließenden

Besuch bei Ehemann und Sohn, den Auskünften in den beiden Schulen und bei Pandora.

Über Sonja Sengers Machenschaften wurde einvernehmlich Stillschweigen bewahrt.

Brummer überließ es Roggenmeier, daraus seine Schlüsse zu ziehen.

»Dann könnten die beiden toten Frauen der Anfang einer Serie sein«, mutmaßte dieser prompt. »Wir sollten uns jedenfalls darauf einstellen. Wir müssen die drei anderen Frauen unbedingt unter Polizeischutz stellen. Ich werde Verstärkung beantragen. Am besten wir gründen zuerst eine Soko.« Er fasste sich an die Stirn und gab vor, nachzudenken. »Soko ... Soko Auszeit.«

»Originell«, lobten ihn die Kollegen unisono.

Roggenmeier nickte glücklich und klatschte in die Hände. »Da wären Sie nicht drauf gekommen, nicht wahr? Soko Auszeit – das Richtige liegt manchmal so nah. Ich frage mich gerade, ob meine Zeit es mir erlaubt, die Soko Auszeit zu leiten, aber nein, wir versuchen es mal ohne Leitung, wenn Sie auf Augenhöhe arbeiten, braucht es keinen Leiter. Flache Hierarchie, das macht man heutzutage so. Aber ich werde für zusätzliche Mitarbeiter sorgen.«

Brummer fing sich als Erster wieder. War es doch im Grunde egal, wie die Soko hieß, solange sie Verstärkung bekamen und sich Roggenmeier nicht selbst zum Leiter der Soko ernannte.

»Wie gehen wir nun vor?«, wollte Roggenmeier wissen.

»Ich kümmere mich um den Personenschutz für Frau Wenke «, antwortete Neugebauer.

Roggenmeier nickte.

»Ich ermittele in der Band, um Frau Bein und Frau Kaufmann erreichen zu können«, trug Frieda bei.

Erneutes Nicken. »Und Sie?

»Ich mache das Protokoll«, antwortete Neugebauer vage.

»Gut.« Roggenmeier war zufrieden. Seine Mitarbeiter waren beschäftigt. Kontrolliert beschäftigt. Er konnte gehen.

Neugebauer schloss die Tür hinter ihm und setzte sich an seinen Schreibtisch. Was folgte, war Stille im Büro der Mordkommission.

Es war Frieda, die als Erste wieder aktiv wurde. Sie rief Gero Mattutat an.

»Habt Ihr mitgehört?«, fragte sie, als sie das Gespräch beendet hatte.

Brummer und Neugebauer schreckten auf.

»Während ihr euren Träumen nachhängt, habe ich gerade herausgefunden, wo sich der Probenraum der *fab five* befindet. Sie proben heute.« Sie blickte auf ihre Uhr. »Jetzt.«

»Das hören wir uns an«, rief Neugebauer. »Wo müssen wir hin?«

»Gemünd Ortsteil Braubach.«

Brummer winkte ab. »Fahrt schon mal vor, ich komme nach. Ich mach erst den Personenschutz für Frau Wenke klar.«

»Mattutat sagt, das Haus liegt auf einer gesperrten Straße, nur für Anlieger frei«, erklärte Frieda. »Am Ortsende musst du rechts dem Hohenfriedweg folgen, einige Meter weiter endet die Straße, rechts und links gehen nur noch Fahrspuren ab, dazwischen liegt das Haus Nr. 79.«

»Ja, ja. Wir sehen uns dort.«

Als sie Gemünd erreichten, schwärmte Neugebauer unvermittelt vom Wanderglück im Braubachtal, das er auf einem Rundwanderweg über Herhahn und Morsbach auf zwölf Kilometern erlebt habe. Der Braubach sei ein mäanderndes Rinnsal, das dazugehörige Tal wildromantisch, leider ein wenig matschig an jenem Tag, weil es geregnet habe und Rodungsarbeiten im Gange gewesen seien.

»Warst du mit Corinna da?«, fragte Frieda.

Er schüttelte den Kopf. »Damals gab es sie noch nicht in meinem Leben. Oben in Herhahn gibt es eine dieser neuen Mitfahrbänke.«

»Da kann man lange sitzen«, kommentierte Frieda.

»Ja, da sitzt es sich gut.«

13. Kapitel

Hi!«, rief Andri, als die schwere Feuerschutztür hinter ihm ins Schloss fiel. Er tauchte als Letzter im Keller seines abgebrannten Elternhauses auf, in dem die Band *fab five* regelmäßig probte. Zwei kleine, vergitterte Fenster ließen einen staubigen, dämmernden Schimmer herein, eine breite, weiße Neonröhre tauchte den Raum in grelles Licht. Die Luft war stickig und feucht. Sie vergaßen jedes Mal zu lüften. Früher hatten seine Eltern ihn daran erinnert. Sie hatten auch die Putzfrau hinunter in den Probenraum geschickt, die die Abfalleimer leerte und das Altglas wegräumte.

Aber seit dem Brand kümmerte sich hier niemand mehr um Sauberkeit. Es wurde Zeit, dass sich jemand fand, der Frau Polanski ersetzte, wie Andri die Putzfrau polnischer Herkunft nannte, die nicht durch die gespenstischen Überreste der Brandruine klettern wollte, um sich von Andri herumkommandieren zu lassen. Er hasste es, sich damit beschäftigen zu müssen, und schob es hinaus, hoffte, dass sich eines der Bandmitglieder erbarmte. Er forderte sie ständig dazu auf, aber sie stellten sich stur. Er selbst stellte den Raum für Proben zur Verfügung, das war sein Part, da konnten die anderen auch ihren Beitrag leisten.

»Hi!«, rief er erneut.

Keines der Bandmitglieder reagierte. Alex klemmte gerade ein Micro an sein Cello, Ben stimmte seine Gitarre, Florian wienerte am Mundstück seines Saxofones herum und Tim drehte an den Stimmschrauben seiner Snare Drum. Im Hintergrund hämmerte ein Beat vom Band. Er war nur eine halbe Stunde zu spät. Sie sollten sich mal nicht anstellen. Er war der Boss. Ohne ihn lief nichts.

Andererseits war die Stimmung vielleicht mies, weil Tim um seine Mutter trauerte. Dies war heute die erste Probe seit ihrem Tod. Und Florian trauerte immer noch, obwohl seine Mutter schon über fünf Wochen tot war. Die beiden hatten sich vermutlich gegenseitig in ihrer Trauer hochgeschaukelt. Und Florian fing mit seiner Jammerei wieder von vorne an.

»Hi!«, rief Andri ein drittes Mal, lauter.

Endlich hoben sie die Hand, die frei war, blickten auf, nacheinander: Alex, Florian, Tim, Ben.

»Wurde aber auch Zeit«, beschwerte sich Andri und schaltete sein Keyboard ein.

»Wartet mal«, rief Alex. »Jetzt sind wir endlich komplett. Hört mal alle zu!« Die Instrumente schwiegen. »Wir bekommen gleich Besuch, sagt Gero.«

Jeder in der Band wusste, wer Gero war. Alex machte keinen Hehl daraus, dass er einen Bewährungshelfer hatte, der ihm auf die Finger sah. Im Gegenteil, ein bisschen stolz war er sogar darauf. Eine Frage der Ehre, mal Mist gebaut zu haben.

»Die Bullen«, rief Alex in den schallgedämmten Raum. Es gab kein Echo. Der Schaumstoff an den Wänden schluckte die beiden Worte.

»Was? Die Bullen? Wieso das denn?« Jeder war auf seine Weise entsetzt.

»Danke, Alex! Super!«, rief Andri. »Das haben wir wohl dir zu verdanken, du alter Mini-Gangster. Hab mir gleich gedacht, dass du nicht zu uns passt. Aber ...«, er rollte mit Augen, »wir brauchten einen Cellisten, da nimmt man, was man kriegen kann. Aber ihr wisst genau, dass wir hier nicht proben dürfen. Sie werden uns hier rausschmeißen. Prima! Und dann?«

»Reg dich ab!«, rief Alex. »Dein Keller interessiert die einen Dreck. Das ist die Kripo. Die kommen wegen der beiden Morde.«

Florian und Tim zuckten zusammen.

»Und? Was haben wir damit zu tun?« Andri kickte einen der Papierbälle beiseite, zerknüllte Notenblätter, die wie Planeten über dem schmierigen Boden verstreut lagen. Erfolglose Suche nach einer Jahrhundertmelodie.

»Viel!« Alex zeigte auf Florian und Tim. »Die Bullen werden uns schon sagen, was sie von uns wollen. Lasst sie doch kommen, wir haben nix zu verbergen, oder hast du etwa?«

Andri verzog wütend das Gesicht und schnaubte: »Ich will hier unten einfach keine Bullen haben.« Mit der flachen Hand schlug er gegen eine der Schaumstoffmatten, die die Kellerwand dämmten.

»Wer will die schon im Haus haben«, versuchte Alex, ihn zu beruhigen. »Aber die gehen auch wieder, wenn wir nix falsch machen.«

Tim ließ den Besen auf seiner Snare Drum kreisen: ein Regenschauer, der zum Landregen aufstieg. »Ich find's okay, wenn sie alles versuchen, um den Mörder meiner Mutter zu kriegen.«

»Genau«, stimmte Florian zu und spielte mit den Klappen des Saxofons. »Ich will auch wissen, wer es war und vor allem warum. Sie hat keiner Menschenseele was getan. Sie war ...« Er brach ab, weil ihm die Tränen in die Augen stiegen.

»Und was ist mit meiner Mutter?«, erinnerte Ben ihn und seine Zahnspange funkelte und glitzerte.

Ben Wenke hatte seine Mutter ausgefragt und herausbekommen, dass sie Anfang Juni eine Auszeit in einem Survival Camp bei Hillesheim plante, um ihre persönlichen Grenzen kennen zu lernen. Sie hatte auch bei Pandora-Reisen gebucht. Auf seine Bitten, die Reise wegen der beiden toten Frauen, deren Schicksal das Thema in den Medien war, abzusagen, hatte sie ihn nur ausgelacht. Jetzt erst recht nicht, das wäre genau der Punkt. Ben konnte nicht mehr ruhig schlafen. Vergeblich hatte er versucht, seinen Vater zu überzeugen, ihn zu unterstützen. Aber der hatte nur abgewunken und ihn aufgefordert, sich um seinen eigenen Kram zu kümmern, seine Mutter wisse schon, was sie tue.

»Boah, ihr seid echt Weicheier!«, stieß Andri hervor. »Erst jammert ihr herum, weil sie euch auf den Wecker gehen, dann seid ihr froh, wenn sie mal eine Woche abtauchen und dann wird geflennt, weil sie nicht wiederkommen.«

Florian und Tim starrten ihn entsetzt an, Ben fiel die Kinnlade herunter, Alex schlug sich gegen die Stirn.

Andri war jetzt in Fahrt. »Ist doch so! Habt ihr vergessen, wie ihr mich beneidet habt, nach dem Brand, dass ich jetzt endlich tun und lassen kann, was ich will, seitdem ich ganz allein für mich zuständig bin? He? Und keiner mir mehr etwas zu sagen hat? He? Fandet ihr doch geil!?«

»Aber das ist doch was anderes«, begann Florian. »Das war ein schreckliches Unglück. Jeder findet seine Eltern doch mal nervig und ätzend, aber das heißt doch nicht, dass man ihnen was Böses wünscht und schon gar nicht den Tod.«

»Guckt euch Alex an«, rief Andri. »Wie gut es ihm geht, seitdem er zu Hause ausgezogen ist und nicht mehr unter der Fuchtel seiner Mutter steht.«

»Das siehst du verkehrt. Ich habe mich nie besser mit meiner Mutter verstanden«, erklärte Alex, »als jetzt.«

»Seit meine Mutter nicht mehr da ist«, stieß Tim mühsam hervor, »da kommt es mir manchmal vor, als ob die Zeit stehen geblieben ist und ich ganz allein auf der Welt bin. Ich hab zu nix mehr Lust. Es ist alles so ... so egal, ich weiß nicht.«

»O Mann«, grunzte Andri. »Ihr seid echt Weicheier. Ihr könnt mich mal.« Er schaltete sein Keyboard aus und war mit zwei Schritten an der Tür. »Der Letzte macht das Licht aus.«

Tim, Florian, Ben und Alex sahen die Feuerschutztür hinter ihm zufallen. Ihr Blicke ruhten einen Moment auf dem Poster, das auf den Schaumstoff gepinnt war, als hätten sie es nie zuvor gesehen. Ein vergilbtes Kinoplakat: *Pulp Fiction*. Betretene Stille blieb zurück.

»Wir müssen versuchen ihn zu verstehen«, sagte Alex nach einer Weile. »Er hat es echt nicht leicht in letzter

Zeit. Erst erfährt er durch Zufall, dass er adoptiert wurde, wisst ihr noch, wie er da ausgerastet ist? Das war vor drei Jahren oder so. Dann brennt zwei Jahre später sein Elternhaus ab und seine Eltern kommen dabei ums Leben, er verliert alles, was er hat. Es muss furchtbar für ihn gewesen sein. Da hat er bestimmt einen Knacks wegbekommen. Er hat überhaupt kein Zuhause mehr, er wohnt oben in seiner Garage, schläft in seinem Auto oder im Wald oder Gott weiß, wo. Ich nehme an, er will euch nur trösten und Mut machen. Das ist halt seine Art, Gefühle zu zeigen …«

Er hielt inne, als ob ihm etwas eingefallen wäre. »Kommt, lasst uns damit aufhören und endlich Musik machen, dazu sind wir hier. Wir jammen ein wenig herum. Los, Leute, gebt alles! Wir zeigen es der Kripo.«

»Nee, lass mal«, sagte Tim. »Mir ist sowieso nicht danach.«

»Mir auch nicht«, fügte Florian hinzu.

»Verstehe«, meinte Alex. »Der Spaß hat irgendwie aufgehört.«

Aber dann setzten sich ihre Finger doch in Bewegung.

14. Kapitel

Am Ortsende von Gemünd bog Neugebauer von der Aachener Straße links ab und fuhr am Waldrand entlang. Er schaltete in den zweiten Gang runter und ließ die Autoscheiben zu beiden Seiten nach unten gleiten. Frieda lehnte den Kopf hinaus. Außer dem sanften Motorbrummen vernahm sie nichts. Aber ein lauer Wind wehte ihr um die Nase. Der Regen hatte endlich aufgehört, es roch feucht und frisch nach Natur. Eine Duftkombination, die es nur in der Eifel gibt. Es war warm für einen Apriltag. Es fühlte sich an wie Sommer. Der Klimawandel, dachte sie.

Links ab ging es über die Braubach-Straße auf den Höhenfriedweg, an dessen Ende zwischen zwei Fahrspuren ein Haus stand. Neugebauer schaltete den Motor aus. Vor ihnen parkte ein Auto am Straßenrand, es war der staubgraue Kombi von Alex Kaufmann.

Das Haus, aus dem keine Musik drang, war nur noch eine Ruine. Eine Brandruine. Nicht viel hatte die Flammen überstanden. Der Dachstuhl ragte wie das Gerippe eines Wals in die Luft. Es musste einmal ein prächtiges Haus gewesen sein, von dem nicht mehr viel übriggeblieben war als das Fundament und vom Erdgeschoss

Fragmente der verrußten Außen- und Innenwände. Das Obergeschoss, das vermutlich Fachwerk gewesen war, war komplett ausgebrannt. Schwarz verkohlte Reste von Balken und Fensterrahmen ragten empor. Innentüren und Zargen, Fensterrahmen und Simse lagen verstreut auf dem Beton. Der Brand schien schon eine Weile zurückzuliegen, Unrat, Glassplitter, Plastiktüten, Getränkedosen lagen herum. Ein Vogelpärchen flatterte aufgeregt durch das schwarze Gebälk. Das Haus war mit einem mannshohen Bauzaun umgeben, an dem ein handgemaltes Schild hing: *Betreten verboten.*

Neugebauer stieg aus und streifte seinen Trench über. Er schlug den Mantelkragen hoch, hob den Zeigefinger und horchte. »Hörst du es auch?

»Ich höre nichts«, sagte Frieda, als sie neben ihm stand.

»Musik liegt in der Luft. Komm.«

»Sollten wir nicht auf Brummer warten?«

»Ach was.«

Im Metallzaun war ein Türausschnitt vorgesehen, ein vergitterter Rahmen, der mit einem Riegel verschlossen war, den er aufschieben konnte und für Frieda aufhielt. Sie stiegen über Steine und Balken und Glassplitter. Und dann hörte Frieda es auch. Einen dumpf hämmernden Rhythmus.

Durch das ehemalige Wohnzimmer, ein Raum, der das halbe Erdgeschoss eingenommen und eine breite, bodentiefe Fensterfront zum ehemaligen Garten gehabt hatte, pfiff der Wind. An der linken Seitenwand ging eine Treppe in den Keller hinab. Ohne sich nach Frieda umzusehen, ging Neugebauer der lauter werdenden Musik entgegen. Die Treppe machte eine Linkskurve, und er schaltete seine Taschenlampe ein. Die letzte Stufe endete in einem kurzen, quadratischen Gang, von dem aus zwei Metalltüren, Feuerschutztüren, abgingen. Er legte den Finger auf die Lippen. Pst. Unter der rechten Tür blitzte Licht auf und fiel ihnen vor die Füße. Neugebauer drückte die Klinke herunter.

Sie wurden nicht sofort bemerkt, die Band gab sich ganz und gar ihrem Spiel hin und wurde von zwei Spots angestrahlt. Die *fab five* waren zu viert. Am Saxofon stand Florian Dürkheim, sein rot-blondes Haar hing in Wellen auf seine Schultern und schwang bei jeder rhythmischen Bewegung mit. Er hatte die Augen halb geschlossen und reckte sein Instrument in die Höhe. Er hatte die Melodie des Stückes übernommen. Frieda kannte ihn von einem Video auf Youtube, Neugebauer hatte ihn bei seinem Besuch in Weilerswist persönlich angetroffen, als er vom Tode seiner Mutter erfuhr und wie von einem Stein getroffen in sich zusammensackte.

Die elektrische Gitarre wurde von Ben Wenke gespielt, auch ihn hatte Frieda in dem Video auf Youtube gesehen. Er spielte, ohne auf die Saiten zu sehen. Seine Zahnspange glitzerte wie ein Diadem. Seine kurzen Stoppelhaare waren weiß gefärbt und gewachst und erinnerten an einen Käseigel.

Im Hintergrund malträtierte Tim Gramitzki sein Schlagzeug, ein Schweißband um die Stirn, die Brille beschlagen, die Pickel im Gesicht hochrot, die Haare klebten am Kopf. Beide Kommissare hatten ihn erlebt, wie er mit einem wilden Schlagzeug-Solo seiner Verzweiflung über die Todesnachricht Herr zu werden versucht hatte.

Das Keyboard war verwaist.

Der Vierte im Bunde bemerkte die Kommissare zuerst. Er ließ von seinem Cello ab, reckte den Arm mit dem Bogen in die Höhe und strich mit ihm durch die Luft wie ein Dirigent. Im gleichen Moment war das Konzert beendet. Die Jungen tauchten aus ihrer Klangwelt auf, einer nach dem anderen, mit unwilligen Gesichtern, genervt von der Unterbrechung. Gramitzki spielte mit den Sticks zwischen seinen Fingern.

Neugebauer klatschte. Frieda nicht, sie stellte ihren Kollegen vor.

»Wir haben Besuch, Leute«, rief Alex Kaufmann, ohne sich zu erheben. »Die Polizei beehrt uns höchstpersönlich. Schön, Sie wiederzusehen, Frau Oberkommissarin Frieda Stein! «

Überrascht schien keiner der Musiker zu sein. Bewährungshelfer Gero Mattutat musste seinen Schützling Alex informiert haben, dass die Polizei heute während der Proben auftauchen würde, sagte sich Frieda.

Die vier Jungen trugen schwarze Jeans und schwarze T-Shirts, auf denen *fab five* in flammend roten Buchstaben wie mit der Hand geschrieben war, und schwarze Nikes mit weißem Swoosh. Abwartend blieben sie hinter ihren Instrumenten stehen. Frieda flüsterte Neugebauer die Namen der Musiker zu.

»Gute Musik«, sagte Neugebauer anerkennend. »Gefällt mir. Selbst geschrieben?«

Alex lächelte mitleidig.

»Das waren die Beatles«, zischte Frieda in Neugebauers Ohr. »Imagine.«

»Weiß ich doch.« Neugebauer rieb sich die Hände. »Aber die Beatles in eurem Alter, das finde ich, sagen wir … retro.«

»Die Leute, für die wir spielen, stehen drauf«, erklärte Alex. »Oder waren Sie früher Stones-Fan?«

»Ihr dürftet hier nicht sein«, antwortete Neugebauer.

»Echt jetzt?«, grinste Ben Wenke und fuhr sich durch seine weißen Stoppelhaare, die sich aufstellten wie die Stachel eines Igels.

»Das wisst ihr so gut wie ich. Es ist verboten und es ist gefährlich.«

»Echt jetzt?«

»Was ist mit diesem Haus passiert?«, fragte Frieda.

»Abgebrannt«, lachte Alex, und Florian stimmte einen Tusch an. Tataaa.

»Blitzschlag, Gas, Unfall, Brandstiftung?«

»Das müssen Sie Andri fragen«, antwortete Alex und nickte Richtung Keyboard. »Er hat hier früher ge-wohnt.«

Frieda holte tief Luft. »Hat dieser Andri einen Famili-ennamen?«

»Bein«, sagten Ben, Tim und Alex unisono und Flori-an ergänzte die Auskunft mit einem Tusch. Tataaa.

»Hat uns heute sitzen lassen, der Arsch«, fuhr Alex fort und wies auf das Keyboard.

»Warum? Weil er erfahren hat, dass wir kommen?«

»Quatsch«, wiegelte Alex ab. »Der hatte zu tun.«

»Seid ihr nicht sauer auf ihn, wenn ihr ohne ihn pro-ben müsst?«

»Doch. Klar. Logisch. Aber ohne ihn hätten wir die-sen Raum hier nicht. Also, was soll's?«

»Wo finden wir ihn?«, mischte sich Neugebauer ein. »Wo wohnt er jetzt?«

Wieder ratlose Gesichter.

»Überall und nirgends«, antwortete Alex schließlich. »Wir haben nur eine Handy-Nummer von ihm.«

»Ich höre«, Neugebauer schlug sein Notizbuch auf. Alex leierte eine lange Mobilfunknummer herunter und verbesserte sich einmal. Neugebauer wiederholte die Zahlenreihe zur Sicherheit.

»Und seine Eltern?«, fragte Frieda.

Betretenes Schweigen. Dann begann Alex mit langsamen Worten. »Sie sind ... soweit ich weiß ... beide bei dem Brand hier im Haus ums Leben gekommen.«

Frau Bein braucht keinen Personenschutz mehr, dachte Frieda. »Habt ihr Andris Eltern gekannt?«

»Kaum«, meinte Ben. »Die waren nie da. Nur als es brannte.«

»Karl-Heinz und Rosemarie Bein«, erklärte Alex gerade, da hämmerte eine Faust gegen die Feuerschutztür.

Brummer steckte seinen Kopf herein. »Ach, hier seid ihr.« Er inspizierte kurz die Szenerie und fuhr die jungen Männer an. »Wieso spielt ihr nicht drüben in der Garage?«

Neugebauer und Frieda blickten sich erstaunt an. Ihnen war keine Garage aufgefallen.

»Da ist kein Platz«, antwortete Alex. »Da steht Andris Fuhrpark drin.«

»Andri?«, fragte Brummer seine Kollegen.

Alex breitete die Arme aus. »Andreas Bein. Dem gehört hier alles. Er ist Alleinerbe. In der Garage steht jetzt nur noch der Mercedes, den Jaguar hat er verkauft, der war ihm zu auffällig, und mit seiner Honda macht er die Gegend unsicher. Seine Eltern waren echt reiche Knacker.«

»Und wo steckt er jetzt?«

»Überall und nirgends«, antwortete Alex, »das habe ich schon Ihren Kollegen erklärt.«

»Und ihr? Ihr habt alle einen festen Wohnsitz, oder was?«, fragte Brummer und blickte in vier gelangweilte Gesichter.

Nicken.

»Gut. Wer von euch ist wer?«

Die vier Jungen stellten sich vor und Brummer prägte sich die Gesichter zu den Namen ein.

»Sagt euch der Name Pandora was?«, übernahm Frieda die Befragung. Die Jungen hoben ratlos die Schultern. »Das ist ein Reiseunternehmen. Um genau zu sein, ist es das Reiseunternehmen, bei dem die Mütter von Florian, Tim und Ben eine Reise gebucht haben. Eine Kreativreise. Wie ihr wisst, sind ...«

»Ich weiß. Aber meine Mutter will die Reise nicht absagen!«, unterbrach Ben sie und seine Wangen glühten plötzlich. »Ich hab alles versucht, aber sie ...«

»Keine Sorge, Ben«, beruhigte Frieda ihn. »Ihre Reise haben wir storniert.«

Er atmete aus, als hätte er einen Sprint hinter sich. Er brachte sogar ein kleines Lächeln zustande. Es war nicht der Moment, ihm zu sagen, dass sich seine Mutter trotzdem in Gefahr befand und deswegen schon Personenschutz hatte.

»Deine Mutter hat nicht bei Pandora gebucht«, sagte sie zu Alex.

»Ich weiß«, sagte er. »Ich habe sie schon gefragt. Das ist nichts für sie.«

Beruhigend, fand Frieda. Aber Personenschutz bekam sie trotzdem, dafür hatte Brummer sicher schon gesorgt.

Brummer klatschte in die Hände. »Und jetzt raus hier, alle Mann.«

»Und wo sollen wir proben?«, fragte Tim beleidigt und strich mit dem Besen über eines der Becken, ein leise scharrendes Geräusch erklang.

»In der Garage?«, schlug Neugebauer vor.

»Die ist voll, wie gesagt. Außerdem haben wir keinen Schlüssel.«

»Euer Problem. Ruft euren Andri an, heult euch bei ihm aus. Also, raus hier, wir warten.«

»Scheiße«, zischte Alex, und seine Husky-Augen blitzten auf. »Ihr Scheißbullen!«

»Vorsicht, Knäbchen!«, mahnte Brummer. »Ganz schön vorsichtig!« Er trat ganz nahe an den Jungen heran. »Kaum zu glauben, dass ihr jetzt nichts anderes als eure Proben im Kopf habt …«

»Ach ja?« Florian wurde plötzlich laut, sein Tonfall ätzend. »Was wissen Sie denn schon? Null Ahnung haben Sie! Null! Was sollen wir denn tun? Was denn? Wenn wir Musik machen, ist das alles wenigstens mal ein, zwei Stunden weg. Einfach weg!«

»Meine Mutter ist tot«, murmelte Tim. »Und die von Florian auch. Scheiße, das ist so krank.«

»Unheimlich«, sagte Alex. »Voll unheimlich.«

»Wenn wir Musik machen, denken wir mal nicht dran.« Tim ließ die Metallfäden des Schlagzeug-Besens über seine linke Hand streichen. »Alex hat recht. Es ist unheimlich.«

Brummer schien das Einfühlungsvermögen abhandengekommen zu sein. »Trotzdem müsst ihr hier raus.«

»Fuck!« Tim schlug mit der flachen Hand auf das Becken, dass es blechern dröhnte, und zum Klang des nur

sehr langsam verebbenden Sounds packten sie ihre Sachen und trotteten in Richtung Feuerschutztür.

»Also los!« Die Kommissare trieben die fluchenden
Musiker vor sich her, die Treppe hoch, aus dem Haus,
vom Grundstück, und warteten, bis sie in den staubgrauen Kombi geklettert waren und davonfuhren. Sie
fragten sich, wann der Auspuff herunterfallen würde.
Es konnte sich nur noch um wenige Kilometer handeln.

Brummer winkte den Kollegen, ihm zu folgen.
»Kommt! Ich zeige euch die Garage. Sie war eigentlich
nicht zu übersehen.«

War sie doch, dachte Frieda. Sie lag am Ende des
Grundstücks verborgen hinter einer halbhohen Hecke.
Eine Doppel-Fertiggarage mit blau lackiertem Schwing-
tor und flachem, mit Unkraut begrüntem Dach. »An der
Rückwand gibt es ein Fenster und eine Metalltür«, erklärte Brummer. »Die Türe ist verschlossen. Das Fenster
ist mit einer Folie verklebt.«

»Und den Schlüssel hat Andreas Bein«, ergänzte Frieda.

»Nicht nur er.« Neugebauer zog ein Schlüsselbund
aus dem Trench, an dem auch ein kleiner Satz Sperrha-
ken befestigt war. Er versuchte sein Glück am rostigen
Schlüsselloch.

Brummers Handy gab einen quakenden Ton von sich.
Er presste es an sein Ohr. »Chef?«

Neugebauer hielt inne.

Was war Roggenmeier wieder eingefallen?

Brummer nickte. »Alles klar. Und die KTU auch? Gut.
Wir sind sofort da.« Er ließ sein Handy wieder in die Tasche gleiten. »Steck deinen Dietrich ein. Es gibt Wichti-
geres zu tun. Wir haben wieder eine tote Frau.«

15. Kapitel

Die B 265 führte von Köln quer durch die Eifel bis an die belgische Grenze und trug auf dieser hundertzwanzig Kilometer langen Strecke viele Namen. Auf dem Dürener Berg, einer kurvenreichen Straßenführung hinab in den Schleidener Stadtteil Gemünd, wurde sie ab dem Pflegeheim EVA Dürener Straße genannt. Dieser Abschnitt wurde von 2016 bis 2018 durch umfangreiche Baumaßnahmen saniert und ein pikfeiner, breiter Rad- und Fußweg eingerichtet, der wie ein Balkon über dem Hang lag und einen prächtigen Ausblick ins Tal bot.

Kaum hatten die Kommissare der Soko Auszeit – aus Richtung Gemünd-Braubach kommend – die erste Kurve der Dürener Straße hinter sich gelassen, sahen sie am linken Straßenrand ein Motorrad auf der nassen Fahrbahn liegen, die an dieser Stelle notdürftig mit Flatterband abgesperrt war. Das Fahrgestell glitzerte wie blankes Gold.

»O mein Gott! Eine Gold Wing«, rief Neugebauer ergriffen. Als machte es einen Unterschied, welches Fabrikat verunglückt war.

Dort, wo ein zusätzlicher Raum für einen Nothalt angelegt war, standen Streifenwagen, Krankenwagen und

der Notarzt. Die Kollegen der Streife hatten die Unfallstelle so abgesperrt, dass auf der anderen Fahrspur ein
Stau entstanden war. Der Verkehr wurde von den Beamten mit Handzeichen geregelt. Sie hatten genug zu
tun, die Passanten vom Gaffen und Fotografieren abzuhalten. Um die Tote war ein abschirmendes Tuch gespannt. Die Kommissare der Soko Auszeit setzten das
Blaulicht auf die Dächer ihrer Autos, fuhren vor, wen-
deten umständlich und kamen hinter dem Notarzt-Wa-
gen zum Stehen.

Dass sie ihre Hände immer noch zu Fäusten geballt
hatte, merkte Frieda erst, als sie dem Notarzt, der auf sie
zueilte, die Hand geben wollte. Sie schüttelte die Rechte
aus und beließ es bei einem reservierten »Hallo.« Es war
wieder Dr. Ben Toruk, den sie zuletzt in Heimbach im
Hotel *Baum* gesehen hatte, als er den Tod von Miriam
Gramitzki festgestellt hatte. Und irgendwann vorher,
wie er behauptete. Er schien im Dauereinsatz zu sein.

»Frau Oberkommissarin«, sagte er. »Schade, dass wir
uns nur sehen, wenn es Tote gibt.«

»Einer von uns sollte den Beruf wechseln.«

»Ich nicht«, konterte er, schüttelte seine Pudelfrisur
und begrüßte Brummer und Neugebauer.

»Wie heißt die Tote?«, fragte Frieda ungeduldig.

»Kommen Sie.« Toruk führte die Kommissare zur Toten, die mit einer goldenen Rettungsfolie bedeckt war.
»Soweit wir das bis jetzt beurteilen können, kam der
Motorradfahrer von der nassen Straße ab, schoss den
Bürgersteig hinauf, wo die Frau entlangging, er hat
sie praktisch an der Mauer zerquetscht. Vor der Stra-
ßensanierung wäre sie im hohen Bogen den Abhang

hinuntergeflogen. Danach hat der Motorradfahrer den Halt verloren, ist – wie man von den Reifenspuren ablesen kann – herumgeschlingert und hat die Maschine da drüben auf die linke Seite gelegt.« Er wies auf die Blutflecken an der Mauer, die Bremsspuren der Reifen auf dem Bürgersteig und das Motorrad. »Die Straße ist nass, wie Sie sehen, aber nicht nass genug für einen Unfall wie diesen, ich meine, die Nässe war nicht der Grund.«

Neugebauer inspizierte bereits das Motorrad. Eine Honda mit Schleidener Nummer. Eine Gold Wing 1500 mit Rückwärtsgang. Ein Geschoss, das wie ein großer, goldener Nugget auf der Nase lag und von Menschenhand nicht mehr bewegt werden konnte, dazu musste ein Abschleppwagen kommen. Neugebauer telefonierte und gab das Kennzeichen durch. Er klemmte das Telefon zwischen Ohr und Schulter und schrieb mit.

»Die Frau ist ein schrecklicher Anblick«, warnte Dr. Toruk. »Man kann von ihrem Gesicht nicht mehr viel erkennen.« Er bückte sich und hob die Folie an.

Frieda wendete sich schnell ab und ließ ihre Blicke lieber über die verwinkelten, verkeilten Dächer von Gemünd wandern. Gedankenverloren streifte sie dabei ihre Einmalhandschuhe über. Unter jedem Dach ein Ach, hatte ihre Großmutter immer gesagt.

Nach einer Zeit des stummen Entsetzens seufzte Brummer: »Das reicht. Wo bleibt die KTU? Ist der Leichenwagen bestellt?«

»Ja«, antwortete Toruk. »Die müssten jeden Moment kommen.«

»Gibt es Zeugen?«

Toruk schüttelte den Kopf. »Samstagabend. Nix los. Eifel eben.«

»Wer hat Sie denn gerufen?«

Er hob die Schultern. »Es war ein anonymer Anruf. Eine Männerstimme.«

»Aber die Telefonnummer wurde doch in der Leitstelle notiert?«, fragte Brummer.

»Gehe ich von aus.«

»Wann ging der Notruf ein?«, fragte Brummer.

»Ich wurde um 18:15 Uhr angepiepst. 18:30 Uhr war ich hier.«

Brummer nickte und dachte nach.

»Vielleicht war es der Motorradfahrer selbst, der angerufen hat«, spekulierte Toruk. »Und hat sich danach aus dem Staub gemacht. Zu Fuß querfeldein geschleppt, nehme ich an. Sein Motorrad war für die Weiterfahrt auch nicht mehr geeignet. Er muss sich verletzt haben. Seine linke Seite wird mehr als nur ein paar Schürfwunden haben. Wir haben Blutspuren gefunden. Wenn er keine Motorradkleidung getragen hat, wird er einen Arzt brauchen.«

»Was hat die Frau bloß hier auf der Dürener Straße zu Fuß um diese Zeit verloren?«, fragte sich Brummer laut.

»Weiter oben ist ein Altenheim.« Dr. Toruk streckte seinen Arm aus und wies hinter sich. »Vielleicht hat sie jemanden besucht.«

»Hm, okay, fassen wir zusammen«, Brummer zählte mit den Fingern. »Wir haben das Kennzeichen, Fingerspuren, die DNS von den Blutspuren, für den Fall, dass der Halter des Motorrads nicht der Fahrer war, die Telefonnummer desjenigen, der den Notruf abgesetzt hat, und wir können die Arztpraxen in der Nähe abtelefonieren, falls der Fahrer Hilfe braucht. Das ist doch schon mal was.«

»Und wir haben die Handtasche der Toten«, ergänzte Toruk.

Blitzschnell fuhr Frieda herum und riss sie ihm aus den Händen. Sie stieß auf die üblichen Utensilien, Schlüssel, Handy und Portemonnaie. In den Kartenfächern steckten unter anderem Personalausweis, die Krankenversicherungskarte mit Foto und Geburtsdatum, EC-Karte und VISA-Karte, Blutspendeausweis, zwei Kundenkarten, kein Führerschein.

»Die Tote war nicht Kerstin Wenke«, sagte sie.

Was folgte, war Stille.

Leichenstille.

»Sie heißt Silke Floskow«, sagte Frieda nach einer Weile mit belegter Stimme.

Schwang da Enttäuschung mit? Die Tote war vermutlich das Opfer eines tragischen Verkehrsunfalls mit Fahrerflucht geworden. Die weit geschwungenen Kurven der Dürener Straße wurden von Motorradfahrern gern als Rennstrecke benutzt.

»Trägt sie einen Ehering?«, fragte Frieda.

Toruk schüttelte den Kopf.

Vielleicht hatte sie einen Lebensgefährten, vielleicht lebten ihre Eltern noch, vielleicht hatte sie ein Kind, vielleicht gab es aber auch überhaupt gar niemandem, dem sie die Todesnachricht übermitteln mussten. Auch das war eine grausige Vorstellung.

»Hauptsache, sie ist nicht die Dritte im Bund«, versuchte Frieda sich zu trösten.

Brummer war skeptisch. »Woher weißt du das?«

Frieda angelte ihr Smartphone hervor.

»Es ist gleich 19 Uhr«, erinnerte Brummer sie und klopfte auf das Ziffernblatt seiner Armbanduhr.

Frieda nickte und holte das Handy hervor. Gerade noch Zeit für einen Anruf.

Maria Abadelli war schlecht gelaunt, als sie hörte, wer sie anrief und worum es ging. »Wie soll die Frau heißen, sagten Sie?«

»Silke Floskow.«

Klicken. Tippen. Seufzen. »Nein, eine Silke Floskow hat nicht bei uns gebucht.«

»Sie hat nicht bei Ihnen gebucht?«, wiederholte Frieda laut für Brummer und Toruk. »Gut. Danke, Sie haben uns sehr geholfen.«

Frau Abadelli beendete das Gespräch, ehe Frieda es tun konnte.

Neugebauer stieß zu den Kollegen, als die KTU die Unfallstelle erreichte. »Ich habe das Kennzeichen abgleichen lassen. Der Halter des Fahrzeugs ist Karl-Heinz Bein.«

»Bein?« Frieda hielt die Luft an.

Neugebauer nickte. »Wohnhaft in Gemünd-Braubach. Haus Nummer 79.«

»Das Haus gibt es doch gar nicht mehr.«

»So ist es. Und Karl-Heinz und Rosemarie Bein auch nicht.«

»Aber ihren Sohn, Andreas Bein, den gibt es noch«, sagte Frieda nachdenklich. »Andri. Der verschwundene Keyboarder mit dem Mercedes in der Garage. Dann ist er der Fahrer dieses Motorrades?«

»Das werden wir sehen!« Neugebauer blätterte in seinem Notizbuch.

Frieda tippte die Telefonnummer in ihr Handy, die Alex Kaufmann ihnen diktiert hatte. Es wunderte sie nicht, dass der Anruf ins Leere lief. Und das lag nicht an einem Funkloch. Andreas Bein ging nicht an sein Handy. Würde ich an seiner Stelle auch nicht tun, dachte Frieda und schickte die Telefonnummer zur Überprüfung und Ortung an die Leitstelle.

Danach überließ die Soko Auszeit den Kollegen der KTU den Unfallort. Sie wussten, was zu tun war. Nach Sicherung aller Spuren würden sie die Leiche in die Kölner Rechtsmedizin verbringen lassen. Letzte Amtshandlung würde das Abschleppen der Gold Wing zur technischen Untersuchung des Unfallhergangs sein.

»Ich würde mir gern die Wohnung von Silke Floskow ansehen«, sagte Frieda.

Neugebauer nickte: »Ich auch.«

»Wenn das so ist«, sagte Brummer, »marschiere ich mal ins Pflegeheim.«

»Ja«, feixte Neugebauer. »Pass gut auf, dass sie dich nicht gleich dabehalten.«

Brummer konnte nichts entgegnen, weil in diesem Augenblick sein Handy klingelte. Nach dem kurzen Telefonat verkündete er: »Der Halter des Motorrades ist Karl-Otto Bein. Er kann das Motorrad nicht gefahren haben, denn er ist ja, wie wir alle wissen, tot. Seit November 2018. Und er hat wohl vergessen, sein Motorrad vorher abzumelden und bezahlt brav Steuern und Versicherung.«

»Na ja«, meinte Neugebauer lakonisch, »der Tod kommt immer so plötzlich.«

»Und sein Sohn zahlt brav weiter«, kommentierte Frieda.

Brummer schnaubte verächtlich und begann ein neues Telefonat.

Roggenmeiers schrille Stimme in der Leitung war nicht zu überhören. Brummer schilderte ihm die Ergebnisse vom Tatort, ging dabei auf und ab, und verlangte, eine Fahndung nach Andreas Bein wegen des Verdachtes auf Fahrerflucht nach einem tödlichen Unfall in Gang zu setzen. Nach den üblichen Sprüchen gab Roggenmeier nach und wollte für seine Mitarbeiter tun, was er tun könne.

Brummer steckte sein Handy weg, hob die Hand zum Gruß, tippte sich an die Stirn und machte sich den Berg hinauf auf den Weg zum Altenheim. Sein Rücken war krumm, und er schien ein wenig zu humpeln.

Silke Floskows Wohnung auf der Bruchstraße lag im Dachgeschoss eines verklinkerten Einfamilienhauses. Frieda zog den Hausschlüssel aus der Handtasche der Toten, als Neugebauer auf die untere der beiden Klingeln drückte: *Herlich*. Mit einem R. Die schrille Klingel war bis nach draußen zu hören. Neben der Haustür bewegte sich eine Gardine.

Eine Frau erschien im Türrahmen. »Ja, bitte?«

»Frau Herlich?«, fragte Neugebauer.

»Wieso?«

Er stellte sich und Frieda vor. »Wie lange wohnt Frau Floskow schon bei Ihnen?«

»Wieso?«

Er verdrehte die Augen. Einmal wollte er erleben, dass jemand auf seine Frage antwortete, ohne eine Ge-

genfrage zu stellen. Meistens half abwarten und ignorieren.

»Ein knappes Jahr«, antwortete Frau Herlich.

»Bekommt sie regelmäßig Besuch?«

»Wieso?«

Neugebauer wartete.

»Nein, überhaupt nicht. Von wem auch? Sie hat keinen Mann und keine Kinder. Und Freunde? Sie sagt, sie wäre nach der Arbeit zu müde, um noch etwas zu unternehmen. Warten Sie, sie müsste gleich nach Hause kommen.« Frau Herlich steckte den Kopf heraus und blickte die Straße rauf und runter. »Sie hat heute Spätschicht. Sie ist nämlich Altenpflegerin.«

»Wo arbeitet sie denn?«

»Oben im EVA.«

»EVA?«, fragte Neugebauer.

»Im Altenheim auf der Dürener Straße.«

Neugebauer und Frieda blickten sich überrascht an.

Frieda räusperte sich. »Sie wird nicht kommen, Frau Herlich. Sie ist heute einem Verkehrsunfall zum Opfer gefallen.«

»O mein Gott, ist sie im Krankenhaus?«

Neugebauer und Frieda schüttelten die Köpfe.

Frau Herlich riss die Augen auf und schlug eine Hand vor den Mund. »Ist sie etwa …?«

Die Kommissare nickten.

»O mein Gott.«

Frieda streckte ihr den Schlüsselbund der Toten entgegen. »Wir müssten uns in ihrer Wohnung umsehen.«

Frau Herlich trat zurück und ließ Neugebauer und Frieda herein. Im schmalen Flur mit Blümchentapete roch es nach warmem Essen und Katzenklo. Eine knarrende Holztreppe führte neben der Haustür nach oben. Zwei Zimmer, Küche, Diele, Duschbad. Alle Zimmer hatten eine Dachschräge, die mit Holzpaneelen verkleidet und mit den Jahren nachgedunkelt waren. Die Fenster waren klein. Auf den Böden lag rotbraunes Laminat. Die Räume wirkten dunkel. Zum Garten hin gab es einen Balkon ohne Blumen. Es lag nichts herum, kein Kleidungsstück, keine Zeitung, keine benutzte Tasse in der Spüle. Kein Hinweis auf eine Beschäftigung. Eine einfache Einrichtung im aufgeräumten, freudlosen Zuhause.

»Brauchen Sie mich noch?«, rief Frau Herlich von unten.

»Nein. Danke«, antwortete Frieda. »Wir kommen zurecht.«

Einvernehmlich und still durchsuchten die Kommissare Schubfächer, Schachteln, Regale, Kommoden. Sie wussten selbst nicht so genau, wonach sie suchten.

Im Nachttisch stieß Frieda auf eine hölzerne Schatulle, deren Deckel mit einem Mosaik verziert war. Grün, gelb, blaue Steinchen in Form und Farbe der brasilianischen Flagge. Das Schloss sprang auf Daumendruck auf. Darin lagen Briefe und eine Handvoll Fotos. Vergilbte Fotos. Ein Dreijähriger auf einem Plastiktraktor, als ABC-Schütze mit Schultüte, Urlaubsfotos am Strand beim Ballspiel, im Kreise seiner Freunde. Schwarze, wellige, schulterlange Haare, dunkle Augen, breite Augenbrauen, ein offenes, ansteckendes Lachen. Er war nicht groß und nicht schlank und hatte die Hautfarbe eines Südamerikaners.

Zum Schluss fielen Frieda zwei neuere, unscharfe Fotos in die Hände: ein junger Mann am Keyboard im Rampenlicht auf einer Bühne, ein Mann in Lederkombi und Helm, der auf sein Motorrad steigt.

»Nein! Guck dir das an!«

Neugebauer trat neben sie. »Ach nee, Keyboard und Motorrad. Ich liebe Zufälle. Wo kommen die Fotos her?« Er langte über Friedas Hand in die Schatulle und griff sich einen der Briefumschläge. »Jugendamt Berlin?«

»Berlin? Von wann?«

»Warte.« Er öffnete den Umschlag und faltete den Brief auseinander. »Das hier ist vom 2. September 2017. Zu der Zeit hat Silke Floskow offensichtlich in Berlin gelebt. Ihr Sohn, geboren am 10. August 1999, wurde am 12.10.1999 zur Adoption freigegeben, wünscht, seine leibliche Mutter kennenzulernen. Dann ist er jetzt zwanzig«, rechnete Neugebauer aus. »Passt doch.«

Frieda entfaltete weitere Schreiben des Jugendamtes Berlin, das als Vermittler auftrat und einen Briefverkehr zwischen den beiden Parteien beförderte, ein durchaus übliches Prozedere, um die gewünschte Anonymität des Wohnortes zu wahren.

Kleine, weiße Briefumschläge lagen auf dem Boden der Schatulle, auf denen nur *Mama* stand. Die Briefe steckten noch darin. Zerlesenes, verknittertes, mühsam glatt gestrichenes Papier. Seitenweise. Eine große, runde Schrift mit Füller. Zeilen, die bergab verlaufen. Verwischte Tinte.

Es gehe ihm gut, schreibt er, er habe erst vor Kurzem von seiner Adoption erfahren und wolle endlich seine leibliche Mutter kennenlernen. Er fragt nicht, warum sie ihn weggegeben hat. Er wohnt auf dem Land, in der Eifel. Er erzählt von der Schule, seinen Lieblingsfächern, Sport und Musik, seinem Hobby, dem Keyboardspielen, seinem Motorrad. Er wird im nächsten Jahr sein Abitur machen und freut sich auf ihre Antwort. Der Name, den seine Adoptiveltern ihm gegeben haben und mit dem er unterschreibt, ist Andreas.

»Wir haben ihn!« Neugebauer schlug Frieda auf die Schulter.

»Au!«

»Im nächsten Brief schlägt Andreas ein Treffen vor. Er hat bald Sommerferien und will sich sowieso in Berlin umsehen. Vielleicht kann er später in Berlin studieren. Warum er unbedingt Arzt werden wolle, wüsste er nun endlich.«

»Hat sie ihm geschrieben, sein Vater sei Arzt gewesen?«, fragte Frieda.

»Sie hat ihm erzählt, dass sie Ärztin ist.«

»Aber warum sollte sie?«

»Damit er stolz auf sie ist?«, fragte Neugebauer zurück.

Frieda seufzte. »Hör zu. Er schreibt, er könne den Zug nehmen, auch in einem Hostel schlafen, wenn in ihrer Villa kein Platz für ihn sei. In ihrer Villa? Wie bitte?«

»Sag ich doch, sie hat ihm Märchen erzählt.«

Sie schüttelte ratlos den Kopf. »In den nächsten Briefen bettelt Andreas weiter um ein Treffen. Er gibt nicht auf. Er wird ihr keine Mühe machen, verspricht er. Ein einziges Treffen wird ihm genügen. Nur einen Kaffee irgendwo, das könne sie doch nicht ablehnen. Bitte. Dann gibt es einen letzten Brief, in dem Andreas das

Treffen bestätigt: Am 21. April 2018, Berlin-Mitte, im Café *Roses*, 17 Uhr. Das war's«, sagte Frieda und räumte Briefe und Fotos zurück in die kleine Schatulle und strich nachdenklich über die Mosaiksteinchen. Das hier war das wirkliche Leben der Silke Floskow. Ein zerstörter Traum.

»Gehen wir?«, hörte sie Neugebauer fragen.

Sie wandte sich zu ihm um. Er trug eine rosa glitzernde Kladde unter dem Arm.

»Was hast du da?«

Er zeigte ihr den Umschlag: Briefe an FELIZ stand in runder Schrift auf dem Deckel, umgeben von kleinen Stickern: Herzchen, Regenbogen, Sonnenschein, Luftballon, Einhorn, Traktor …

»Suchen wir uns ein lauschiges Plätzchen und du liest mir was vor?«, schlug Frieda vor.

Neugebauer nickte und rückte gerührt seine Schiebermütze zurecht.

»Und Corinna?«

»Was ist mir ihr?«, fragte er zurück.

»Es ist ein Samstagabend, immerhin«, erinnerte Frieda ihn.

»Ich sehe sie nachher, keine Sorge.«

»Willst du sie nicht anrufen, damit sie nicht auf dich wartet.«

»Ach, nein«, sagte er gedehnt.

Und Frieda beschlich der leise Verdacht, Corinna könnte ein Phantom sein. Es sei denn, sie war eine tolerante, selbstständige, rücksichtsvolle und damit in der Kombination: eine übernatürliche Frau.

16. Kapitel

Feliz, mein Kleiner, es wird Zeit, dass du erfährst, wie es wirklich war.

Ich war im sechsten Semester und gerade vierundzwanzig Jahre alt, als mir dein Vater begegnete. Ich studierte Medizin an der Universität Berlin, und ich hatte Träume: Ich wollte Landärztin werden, in die Forschung oder mit Ärzte ohne Grenzen in Entwicklungsländer gehen. Ich wollte Gynäkologin werden oder Kinderärztin, mich um die Ärmsten der Armen kümmern und sie behandeln, oder ein unerschrockener Street Doctor sein. Ich hatte in einer Doku gesehen, wie es ist, in die Obdachlosenheime oder unter die Brücken zu gehen, wie aussichtslos das Leben dort ist.

Und dann, im Sommer '98, während eines Praktikums in der Charité, begegnete ich ihm: Dr. Jamiro Silva. Er arbeitete für ein Jahr auf der Inneren Station. Ich verliebte mich auf der Stelle und unsterblich in ihn, noch nie war ich einem Mann wie ihm begegnet, sein unverwechselbarer Charme, sein weicher, brasilianischer Akzent, seine dunklen, unergründlichen Augen, die Art, wie er meinen Blick suchte und was er alles anstellte, damit unsere Hände sich berühren konnten.

Es war Liebe auf den ersten Blick, auch bei ihm, und wir ließen uns aufeinander ein, mit Haut und Haar.

Als Jamiros Zeit in der Charité abgelaufen war und er zurück nach Brasilien musste, waren wir uns einig, ich würde mit ihm gehen.

Aber ich war schwanger.

Mit dir, Feliz.

Hin- und hergerissen zwischen Angst und Liebe, Wahnsinn und Verzweiflung, sagte ich deinem Vater nichts davon, wollte abwarten, bis wir im Flugzeug saßen, auf dem Weg in eine gemeinsame Zukunft auf der anderen Seite des Äquators.

Aber dann bekam ich Gewissensbisse und kam mir vor wie eine Erpresserin. Ich erschien zu spät am Frankfurter Flughafen. Nicht weil ich in einen Stau geraten war, niemand anderer war schuld, nur ich selbst. Ich hatte mit mir gerungen, hatte meine Wohnung nicht verlassen können, hatte seine Anrufe ignoriert. Zu lange. Viel zu lange. Das Boarding war abgeschlossen, als ich eintraf. Die Stewardess ließ sich nicht überreden. Die mobile Gangway rollte gerade davon. Und ich hörte nie wieder von deinem Vater.

Am 10. August 1999 um 4:25 Uhr wurdest du in der Charité geboren, Feliz. Du warst so ein wunderschöner Junge. Alle haben von dir geschwärmt. Aber es war auch der Tag, an dem ich dich für immer aus den Händen gab. Zwei Stunden durfte ich dich halten und ansehen, mir deinen Duft einprägen und dein Gesicht, deine Händchen, deine Füße. So war es ausgemacht, so war es gewollt, so musste es sein. Vater unbekannt, gab ich an.

Acht Wochen später, am 12.10.1999, willigte ich vor einem Notar in die Adoption ein. Das Umgangsrecht mit dir ruhte damit auf unbestimmte Zeit, bis zu dem Tag, an dem du volljährig sein würdest und den Kontakt zu deiner leiblichen Mutter suchtest.

Die meisten Kinder, sagte damals die Beraterin, wollten nichts von ihren leiblichen Eltern wissen. Ich sollte nicht darauf warten. Es könnte vergeblich sein. Den meisten Kindern genüge es, von der Tatsache zu erfahren, dass sie adoptiert waren. Nur wenige Kinder würden im erwachsenen Alter zu ihren leiblichen Eltern Kontakt suchen, hieß es. Oftmals nur, wenn sie in ihren Adoptivfamilien unglücklich seien. Ich solle versuchen, die Schwangerschaft und die Geburt als einen abgeschlossen Teil meines Lebens zu betrachten und darauf zu vertrauen, dass es meinem Kind gutgehe.

Ich habe es versucht, Feliz, es ging nicht. Es geht nicht. Es ist unmöglich. Es ist, als wenn man einem Blinden sagt, er könne sehen, wenn er sich nur Mühe gebe.

Es vergeht kein Tag, an dem ich nicht an dich denke. Feliz Silva, so hättest du geheißen, wenn ich nicht alles falsch gemacht hätte. Oft stelle ich mir vor, wie es gewesen wäre, wenn ich dich nicht weggegeben, sondern behalten hätte. Die Vorstellung verklärt sich mit jedem Jahr, das verstreicht. Wir hätten ein gutes Leben geführt, du und ich, Feliz, auch in Berlin.

Ich bete jeden Tag, dass du gute Eltern gefunden hast, die dich lieben, beschützen und führen und dich so leben und werden lassen, wie es gut für dich ist, die dich lehren zu singen und zu backen, zu schwimmen und Rad zu fahren und all die kleinen Dinge des Lebens zu genießen. Nie sollst du mich vermissen, am liebsten nie von mir erfahren.

Ich habe versucht, ohne dich zu leben. Es war so schwer. Es ist es noch. Ich konnte das Studium nicht wieder aufnehmen. Es war, als wäre mit dir all meine Kraft verloren gegangen.

Mit Müh und Not habe ich eine Ausbildung zur Altenpflegerin abgeschlossen und konnte währenddessen in einer Ein-Zimmer Wohnung im Altenheim wohnen und nebenbei als Helferin arbeiten. Die schwere Arbeit war keine Last für mich, sie war die Strafe, die ich verdient hatte.

Ich dachte, es würde immer so weitergehen.

Vor zwei Jahren, am 2. September, erhielt ich ein Schreiben vom Jugendamt Berlin. Darin hieß es, dass der Junge, den ich am 10. August 1999 zur Welt gebracht und zur Adoption freigegeben habe, Kontakt zu mir aufnehmen wolle. Ich konnte es kaum fassen. Du wolltest mich kennen lernen. Du warst inzwischen achtzehn Jahre alt, volljährig, du hattest ein Recht dazu. Du hast nicht lange damit gewartet, dein Recht zu fordern, Feliz.

Glücklich und erschrocken zugleich, brauchte ich ein paar Tage, ehe ich mich mit einem Briefwechsel einverstanden erklären konnte, unter der Bedingung, dass meine Adresse unbekannt blieb. Ich hatte Angst vor dir, vor deinen Vorwürfen, vor der Schuld, vor der Realität. Die Jugendämter unserer jeweiligen Wohnorte traten als Vermittler zwischen uns auf, aber das weißt du ja.

Und so hielt ich Ende September endlich einen Brief von dir in den Händen. Deine Schrift war groß und rund und erinnerte mich an die Schrift deines Vaters. Zwei Seiten hattest du vollgeschrieben. Ich konnte nicht jedes Wort lesen, aber, dass du auf dem Land wohnst, in der Eifel, das habe ich verstanden, den Ort hast du nicht genannt. Hattest du auch Angst vor mir? Weit genug ist die Eifel von Berlin entfernt, dachte ich mir, zum Glück, nicht auszudenken, wenn du noch in Berlin wohntest. Ich hatte Angst vor dir. Den Namen, den deine Adoptiveltern dir gegeben haben, war ich nicht imstande zu entziffern. Es war mir, als tanzten die Buchstaben vor meinen Augen und ergaben kein Wort und verschwanden hinter deinem richtigen Namen: Feliz. Es ging dir gut, hast du geschrieben, du hättest gerade erst von deiner Adoption erfahren und wollest deine leibliche Mutter kennen lernen. Du hast nicht gefragt, warum ich dich weggegeben habe. Das rechne ich dir hoch an. Danke, Feliz. Deinem ersten Brief lagen Fotos bei. Du als Dreijähriger auf einem Plastiktraktor, als ABC-Schütze mit ernstem Gesicht und Schultüte, im Urlaub am Strand beim Ballspiel, als Teenager am Keyboard auf einer Bühne, im Kreise deiner Freunde, mit Helm auf einem Motorrad.

Es hat mir wehgetan zu sehen, wie sehr du deinem Vater gleichst. Ich habe ein Foto von ihm. Ich werde es dir schicken. Er ist wie du. Du bist wie er. Du hast seine dunklen, unergründlichen Augen, die dichten, schwarzen Augenbrauen, den dunklen Teint und die glänzenden, welligen Haare. Auch Jamiro trug sie bis auf die Schultern. Nichts hast du von mir. Und das ist gut so.

Ich habe deine Briefe tausendmal gelesen, die Fotos morgens beim Aufwachen und abends bis mir die Augen brannten und zufielen, betrachtet.

Nach ein paar Tagen machte ich mich daran, dir zu antworten. Ich habe viele Male die Seiten wieder zerknüllt und wieder von vorne angefangen. Ich wollte nicht, dass du erfährst, was aus mir geworden ist. Ich wollte, dass du stolz auf mich bist. Du würdest nicht auf die Idee kommen, mich zu besuchen. Ab und zu ein Brief. Sechshundert Kilometer waren eine sichere Entfernung. Heraus kam ein Leben, das ich nicht führe, auf der sonnigen Seite des Schicksals. Ich hatte dir geschrieben, dass ich Ärztin sei, Kinderärztin. Ich habe einen Ehemann erfunden, fünfjährige Zwillinge, eine Villa mit Garten und Pool in einem ruhigen, vornehmen Wohnviertel und sogar eine Katze. Ich legte eines der wenigen Foto von mir bei. Es war geschossen worden, als eine Kollegin ihren Geburtstag feierte. Und ich wünschte dir alles Gute. Leb wohl, Feliz, schrieb ich dir.

Aber du hast nicht aufgegeben, Feliz.

Im nächsten Brief batest du mich, dich besuchen zu dürfen. Du hättest bald Sommerferien und wolltest dich in Berlin umsehen. Vielleicht könntest du sogar später in Berlin studieren. Warum du unbedingt Arzt werden wolltest, wüsstest du jetzt endlich. Du könntest den Zug nehmen, auch in einem Hostel schlafen, wenn in meiner Villa keine Platz für dich sei. An irgendeinem Wochenende.

Ich hab mich so geschämt. Ich hab dich hingehalten, Feliz, Bereitschaftsdienste, Fortbildungen und Krankheiten vorgeschoben. Aber du warst hartnäckig. Du würdest mir keine Mühe machen, ein einziges Treffen würde dir genügen. Nur einmal wolltest du mich sehen. Nur einen Kaffee gemeinsam trinken, irgendwo, das könnte ich doch nicht ablehnen. Ich konnte nicht.

Du warst schon im Café zur verabredeten Zeit, als ich durch die Fensterscheibe über die Auslagen hinweg nach dir Ausschau hielt. Ich war zu früh, du auch. Und ich fühlte mich auf der Stelle um zwanzig Jahre zurückversetzt, wie beim ersten Rendezvous mit deinem Vater.

Mein Herz schlug bis zum Hals, ich wandte mich ab und ging einfach weiter. Aber zwei Geschäfte später kehrte ich um. Ich würde es mir nie verzeihen, wenn ich dich jetzt da sitzen ließe. Und du würdest sicher eine neue Gelegenheit finden, mir zu begegnen.

Ich schob die Tür auf und steuerte auf den Tisch zu, an dem du saßest. Verlegen hast du dich an deiner Cola festgehalten. Mir ist der goldene Siegelring mit dem schwarzen Stein am Mittelfinger deiner rechten Hand aufgefallen. Ob der von deinem neuen Vater sei, habe ich mich gefragt. Du hast so erwachsen und selbstbewusst auf mich gewirkt.

Den Rest kennst du, Feliz.

Wir hatten uns nichts zu sagen. Zu viele Jahre waren vergangen. In meinem Leben sei kein Platz für dich, habe ich gesagt. Ich hatte mir vorgenommen, das zu sagen. Und noch viel mehr: Es sei besser, wenn wir uns nicht wiedersehen. Das müsse unser letztes Treffen bleiben. Auch deine Briefe würde ich in Zukunft nicht mehr beantworten, besser du schriebest keine mehr.

Meine Worte fielen wie Steine auf den kleinen Tisch.

Nie solltest du mein wahres Leben kennen lernen.

Ehe du antworten konntest, warf ich einen Zehn-Eu-ro-Schein auf die Theke, floh aus dem Café, lief die Trep-pen hinunter zur nächsten U-Bahn-Station und sprang im letzten Moment in eine Bahn.

Ich hörte nie wieder von dir.

Wie sehr musste ich dich verletzt haben.

Schon wieder.

Die Zeit ging ins Land, und das Treffen im Café ging mir nicht aus dem Kopf, es ließ mir keine Ruhe, nicht zu wissen, wie und wo du wohnst, was du machst. Ging es dir gut? Hatte die Beraterin bei der Adoption nicht damals gesagt, nur Kinder, die in ihren Adoptivfamili-en unglücklich seien, wollten ihre leiblichen Eltern ken-nen lernen? Hatte nicht über deinen dunklen Augen ein Schatten gelegen?

Wie sollte ich dich finden? Das Jugendamt kam für mich nicht infrage. Ich versuchte etwas über die Band herauszufinden, in der du spieltest. Ich hätte dich nach dem Namen der Band fragen sollen, nach der Musik-richtung, nach Veranstaltungsorten, dann hätte ich ei-nen Anhaltspunkt gehabt.

Nach vielen Nächten vor dem Rechner glaubte ich, dich auf einem der Musik-Videos auf Youtube zu er-kennen. Die Band *fab five* hatte einen Auftritt in der TON-Fabrik in Mechernich in der Eifel. Die Mitglieder hatten sich Künstlernamen zugelegt. Eine halbe Minute lang hielt die Kamera auf die Hände, die über die Tas-ten des Keyboards flogen, da erkannte ich den goldenen Siegelring mit schwarzem Stein am Mittelfinger deiner rechten Hand, den du getragen hast, als wir uns im Café getroffen hatten.

Ich durchforstete das Internet nach den *fab five* und habe mir dein Leben zusammengebastelt. Wenn ich dich doch nur ab und zu sehen könnte. Nicht nur in einem unscharfen Video. Nein, in echt und lebendig. Einmal stand ich in der letzten Reihe bei einem Konzert, einmal konnte ich ein Foto schießen, wie du auf dein Motorrad steigst. Das genügte mir. Mehr hatte ich sowieso nicht verdient.

Nichts hielt mich von da ab länger in Berlin. Es dauerte nicht lang, und ich fand in Gemünd eine Stelle als Altenpflegerin. Ich brach meine Zelte in Berlin ab und zog in die Eifel und verbrachte meine freie Zeit damit, dich zu finden.

Dann fandest du mich. Und das Suchen hatte ein Ende.

Jedes Mal, wenn dich vor dem Altenheim hab stehen sehen, wollte ich auf dich zugehen und dir sagen, dass es mir leid tut. Ich hätte dich nicht wegschicken dürfen. Aber ich habe es nicht anders gekonnt. Wir werden wohl nie zueinander finden.

17. Kapitel

Ja?«, schnurrte es widerwillig aus der Gegensprechanlage.

»Hallihallo! Hier ist Omilein!«

Stummes Entsetzen am Ende der wirren Kabel. Im ersten Stock rechts verschwand jemand vom Fenster.

Nach einer Weile ertönte ein Brummen und Hauptkommissarin a. D. Sonja Senger konnte die Haustür zu dem Sechs-Parteien-Haus in Zülpich aufstoßen. Familie Ritter hatte zwei Söhne. Erich und Konrad. Sonja hatte es auf Konrad abgesehen.

Alex Kaufmann, ihr neues Mädchen für alles, Sozialstundenableister, angehender Zerspanungsmechaniker, Fahrer einer dreiköpfigen Enkeltrickbetrügerbande und Cellospieler in der Band *fab five* in Personalunion war widerwillig mit den Anschriften der Enkelbetrüger und deren Opfer herausgerückt. Bei den Tätern handelte es sich um Konrad Ritter alias Max, Kai Schorlemer und Paul Kaufmann, Alex' kleinen Bruder.

Kai Schorlemer, acht Jahre alt, der bei Sonja mal eben tausend Euro abkassieren wollte, hatte sie bei seinen

Eltern in Hellenthal abgeliefert. Nicht ohne mit üblen juristischen Konsequenzen zu drohen, falls er noch einmal die Aufmerksamkeit der Polizei erregen sollte, und sei es nur, wenn er erwischt würde, wie er bei Rot über die Ampel lief. Den hatte sie eingenordet. Den Rest würden seine Eltern übernehmen.

Konrad Ritter und Paul Kaufmann wohnten beide in Zülpich. Jetzt würde sie erst einmal Konrad Ritter klarmachen. Er war es gewesen, der ihr unter dem Namen Max vor etwa sechs Wochen im Telefon die Ohren vollgeheult hatte, weil er für seinen armen Hund Oskar, der Opfer eines Verkehrsunfalls geworden sei, dringend Geld brauche, um ihn operieren zu lassen, weil er ansonsten sterben würde.

Für ihre beiden Auftritte in Zülpich hatte Sonja Senger sich fein gemacht und ihre legere Pensionisten-Kleidung gegen ein Kostüm getauscht, das sie sich einmal gekauft hatte. Sie wusste nicht mehr, warum. Getragen hatte sie es nie. Es war eierschalenfarben und inzwischen ein wenig zu weit. Auch ihren Kompotthut, den sie schon verloren zu haben glaubte, hatte sie wiederentdeckt. Sogar Schuhe mit kleinem Absatz befanden sich in ihrem Besitz. Zusammen mit der kleinen Handtasche sah Sonja aus wie ein echtes Omilein. Omilein mit Pistole in der Handtasche.

Die Tür im ersten Stock war geschlossen. Sonja drückte auf die Klingel. Wie zu erwarten kein Hundebellen, schließlich hatte sie die tausend Euro für die Operation nicht bezahlt. Hinter dem Spion bewegte sich ein Schatten. Sonja legte ein Ohr ans Türblatt. Flüstern.

Sie klopfte. Sie klingelte.

Nach dem dritten Klingeln wurde die Tür aufgezogen und eine junge Frau öffnete ihr. Sie hatte große, blaue, irritierte Augen und zog an ihrem blonden Pferdeschwanz, der über ihre linke Schulter hing.

»Guten Tag, Frau Ritter«, sagte Sonja.

»Guten Tag«, flüsterte Frau Ritter. Hinter ihr huschte eine kleine Gestalt davon. Eine Zimmertür schlug zu.

»Ich würde gern Konrad sprechen.«

»Wer sind Sie denn?« Frau Ritter versperrte den Zutritt zu ihrer Wohnung.

»Mordkommission Euskirchen«, sagte Sonja ohne schlechtes Gewissen.

»Kann ich Ihren Ausweis sehen?«

Gute Frau, dachte Sonja. Aber sie war gerüstet, wie sie für alles gerüstet war; nach fünfunddreißig Dienstjahren konnte sie nichts und niemand mehr überraschen. »Natürlich.« Sie klappte ihre Handtasche auf, begann darin zu kramen und gab darauf Acht, dass ihr Gegenüber die Pistole nicht übersah.

»Schon gut.« Frau Ritter, die sonntags keinen Tatort verpasste, ließ den Mund sperrangelweit offenstehen und trat zwei Schritte zurück. Ihre großen, blauen Augen vergaßen zu blinzeln.

Sonja ging hinein und drückte die Tür mit dem Fuß hinter sich zu. »Ma-a-ax? Wo steckst du denn? Hier ist dein Omilein!«

Nichts rührte sich.

»Max? Omilein?«, flüsterte Frau Ritter entgeistert.

Sonja klappte ihre Handtasche zu. »Warten Sie's ab.«

»Konrad ist in seinem Zimmer.«

»Und wo ist Oskar?«, fragte Sonja. »Er ist wohl gestorben?« Sie spazierte an Frau Ritter vorbei ins Wohnzimmer, das modern und hochwertig eingerichtet war, und bewunderte die Schrankwand, das Sofa und das TV, groß wie eine Kinoleinwand. »Sie haben den armen Kerl doch nicht einfach sterben lassen? Sieht nicht aus, als läge es bei Ihnen am Geld.«

»Was reden Sie da?«, rief Frau Ritter.

»Ich rede von Ihrem kleinen Hund. Fragen Sie Konrad!«

»Konrad!«, rief Frau Ritter endlich und stampfte mit dem Fuß auf.

Keine Reaktion. War er aus dem Fenster gesprungen?

»Konrad!«

Eine Tür schabte leise über den Boden aus Laminat. Zaghafte Schritte näherten sich. Ein kleine Gestalt versuchte sich hinter Frau Ritter zu verstecken, aber die zog ihn neben sich und strich ihm den Pony aus der Stirn.

Das war also Konrad alias Max, der gefährliche Enkeltrickbetrüger, um die zehn Jahre alt, spindeldürr, in Hosen, die zu kurz waren und ein Loch über dem Knie hatten. Sein blaues Shirt saß schief. Zwei Haie waren darauf gedruckt, der eine schwamm nach links, der andere nach rechts. Mit bangen Augen blickte Konrad zu Sonja auf. Sein Herz musste längst bis in seine schiefen Socken gerutscht sein.

»Endlich lerne ich dich kennen«, sagte Sonja lächelnd und trat auf ihn zu. »Mein Lieblingsenkelsohn. Genauso hab ich mir dich vorgestellt. Ich soll dich von Kai und Alex und Paul grüßen.«

Hilfesuchend griff Konrad nach der Hand seiner Mutter, die nahm ihn in Schutz.

»Und wie geht's deinem armen Oskarchen? Er ist doch nicht etwa gestorben? Tut mir leid, dass das mit den tausend Euro bei mir nicht geklappt habt. Aber ihr habt sicher ein anderes Omilein gefunden, das …«

»Was ist hier los?« Den Dienstausweis hatte Frau Ritter zum Glück wieder vergessen. »Was wollen Sie von uns? Sie müssen sich in der Adresse geirrt haben«, beteuerte sie. »Bitte gehen Sie jetzt.«

Sonja schüttelte den Kopf, ließ sich aufs Sofa fallen und wies mit dem Kinn Richtung Konrad. »Erst wenn er erzählt hat!«

»Was denn?«, quengelte Konrad.

Sonja zog ihr Handy hervor. »Alles. Sonst muss ich die Polizei rufen.«

»Ich denke, Sie sind von der Polizei«, stieß Frau Ritter hervor.

»Verstärkung, meine ich natürlich. Also los, mach voran, Konrad. Ich habe nicht ewig Zeit. Von Anfang an.«

Frau Ritter setzte sich ans andere Ende des Sofas. Konrad blieb am o-förmigen Glastisch stehen und zog an seinem T-Shirt, sodass die Haie ins Trudeln gerieten.

Die Geschichte, die Konrad stockend hervorbrachte, entsprach der Wahrheit. Das musste man ihm lassen. Er versuchte nichts zu beschönigen oder zu leugnen. Aber dadurch wurde es nicht besser für seine Mutter, die aus allen Wolken fiel.

»Ich mach das nie wieder«, beteuerte Konrad zum Schluss. »Echt nicht.«

»Wie oft hast du es denn vorher schon gemacht?«, hakte Sonja nach und gab seiner Mutter mit einem Handzeichen zu verstehen mit erzieherischen Maßnahmen zu warten.

»Em ... ehem ... weiß nicht. Drei Mal, glaube ich.«

Das hatten auch Alex und Kai behauptet. Hatten sie sich abgesprochen? »Nach dem dritten Mal hättet ihr Schluss machen müssen. Und wo ist das Geld?«

»Das haben wir uns geteilt.«

»Wie viel war es insgesamt?«, wollte Sonja wissen.

Konrad seufzte. »Beim ersten Mal nur hundert. Dann dreihundert und beim dritten Mal fünfhundert.«

»Macht zusammen?«, fragte Sonja.

»Neunhundert.« Auf die Summe war auch Kai gekommen, als sie ihn bei seinen Eltern abgeliefert hatte.

»Neunhundert durch vier ist wie viel?«

»Zweihundertfünfundzwanzig«, gab Konrad zu und strich über die Haie auf seinem T-Shirt.

»Gut«, lobte Sonja ihn für seine Rechenkünste und seine Ehrlichkeit.

Er wandte sich an seine Mutter. »Ich hab noch über die Hälfte, Mama. Soll ich es holen?«

»Ja«, antwortete Sonja an ihrer Stelle.

»Ich zahle natürlich die Differenz«, beteuerte seine Mutter.

»Gut, und ich werde dafür sorgen, dass die alten Damen ihr Geld wiederbekommen. Zusammen mit einem Entschuldigungsschreiben.«

»Er wird eines schreiben«, versprach Frau Ritter.

»Drei, Frau Ritter. Für jede Dame eines. Und zwar eine komplette Seite lang. Und reden Sie mit ihm, bitte, machen Sie ihm klar, dass das kein Scherz war, sondern eine Straftat. Betrug. Ich müsste ihn anzeigen, aber wissen Sie, ich bin auch eine alte Dame.«

Frau Ritter brachte ein gequältes Lächeln zustande.

»Und war ein halbes Leben lang Kommissarin.« Konrad kehrte zurück und legte Geld auf den Glastisch. »In der Mordkommission.«

Er riss die Augen auf. Ein paar Münzen fielen ihm aus der Hand.

»Eine Anzeige würde ihm sein ganzes Leben verpfuschen«, fuhr Sonja fort, als wäre Konrad nicht im Raum. »Dann könnte er erst recht auf die schiefe Bahn geraten, ich glaube nicht an …«

Sonjas Handy klingelte. Es war Alex. Noch ein Sorgenkind, stöhnte sie.

»Was ist?«, fuhr sie ihn an.

Alex fragte höflichst an, ob ein Freund für ein bis zwei Tage im Forsthaus wohnen könne. Es handle sich um einen Notfall.

»Was für ein Notfall?«

»Das erklärte ich Ihnen später. Das würde zu lange dauern. Sie haben doch sicher zu tun.«

»Das kann man wohl sagen.«

»Also: Kann er oder kann er nicht?«

»Nein!«, rief Sonja ins Telefon. »Auf keinen Fall. Mir reicht es.«

»Aber er ist verletzt, er kann kaum gehen.«

»Dann schick ihn ins Krankenhaus.«

»Da war er schon.«

Sonja sah ihre Felle schwimmen. »Ich habe überhaupt keinen Platz.« Sie wollte keinen Notfall auf ihrer Récamiere haben.

»Ich habe doch Ihren Abstellraum aufgeräumt. Er kann meine Luftmatratze haben. Nur zum Schlafen, ein bis zwei Nächte, Sie werden ihn überhaupt nicht bemerken, ja?«

»Und wann wird er kommen?«

»Wir stehen vor Ihrer Tür.«

Sonja sah, wie Frau Ritter den Geldbetrag auf dem Glastisch vervollständigte und im Flüsterton auf Konrad einredete.

»Wann kommen Sie denn?«, fragte Alex.

»Später.« Sie beendete das Telefongespräch und brach auf: »Konrad kennt meine Anschrift.«

»Sie können sich auf uns verlassen.« Frau Ritter streckte ihr die Hand entgegen. »Und vielen, vielen Dank für Ihr Verständnis.« Sie schubste ihren Sohn an.

»Vielen Dank«, sagte der und sah auf seine Socken.

Im Auto, hinter dem Steuer, machte sich Sonja wenig später auf ihrer inneren Liste einen Haken hinter Konrad Ritter. Jetzt fehlte nur noch Paul Kaufmann, Alex' kleiner Bruder. Danach würde der Enkeltrickbetrügerbande hoffentlich für immer das Telefonieren vergangen sein, und sie konnte sich den Notfall in ihrem Abstellraum ansehen. Wer auch immer das war, den Alex da anschleppte, sie würde das nur eine Nacht lang dulden. Verletzt, sagte Alex. Wobei hatte sich sein Freund verletzt? Bei einer Prügelei möglicherweise?

Sie musste aufpassen, dass sie sich nicht in eine ehrenamtliche Bewährungshelferin verwandelte.

Hatte sie sich einmal beklagt, dass es zu ruhig in ihrem Leben war? Wann sollte das gewesen sein?

18. Kapitel

Der Junge schlief noch. Keine zehn Worte hatte sie mit ihm gewechselt, bevor er am Vorabend erschöpft in ihrem Abstellraum eingeschlafen war. Ein junger Kerl, der nach Schmerz und Müdigkeit gerochen hatte. Er hatte erkennbar große Schmerzen gehabt, und sie hatte ihm eine Tasse Kamillentee und drei Schmerztabletten auf das kleine Schuhschränkchen neben dem Kopfende seiner Isomatte gestellt.

Als sie vorhin einen vorsichtigen Blick in die Kammer riskiert hatte, war die Tasse leer und die Tabletten weg gewesen.

Was würde sie tun, wenn er aufwachte, plötzlich in ihrer Küche stand? Ein Frühstück, und dann raus? Und dann so tun, als wäre er gar nicht da gewesen?

Nein, sie konnte ihn auf keinen Fall so einfach gehen lassen. Sie hatte sich Fragen für ihn zurechtgelegt. Viele Fragen, und die würde sie ihm auch stellen müssen. Sie war keine Ärztin, aber dass seine Verletzungen nicht von einer harmlosen Schlägerei unter Jungs herrührten, hatte sie natürlich gemerkt. Sollte sie mal in Euskirchen nachhören, ob es möglicherweise einen größeren Zwischenfall gegeben hatte? Nein, Frieda gegenüber würde sie diese Dummheit verschweigen.

Ein Fehler, dachte Sonja und sah aus dem Fenster. Ja, wahrscheinlich war es falsch gewesen, ihm so einfach Unterschlupf zu gewähren. Ein Fehler, der ihr eigentlich nicht hätte passieren dürfen, nicht nach fünfunddreißig Dienstjahren.

Zusammen mit dem unvermeidlichen kalten Luftzug brachte Roggenmeier eine Frau ins Büro seiner Mitarbeiter.

»Guten Morgen!«, rief er, breitete seine Arme aus und wies auf Brummer, Neugebauer und Frieda Stein, die nichts ahnend an ihren Schreibtischen hockten und herauszufinden versuchten, welche Schritte als Nächstes einzuleiten waren, um Andreas Bein habhaft zu werden. Die Fahndung nach ihm lief. Es gab Hinweise. Er war vor dem Unfall gesehen worden, vielmehr sein Motorrad, die Gold Wing. Mal hier, mal dort war sie vorbeigerauscht. Wie eine Erscheinung, ein Wetterleuchten, eine Fata Morgana. Erfolge gab es nicht.

»Guten Tag«, wiederholte Roggenmeier mit drohendem Unterton.

»Guten Tag«, nuschelten seine Mitarbeiter und betrachteten den Besuch.

Eine kleine, drahtige, hagere Frau, vielleicht Ende vierzig. Sie trug schwarze Leggings und ein Laufshirt in Neongelb. Ihre Haare waren kurz geschnitten. Sie hatte ein offenes, freundliches Gesicht. Der Auftritt, den Roggenmeier ihr bescherte, schien ihr nicht peinlich.

»Mein Name ist Wenke«, stellte sie sich vor. »Kerstin Wenke. Ich bin die Mutter von Ben Wenke, dem Gitarristen in der Band.«

Die Kommissare horchten auf.

»Sie haben meine Reise nach Hillesheim storniert.«

Brummer nickte.

»Vor meinem Haus steht ein Wagen mit zwei dunklen Gestalten darin, und sobald ich das Haus verlasse, heften sie sich an meine Fersen.«

»Richtig. Das ist Ihr Personenschutz, wir haben es Ihnen am Telefon erklärt.«

»Ich weiß, Sie haben es mir erklärt, Ben hat mir alles erzählt, und ich habe es in der Zeitung gelesen. Es ist alles ganz furchtbar und ganz unfassbar. Diesem Mörder muss das Handwerk gelegt werden. Wenn ich irgendwie helfen kann, dann …«

»Das können Sie«, sagte Brummer. »Bleiben Sie zu Hause.«

»Aber …«

»Das würde uns sehr glücklich machen.«

Kerstin Wenke hob fragend die Schultern. »Vielleicht könnte ich mehr tun.«

»An was haben Sie gedacht?«

»Nun«, sie blickte von Roggenmeier ausgehend in die polizeiliche Runde. »Ich könnte den Lockvogel spielen.«

»Ja!« Frieda sprang jubelnd auf. Sie hatte selbst daran gedacht, aber nicht gewagt, den Vorschlag zu machen. »Frau Wenke, das ist wirklich eine gute Idee.«

»Setzen«, schnauzte Brummer Frieda an.

Sprachlos fiel sie auf ihren Stuhl zurück.

»Ich bin sehr sportlich«, beteuerte Kerstin Wenke. »Ich habe schon mehrere Selbstverteidigungskurse absolviert, ich mache Judo und Kraftsport, ich laufe Marathon und ich …«

»Nein«, entschied Brummer und schlug mit der flachen Hand auf den Tisch.

»Ganz recht«, ergänzte Roggenmeier. Er wollte sich das Zepter nicht aus der Hand nehmen lassen. »Das sehe ich auch so. Das ist viel zu gefährlich. Wenn überhaupt, würde das eine Polizistin übernehmen. Und ehe Sie »Hier« schreien, Frau Stein, Sie kommen dafür nicht infrage.«

»Wieso nicht?«

»Sie sind mir zu labil.«

Frieda kreuzte die Arme vor der Brust und presste die Lippen aufeinander. Neugebauer zwinkerte ihr aufmunternd zu, aber sie bemerkte es nicht. Ein Lockvogel, fand Frieda immer noch, war eine geniale Lösung. Warum sahen Brummer und Roggenmeier das nicht ein? Kerstin Wenke sah aus, als könnte sie jemandem entwischen, die Stirn bieten und mehr. Wie konnten die Herren nur so borniert und unkreativ sein!? Es war zum Davonlaufen.

Ihr wurde es plötzlich zu heiß im Büro. Sie sprang auf, griff nach ihrer Jacke und stürzte hinaus. »Ich muss etwas überprüfen«, rief sie und war durch die Tür, ehe sie jemand darin hindern konnte.

Draußen stand sie ratlos auf dem Hof der Polizeibehörde, bis ihr einfiel, wohin es sie zog.

Sonja Senger saß am offenen Fenster am Esstisch, als Frieda vor dem Forsthaus in Wolfgarten parkte. West hockte auf einer Ecke des Möbelstücks. Er erkannte Friedas Auto, sprang herunter und eilte ihr durch die Katzentür entgegen. Eine Begrüßung entfiel jedoch, weil ihm zwischenzeitlich etwas Besseres eingefallen war, dem er dringend nachspüren musste.

Frieda klopfte an den offenen Fensterflügel.

Sonja schrak auf, in der Hand einen Briefumschlag.

»Ein Liebesbrief?«, rief Frieda und schickte ihr einen Luftkuss.

Als sie neben Sonja Platz nahm, blickte sie auf drei Umschläge im DIN-A5-Format, die mit einem Sammelsurium bunter Briefmarken diverser Kleinstbeträge beklebt waren.

»Ah, ich bin beruhigt, sie sind an Frauen gerichtet. Hedwig, Elisabeth, Marlene. Planst du ein Klassentreffen?«

»Hm«, machte Sonja.

Frieda nahm die Umschläge hoch, wendete und drehte und befühlte sie. Sie waren gut und reichlich uneben gefüttert.

»Mal was von Diskretion gehört?« Sonja nahm sie ihr ab und verstaute sie in der Tischschublade. »Was führt dich zu mir?«

»So vornehm heute?«

»Nun?«

»Ach, Brummer und Roggenmeier und Neugebauer, die gehen mir auf den Keks.«

Sonja lächelte wissend.

»Sie sind gegen einen Lockvogel, um diesen elenden Frauenmörder zu fangen.«

»Das waren sie doch zu meiner Zeit schon«, sagte Sonja. »Sie gehen lieber auf Nummer sicher und warten und warten, bis der über ihre Füße stolpert.«

»Da können sie lange warten, dieser Täter ist nicht blöd.« Frieda seufzte und blickte sich um.

»Ich kann dir nicht helfen«, bedauerte Sonja. »Dieses Mal nicht.«

»Ich weiß. Ich wollte oben nur ein bisschen Musik machen«, sagte Frieda nach einer Weile. Sie musste nachdenken, ihre Gedanken sortieren und Platz machen für Ideen.

Ein Kollege hatte ihr heute Morgen die Ergebnisse der Recherchen zur Krankenakte der Familie Bein überreicht. Es war der Vater, Karl-Otto, der an Diabetes II erkrankt war und sicherlich auch einen Vorrat an Insulinspritzen in seinem Haus hatte. Zusammen mit der Waffenbesitzkarte für eine Walther P6 und ein Gewehr, ergab sich ein Bild und Andreas Bein rückte weiter vor in den Fokus.

»Nein. Heute nicht«, hörte sie Sonja sagen.

»Wie bitte?«

»Es ist weil ... weil, ach es passt mir einfach heute nicht. Ich wollte mich gleich hinlegen, ich habe schreckliches Kopfweh. Oder liegt irgendetwas anderes an?«

»Nein«, antwortete Frieda zögernd. »Bei mir nicht. Bei dir vielleicht?«

»Nein. Nein. Überhaupt nicht. Im Gegenteil. Ist nichts los. Rein gar nichts.«

Das war der Verneinung zu viel, als dass Frieda sie Sonja ohne Bedenken abkaufen konnte. »War dein Alex heute hier?«

»Nein. Wieso?«

»Ich war bei seinem Bewährungshelfer.«

»Bei Gero?«

Frieda nickte. »Gero Mattutat.«

Sonja lehnte sich zurück, presste die Hände gegen ihre Schläfen und seufzte laut auf. »Halte mir jetzt bloß keinen Vortrag. Dafür habe ich heute keinen Nerv, wie gesagt, mein Schädel brummt. Ich werde eine Tablette nehmen.«

»Sei vorsichtig, vor lauter Lügen und Geheimnissen kann ein Kopf auch schon mal platzen.«

»Ach was«, Sonja erhob sich mühsam und schleppte sich Richtung Flur. Sie schien es eilig zu haben.

»Geh ruhig nach oben. Lass mich ein paar Minuten hier sitzen, ja?« Frieda zeigte auf den Ohrensessel. »Ich gebe keinen Mucks von mir und ziehe die Haustür leise hinter mir zu.«

»Nein!« Das klang endgültig.

»Du wirfst mich raus?«

»Wenn du nicht von selbst gehst, bleibt mir nichts anders übrig.«

»Aber …« Ein dumpfes Poltern ließ Frieda innehalten.

Eine Tür wurde aufgeschoben. Eine Schiebetür gab es nur zum Abstellraum. Jemand hustete, fluchte leise.

»Warte.« Blitzschnell war Sonja an der Tür zum Flur, zwängte sich hindurch, zog sie hinter sich zu und drehte den Schlüssel herum.

Frieda starrte auf das Türblatt. Dahinter wurde getuschelt, geflüstert, geschubst. Hier stimmte etwas ganz und gar nicht.

Sie öffnete eines der Sprossenfenster, stemmte einen Fuß auf die Fensterbank und sprang hinaus. Sie landete auf den Knien und war mit dem nächsten Schritt an der Tür, in dem Moment, als sie geöffnet wurde.

»Guten Tag«, sagte sie und wischte sich den Staub von den Knien.

»Tag«, brummte der junge Mann, kaum einen Kopf größer als Sonja, die hinter ihm stand und mit den Augen rollte. Stämmig war er und mit glänzendem, schulterlangem, dunklem, welligem Haar gesegnet, für das jede Frau morden würde, dachte Frieda und griff sich in ihr kurzes, störrisches Haar. Den Kopf gesenkt, den Pony bis über die Augenbrauen, die Augen Richtung Schuhe: staubgraue, ehemals schwarze Sneaker mit dem weißen Swoosh.

Sonja schob ihn hinaus. »Also mach es gut.«

Er schlug die Kapuze seines Sweatshirts über den Kopf und zwängte sich an Frieda vorbei. Wie dereinst Quasimodo zog er die linke Schulter hoch und presste seine rechte Hand um seinen linken Oberarm, als wollte er ihn schützen, und humpelte. Es war sein linkes Bein, das er kaum heben konnte und durch das Gartentor in den Staub zog, der Fuß stand quer ab.

»Moment!«, rief Frieda ihm nach.

Er drehte sich nicht um, sondern erhöhte sein Tempo, lief mit krummem Oberkörper, stolperte, fluchte und fiel der Länge nach hin.

Frieda fiel neben ihm auf die Knie. »Sie sind Andreas Bein!?«

Er knurrte Unverständliches. Auf seinen Lippen, seiner Nase und seinen Wimpern lag grauer Staub. Er kniff die Augen zusammen vor Schmerz. Jeans und Sweatshirt waren auf seiner linken Seite zerrissen. Sein linkes Bein lag in einem ungesunden Winkel, das Fußgelenk, das aus der Jeans hervorschaute, war geschwollen. Der

Fuß quoll aus dem Sneaker. Die Schnürsenkel waren offen, vielleicht war er darüber gestolpert.

Sonja war herbeigeeilt und half ihm aufzustehen.

Aber er stieß beide Frauen weg. »Lasst mich in Ruhe. Ist doch jetzt sowieso alles egal.«

Er glich den Fotos, die die Soko Auszeit in der Wohnung seiner leiblichen Mutter, Silke Floskow, gefunden hatte, aufs Haar. »Sie sind vorläufig festgenommen.«

»Bist du übergeschnappt?!«, rief Sonja und stemmte die Hände in die Hüften.

»Ich nicht«, gab Frieda zurück, setzte sich neben den Mann in den Staub, holte ihr Handy hervor, tippte eine Nummer ein und wartete kurz. »Brummer? Ich habe ihn. Ja, wen wohl? Andreas Bein, natürlich. Ich bin im Forsthaus. Ja, im Forsthaus, du hast richtig verstanden. Wieso, erklär ich dir später, ich brauche euch und einen Krankenwagen, ja, auch einen Notarzt. Gut. Beeilt euch.« Sie sah keinen Grund, Andreas Bein mit einer Handschelle zu fesseln. Er war nicht fähig zu türmen.

»Willst du nicht erste Hilfe leisten?«, fragte Sonja.

»Nein.« Frieda blickte auf den Mann hinab. Ein leises Wimmern ging von ihm aus. Ansonsten schien er nicht in Lebensgefahr. Er atmete regelmäßig, seine Augen waren klar, seine Gesichtsfarbe reichlich durchblutet. Seine verrenkten Glieder zu bewegen, würde mehr Schaden anrichten als Nutzen bringen.

»Was soll er denn getan haben?«, wollte Sonja wissen.

Frieda ignorierte die Frage und richtete sich an den schnaufenden, fluchenden Andreas Bein. »Sie stehen unter dem dringenden Tatverdacht, Ihre Mutter getötet zu haben.«

Er lachte leise auf, dann kicherte er albern.

Frieda spürte Wut aufsteigen, sodass sie sagte, was sie nicht durfte. »Und vorher haben Sie Nadine Dürkheim erschossen und Miriam Gramitzki eine tödlich Insulinspritze gesetzt. Wie hätten Sie Kerstin Wenke umgebracht? Hätten Sie sie im Survival-Camp in eine Grube oder von einem Baumhaus gestoßen?«

Bein war verstummt, schon als der Name Nadine Dürkheim fiel, war ihm das Kichern vergangen.

Frieda hörte ihr Blut in den Adern rauschen. Sie war mindestens einen Schritt zu weit gegangen, eigentlich drei. Ihre Vorwürfe waren nicht bewiesen, aber auch nicht aus der Luft gegriffen, es gab Indizien. Diese, meist erfolgreiche Technik der Befragung hatte sie von Sonja Senger abgeguckt. Brummer und Neugebauer würden ihr den Hals umdrehen, wenn sie davon erfuhren.

Sonja öffnete ihren Mund und ließ ihn offenstehen.

»Sag jetzt bloß nichts«, herrschte Frieda sie an.

Sonja wich zurück.

»Kann ich auch mal was sagen?«, stieß Bein hervor.

Die beiden Frauen blickten auf ihn hinab.

»Gern«, antwortete Frieda. »Alles, was Sie wollen, es kann aber gegen Sie verwendet werden und …«

»Bla, bla, bla«, knurrte Bein und blickte sich um.

»Komm«, forderte Sonja Frieda auf. »Wir verfrachten ihn bis zur Ofenbank.«

Als nach zwanzig Minuten der angeforderte Krankenwagen eintraf, bot sich ein einträchtiges Bild. Im Vorgarten des Forsthauses, auf der Ofenbank, rahmten Frieda Stein und Sonja Senger einen jungen Mann ein. Verschlossene Mienen. Jeder blickte in eine andere Richtung wie auf einem Bild von Edward Hopper. Es herrschte ein Schweigen, das nicht einvernehmlich war.

Im Krankenwagen war nicht Dr. Toruk an Bord, der hatte wohl endlich seinen freien Tag, sondern ein gewisser Dr. Schaaf, mit zwei A, wie er betonte. Andreas Bein wurde von den Sanitätern vorsichtig auf die Trage und in den Krankenwagen gehoben, untersucht und versorgt.

Dr. Schaaf stellte ein ganzes Arsenal meist entzündeter traumatischer Wunden auf der linken Körperhälfte fest: Schulter, Brust, Arm und Hand, Bein und Fuß wiesen Schürf-, Platz-, Quetsch- und Schnittwunden auf, die verunreinigt waren und durchaus von einem Motorradunfall stammen konnten. Andreas Bein habe außerdem Fieber und man müsse zusehen, dass da keine Blutvergiftung, sprich Sepsis, ins Spiel komme. »Alles weitere nach der Obduktion«, witzelte Dr. Schaaf.

»Er steht unter Mordverdacht«, ermahnte Frieda ihn.

»Schon klar. Maximal nach einer Woche, schätze ich, eher nach drei Tagen im Krankenhaus wird er seine U-Haft antreten können und die medizinische Abteilung der Justizvollzuganstalt kann die weitere Versorgung seiner Wunden übernehmen.«

»Gut. Dann ist es an uns, ihn bis dahin im Krankenhaus zu bewachen.«

Dr. Schaaf nickte zufrieden. »Rund um die Uhr und …« Er unterbrach sich, weil sich ein Auto über den Feldweg dem Forsthaus näherte und den Krankenwagen zuparkte.

Auch für Dr. Schaaf waren Brummer und Neugebauer keine Unbekannten. Nach einer kurzen Begrüßung – bei der Sonja Senger ignoriert wurde – durften die beiden Hauptkommissare den Verdächtigen im Krankenwagen besichtigen, während Dr. Schaaf, Frieda und Sonja draußen an der Rückfront stehen blieben und die Sanitäter eine kleine Runde frische Luft schnappten und dabei eine Zigarette rauchten.

»Andreas Bein?«, fragte Brummer als er neben Bein auf dem Klapphocker Platz genommen hatte. »Oder soll ich lieber sagen Feliz Silva?«

Bein war an eine Infusion angeschlossen. Er hatte die Augen fest geschlossen, aber seine Lider zitterten, er schlief nicht.

Neugebauer stand am Fußende.

»Ihr Vater war Diabetiker«, erklärte Brummer, »Ihr Adoptivvater, meine ich, Karl-Otto Bein.« Bein hatte Mühe, sich schlafend zu stellen. »Wo waren Sie am 6. März gegen acht Uhr?«, fragte Brummer und erwartete eigentlich keine vernünftige Antwort.

»In Blankenheim«, nuschelte Bein.

»Aha.« Brummer nickte zufrieden. »Und haben Nadine Dürkheim mit der Waffe Ihres Vaters erschossen.«

Bein widersprach nicht.

»Warum nur? Warum?«, rief Frieda ungeduldig in den Krankenwagen hinein.

»Um meinen Freund Flo zu befreien.«

Verdutzte Stille machte sich im und um den Krankenwagen herum breit.

Ein Lächeln umspielte Beins Lippen. »Und ehe Sie fragen, am 10. April war ich gegen sieben Uhr im Heimbach.«

Niemand wagte zu atmen, keine Bewegung.

»Um auch meinen Freund Tim endlich zu befreien.«

Das Wörtchen *befreien* hing in der Luft wie eine kleine, dunkle Wolke.

Bein seufzte auf, als wäre er genervt. Aber er war noch nicht fertig. »Und am 13. April um 20 Uhr war ich in Gemünd auf der Dürener Straße unterwegs, wo ich endlich mein eigenes Ding machen konnte und der Mutter aller Mütter zeigen konnte, was sie wert ist.«

»Ihrer leiblichen Mutter!?«

»Sie haben es erfasst.« Beins Mimik war die einer Totenmaske. »Aber ich wollte sie nur verletzen.«

»Sie haben sie kennengelernt am … «, Brummer überlegte kurz.

»Erst voriges Jahr am 21. April«, ergänzte Neugebauer. Er schien seine Notizen auswendig gelernt zu haben.

Brummer nickte ihm dankbar zu. »Sie haben Ihre leibliche Mutter erst am 21. April kennengelernt. Sie haben sie in Berlin besucht.«

Bein horchte auf und runzelte die Stirn.

»Wann haben Sie von Ihrer Adoption erfahren?«

»Silvester 2016«, antwortete Bein schnell und präzise.

»Erst?«, fragte Neugebauer ungläubig nach.

»Erst.«

»Aber da waren Sie schon achtzehn Jahre alt.«

»Siebzehn, um genau zu sein. Meine Adoptiveltern waren auf Silvesterreise, da hat der böse, kleine Andri ihre Schubladen durchwühlt, ihren Tresor geknackt und gefunden, was er nie finden sollte.«

Brummer und Neugebauer schüttelten fassungslos die Köpfe.

»Tja, damit haben Kalle und Rosy wohl nicht gerech-net.«

»Kalle und Rosy?«

»Karl-Heinz und Rosemarie, ich sollte sie nicht Mama und Papa nennen, weil sie doch so fortschrittlich wa-ren.«

Brummer räusperte sich. »Was ist in Berlin passiert?«

Bein verdrehte seine Augen. »Das wissen Sie doch längst.«

Die beiden Kommissare warteten ab.

Bein atmete tief ein und aus. »Sie wollte nichts mit mir zu tun haben. Nichts ... Nichts ... Nichts.« Jedes *Nichts* stieß er lauter hervor. Das letzte *Nichts* hallte im Kran-kenwagen nach wie ein Aufschrei. Dann senkte er seine Stimme wieder und flüsterte: »Rein gar nichts.«

Brummer und Neugebauer tauschten Blicke, in denen das stille Einvernehmen lag, zu schweigen.

»Angeblich war sie Ärztin«, lachte Bein auf. »Frau Doktor. Ihr Mann auch, wohnten in einer Villa mit Gar-ten und Pool und hatten zwei neue Kinder. Aber das war alles erstunken und erlogen. In Wirklichkeit arbei-tete sie in einem Pflegeheim als billige Altenpflegerin und wohnte in einer jämmerlichen Wohnung zur Mie-te. Warum hat sie das wohl gemacht, frag ich Sie? Sie hatte keinen Platz für mich in ihrem Leben. So einfach war das. Wenn Sie wüssten, wie sie sich geziert hat, mich überhaupt ein einziges Mal zu sehen. Als hätte sie Angst vor mir. Es war zum Kotzen. Aber ich musste einmal in die Augen dieser Frau blicken. Ich musste es tun. Ein einziges Mal nur.« Er lachte auf. »Abgründe, sa-ge ich Ihnen, Abgründe taten sich auf. So, und nun raus hier, lassen Sie mich endlich in Ruhe. Ich kann nicht mehr und ich will nicht mehr. Ich habe Ihnen alles gesagt, was es zu sagen gibt.«

»Am 12. Oktober des letzten Jahres ist das Haus Ihrer Adoptiveltern abgebrannt«, sagte Brummer.

Bein nickte. »Ich habe echt Pech.«

»Am 6.3. haben Sie Nadine Dürkheim, am 10.4. Miriam Gramitzki und am 13.4. Ihre leibliche Mutter umgebracht. Was ist mit Kerstin Wenke?«

»Auf die hatte ich keinen Bock mehr. Da muss der Ben selbst sehen, wie er mit ihr klarkommt, sonst bekomme ich wieder nur Vorwürfe zu hören, anstatt Dankbarkeit.«

Bei diesen Worten setzte Frieda mit einem Hechtsprung in den Krankenwagen. »Tim und Florian haben das nicht gewollt. Erzählen Sie keinen Mist.«

»Woher wollen Sie das wissen? Und ob die das gewollt haben.«

»Haben sie Ihnen das gesagt?«

Er presste die Lippen zusammen.

»Wortwörtlich?« Frieda rüttelte an seinen Füßen, dass der ganze Kerl mitsamt Infusionsflasche ins Pendeln geriet. Brummers mahnenden Blick übersah sie. »Bring unsere Mütter um, Andri?«

»Sie haben mir in den Ohren gelegen«, räumte Bein ein und trat nach Frieda, »wie bescheuert sie ihre Mütter finden, dies dürfen sie nicht und jenes dürfen sie nicht, das eine müssen sie tun und das andere sollen sie gefälligst lassen, und wenn sie nicht gehorchen, gibt es was, Repressalien, Drohungen, Strafen, Handyentzug, Hausarrest und so weiter und so fort, keif, wetter, heul, krampf. Sie wünschten sie wären tot.«

»Haben Sie gesagt, sie wünschten sie wären tot?«

Bein drehte den Kopf weg. »Was soll man sich denn sonst wünschen, wenn die einen den ganzen Tag von morgens bis abends nerven? Dass sie weg sind. Einfach nur weg. Wie happy Flo und Tim waren, als ihre Mütter für eine Woche wegfuhren.«

»Aber doch nicht den Tod!«, rief Frieda. »Nein! Sie vermissen ihre Mütter. Sie leiden. Sie trauern. Ihr Leben ist aus den Fugen geraten. Der Auftrag zum Töten existierte nur in Ihrem Kopf, Andreas Bein! Es war Ihr ganz persönliches Gefühlschaos aus Liebe und Hass und Zurückweisung.«

Bein drehte den Kopf weg.

»Sie haben die Arglosigkeit der Jungen zu Ihrer teuflischen Mission gemacht.«

»Ach, hören Sie auf«, rief er. »Mütter sind doch alle gleich! Kennst du eine, kennst du alle. Da hilft nur: Macht kaputt, was euch kaputt macht!«

»Für den Spruch bist du zu jung«, sagte Brummer finster. »Der ist aus den Siebzigern.«

Bein lächelte ein wenig. »Stimmt, den hab ich von Kalle. Aber eigentlich ist er von Konfuzius, wussten Sie das?«

»Väter können auch schrecklich nerven.«

Es war Sonja Senger am Fuße des Krankenwagens, die diesen Satz in den Krankenwagen hineingerufen hatte. Sie hatte ihre Arme vor der Brust gekreuzt. »Mussten Ihre Eltern deswegen sterben, Andreas Bein?«

Er ließ seinen Kopf zurück auf die Trage fallen und schloss die Augen. Er atmete tief und tiefer aus. »Das haben schon ganz andere versucht, mir zu beweisen.«

19. Kapitel

Nach der Festnahme des geständigen dreifachen Mörders Andreas Bein hatte es den Anschein, als gingen sich Oberkommissarin Frieda Stein und Hauptkommissarin a. D. Sonja Senger aus dem Weg. Sie verpassten sich, warteten vergebens aufeinander, verabredeten aber auch nichts, nahmen es hin, als hätten sie alle Zeit der Welt, als sollte der Zufall es richten. Oder auch nicht.

Zwei Wochen dauerte das Experiment. In dieser Zeit musste sich Frieda einiges von den Kollegen anhören, nachdem herausgekommen war, dass sie Sonjas Machenschaften indirekt unterstützt hatte und die Enkeltrickbetrügerbande nicht angezeigt hatte. Sonja warfen sie Amtsanmaßung, Frieda Unterschlagung von Beweismaterial vor. Das machte auch Frieda wütend. Wütend auf Sonja, die sie in diese Bredouille gebracht hatte. Mit ihrer Mission: Ich rette die Kinder der Welt! Andererseits gab es da eine klammheimliche, dienstrechtlich bedenkliche Bewunderung für Sonjas Unerschrockenheit.

Brummer übergoss Frieda mit Häme, Neugebauer spielte den Enttäuschten und Roggenmeier drohte mit

Beurlaubung. Auf jeden Fall wollte er mit ihrem Vater sprechen, Dr. Helmut Stein, Rechtsmediziner a. D., der dafür gesorgt hatte, dass Frieda in der Polizeibehörde Euskirchen »unterkam«, nachdem sie das Studium der Medizin geschmissen hatte. Frieda hatte einen Fehler gemacht, ja, das wusste sie selbst, sie war ihre eigene Richterin, und sie war streng, strenger als jeder andere, das musste reichen. Aber es reichte nicht.

Nach zwei Wochen hatten sich die Gemüter in der Mordkommission der Polizeibehörde Euskirchen halbwegs beruhigt.

Und Frieda glaubte, Sonja gegenübertreten zu können, ohne sie in Grund und Boden reden zu müssen, ihr die Freundschaft aufzukündigen und ihr Cello in Sicherheit zu bringen. Sie rief im Forsthaus an. Sonja war einsilbig, hatte aber gegen einen Besuch am Abend nichts einzuwenden. Frieda fürchtete, dass Alex Kaufmann ebenfalls da sein könnte, aber die Sorge war unbegründet.

»Vielleicht hätte ich dich von Anfang an in alles einweihen sollen«, gab Sonja Senger noch an der Gartentür zu.

Das hätte sie. Aber Frieda wollte keine Vorwurfskampagne starten. Sie warf die Autotür zu. »Drehen wir eine Runde?«

West begleitete sie ein Stück, fand den Ausflug aber bald langweilig und kehrte um. Er kannte den Weg in- und auswendig. Die beiden Frauen wandten dem Dorf den Rücken zu und gingen in Richtung Waldrand.

Sonja wies über den Hügel. »Sieh dir das an.«

Die Waldschäden waren nicht zu übersehen. Trockenheit hatte dem Borkenkäfer ein Paradies beschert. Es gab bald mehr grau-braune als grüne Baumwipfel. Die untergehende Sonne warf ein letztes Licht über die Anhöhe.

»Wir bekommen einen Jahrhundertsommer dieses Jahr«, sagte Frieda.

»Noch heißer, noch trockener als die letzten Sommer?«

»Sagt der DWD.«

Sonja seufzte. »Die Eifel brennt.«

»Nein«, berichtigte Frieda sie. »Der ganze Planet brennt.«

»Aber das hier ist meine kleine Welt.«

»Was sollen wir nur tun?«

»Keine Ahnung, was du tun sollst. Ich tu, was ich kann.«

Sonja Senger war privilegiert, sie hatte ein e-Auto, ein Windrad, einen Holzofen, Regentonnen und Gemüse im Garten. Ein Standortvorteil.

»Aber autark bist du nicht.«

»Nein, ich hab versucht, Brot zu backen, aber das ist nichts geworden.«

Frieda versuchte sich Sonja am Herd vorzustellen. Sie war berühmt für ihre Tütensuppen. Auch ihr Kaffee war immer gut. Vom Rotwein ganz zu schweigen.

»Aber meine Nachbarin«, Sonja drehte sich um und zeigte Richtung Dorf. »Die kann es. Sie macht extra für mich Kümmel ins Brot. Ich liebe Kümmelbrot, weißt du? Ich hab noch was da, du kannst es gleich einmal probieren.«

»Ich mag keinen Kümmel«, sagte Frieda.

Und da war sie wieder, die Missstimmung. Wie ein dünner Nebelschwaden waberte sie um die Beine der Frauen.

Sonja und Frieda hatten den Waldrand erreicht, wo sie das Tor zum Nationalpark passierten und sich links hielten. Es war kein Weg, nur ein Pfad, ihre übliche Runde, die sie am neuen Feuerwachturm vorbeiführte, der anders als sein Vorgänger von nüchtern metallener Natur und kein Aussichtsturm mehr war. Ein Eifelblick weniger. Sie gingen hintereinander und kletterten über Gestrüpp. Frieda ging voraus.

»Nicht zu fassen«, rief Sonja empört hinter ihr. »Ich habe einem dreifachen Mörder Unterschlupf in meinem Forsthaus gewährt. In meinem Abstellraum.«

Abstellraum klang aus ihrem Mund wie das Allerheiligste.

Frieda musste lächeln. »Welch ein Sakrileg.«

»Allerdings. Das sollte mir nie wieder passieren, das hatte ich mir geschworen.«

»Wie meinst du das?«

»Lange vor deiner Zeit, vor etwa zehn Jahren, da habe ich schon einmal einem Verbrecher Unterschlupf in meinem Forsthaus gewährt. Und nicht nur im Abstellraum.«

»Wo denn?«, fragte Frieda gespannt.

Sonja musste auf den Spielsüchtigen aus Köln anspielen. Frieda kannte die Gerüchte, die in der Polizeibehörde kursierten. Sonja hatte sich damals Hals über Kopf in jemanden verliebt, der mit dem Verkauf von Windrädern, die es nicht gab, versuchte den Eifelbauern das Geld aus der Tasche zu ziehen. Seitdem stand das Windrad in Sonjas Garten

»Erinnere mich nicht dran.«

»Erinnerst du dich denn daran, was du Andreas Bein gefragt hast, als er im Krankenwagen lag?«, fragte Frieda, blieb stehen und drehte sich zu Sonja um, die ihre Arme auf dem Rücken verschränkt hatte. Sie hielt den Kopf gesenkt. Sie antwortete nicht. »Du hast ihn gefragt, ob seine Eltern sterben mussten, weil sie ihn genervt haben.«

»Ach, das.«

»Ja, das. Es war eine gute Frage. Sie hat uns eine Zeitlang beschäftigt.«

»Auch Brummer und Neugebauer?«, fragte Sonja.

Als Frieda nickte, lächelte Sonja stolz.

»Uns alle. Wir haben sie sogar dem Staatsanwalt vorgetragen, der daraufhin – im Zuge der Vernehmungen zu den Morden an Nadine Dürkheim, Miriam Gramitzki und Silke Floskow – auch den Brand des Hauses in Gemünd-Braubach aus dem Jahre 2018 wieder neu aufrollte, bei dem das Ehepaar Karl-Heinz und Rosemarie Bein zu Tode gekommen war.«

»Ja, ich erinnere mich. Der Fall war Anfang dieses Jahres zu den Akten gelegt worden, weil es nur Indizien für eine Brandstiftung gab«, sagte Sonja. »Keine Beweise.«

»Wir sind ein weiteres Mal an Mangel an Beweisen gescheitert.«

»Warum gehst du nicht weiter?«, fragte Sonja.

Frieda drehte sich um, und sie stapften weiter durch das Unterholz. Nach ein paar Schritten hörte sie Sonja hinter sich fragen: »Was hat ihn nur dazu getrieben?«

Frieda legte wieder eine Pause ein, als könnte sie nicht gleichzeitig gehen und reden. »Er hat nur den Mord an den drei Frauen gestanden.«

»Weiß ich doch«, sagte Sonja.

»Ich glaube nicht, dass er von selbst auf die Idee gekommen ist. Aber es gibt ein Forum im Netz.«

»Nein!«, rief Sonja empört aus. »Ich will es gar nicht wissen.«

»Doch. Auch wenn du es nicht wahrhaben willst. Es gibt ein Forum im Netz, das zu Mord aufruft. Es bietet Unterstützung, Bestätigung, Ermutigung, Organisation, das ganze Paket.«

»Paragraf 111 StGB, der Anstifter wird wie der Täter bestraft.«

Frieda nickte. »Wenn er gefunden wird. Aber das ist eine aussichtslose Sache. Da war Andreas Bein jedenfalls unterwegs, konnten wir den Tiefen und Untiefen seines Computers entnehmen, nachdem er erfahren musste, dass seine leibliche Mutter nichts von ihm wissen wollte. Ansonsten war er rastlos und wohnungslos und machte die Gegend mit dem Motorrad unsicher, es liegen aber nur Verkehrsdelikte gegen ihn vor. Geld hatte er genug, er hatte Zugriff auf das Konto seiner Adoptiveltern. Die waren stinkreich, haben ihn aber sich selbst überlassen. Er hatte das Abitur in der Tasche und keinen Bock auf eine Ausbildung oder ein Studium. Nach dem Tod der Adoptiveltern waren das Forum im Netz und die Jungen in der Band sein einziger Kontakt. Angeblich wollte er seine leibliche Mutter nicht umbringen. Er behauptet, er habe aber immer noch darauf gewartet und gehofft, dass sie es sich überlegt.«

»Und in der Zwischenzeit die Mütter seiner Freunde getötet«, ergänzte Sonja. »Er weiß nicht, was Freunde sind und was Freundschaften bedeuten.«

»Wie das so ist in der Pubertät, da können Eltern ganz schön nerven. Aber Andreas Bein hat das in den falschen Hals bekommen.«

»Wasser auf seine Mühlen«, sagte Sonja.

Sie gingen weiter. Bis Sonja plötzlich stehen blieb und eine Hand an die Stirn legte. »Weißt du, was ich mich die ganze Zeit frage?«

Frieda hob ratlos die Schultern und hoffte auf eine große philosophische Erkenntnis, die die Welt in einem Satz erklärte.

»Ob ich den Herd ausgestellt habe.«